二十世纪外国文学大家小藏本

乡村医生

Ein Landarzt

〔奥地利〕弗兰茨·卡夫卡／著
叶廷芳 等／译

人民文学出版社
PEOPLE'S LITERATURE PUBLISHING HOUSE

图书在版编目(CIP)数据

乡村医生/(奥)卡夫卡著;叶廷芳等译. —北京:人民文学出版社,2016
(蜂鸟文丛)
ISBN 978-7-02-011706-2

Ⅰ. ①乡… Ⅱ. ①卡…②叶… Ⅲ. ①短篇小说—小说集—奥地利—现代 Ⅳ. ①I521.45

中国版本图书馆 CIP 数据核字(2016)第 121750 号

责任编辑 全保民
装帧设计 刘 静
责任印制 王景林

出版发行 人民文学出版社
社 址 北京市朝内大街 166 号
邮政编码 100705
网 址 http://www.rw-cn.com

印 刷 北京明恒达印务有限公司
经 销 全国新华书店等

字 数 160 千字
开 本 787 毫米×1092 毫米 1/32
印 张 11.625 插页 4
印 数 1—6000
版 次 2017 年 2 月北京第 1 版
印 次 2017 年 2 月第 1 次印刷

书 号 978-7-02-011706-2
定 价 33.00 元

Hummingbird
CLASSICS
蜂鸟文丛

弗兰茨·卡夫卡（1883—1924）

奥地利作家，被尊为现代派文学大师。生于奥匈帝国时期的布拉格，曾为保险公司职员，业余从事创作。生前在德语文坛几乎鲜为人知，死后引起世人广泛注意。先后出版《变形记》《在流放地》《乡村医生》和《饥饿艺术家》四部中短篇小说集；此外写有三部未竟长篇小说《失踪的人》《审判》《城堡》，在生前均未出版。

本书共收作者具有代表性的中短篇佳作十二篇。这些作品选自负有盛名的德国菲舍尔出版社《卡夫卡全集》校勘本，更忠实于卡夫卡手稿，纠正了此前一些选本中的谬误。本书译者均为卡夫卡研究者，译文生动而传神。

弗兰茨·卡夫卡
Franz Kafka

出版说明

二十世纪，世界文坛流派纷呈，大师辈出。为将百年间的重要外国作家进行梳理，使读者了解其作品，人民文学出版社决定出版“蜂鸟文丛——二十世纪外国文学大家小藏本”系列图书。

以“蜂鸟”命名，意在说明“文丛”中每本书犹如美丽的蜂鸟，身形虽小，羽翼却鲜艳夺目；篇幅虽短，文学价值却不逊鸿篇巨制。在时间乃至个人阅读体验“碎片化”之今日，这一只只迎面而来的“小鸟”，定能给读者带来一缕清风，一丝甘甜。

这里既有国内读者耳熟能详的大师，也有曾在世界文坛上留下深刻烙印、在我国译介较少的名家。书中附有作者生平简历和主要作品表。期冀读者能择其所爱，找到相关作品深度阅读。

“丛书”将分辑陆续推出，“蜂鸟”将一只只飞来。愿读者诸君，在外国文学的花海中，与“蜂鸟”相伴，共同采集滋养我们生命的花蜜。

人民文学出版社编辑部

二〇一六年一月

目　次

判　决

献给费莉策·B. 小姐的一个故事

春光最明媚的时节，一个星期天的上午。格奥尔格·本德曼，一位年轻的商人，坐在他自己二层的房间里，这所房子是沿河一长串构造简易的低矮房屋之一，这些房屋只是在高度与颜色上有所区别。他刚写完了一封信，寄给一位在国外的少年时代的朋友，他悠然自得地封上信，然后将双肘支在书桌上，凝视着窗外的河水、桥和对岸绿色初绽的小山坡。

他寻思着，这位朋友对自己在家乡的发展十分不满，几年前就真的逃往了俄国。他现在在彼得堡经营着一家店铺，店铺生意刚开始时挺红火，但很长一段时间以来似乎毫无进展，他返乡的次数越来越少了，每次见面时都要诉一番苦。他就这样在异国他乡徒劳地苦撑硬拼，外国式的络腮胡子也难以遮掩他那张本德曼自小就很熟稔的脸，他的脸色发黄，像是得了什么病，而且病情还在发展。据他说，他与当地的本国侨民没有真正的联系，与俄国家庭也没什么社交往来，已安下心来一辈子过单身生活了。

给这样一个人写信，该说什么呢，他显然已误入歧途，本德曼只能为他惋惜，却爱莫能助。或许应当劝他重返家乡，在这儿谋营生，重新拾起所有的老交情——这不会有任何障碍——并信赖朋友们的帮助？可这无非是对他说，他迄今为止的尝试都失败了，他终于应当放弃这些努力，他不得不回到家乡，让大家瞪大眼睛瞧他这个迷途知返的人，只有他的朋友们理解他一些；无非是对他说，他是个老天真，现在该追随这些在家乡干得很成功的朋友们了。这话说得越委婉，就越会伤害他，说出来必定会使他痛苦，但能保证这样做有任何意义吗？可能连说服他回来都做不到——他自己都说，他已经不理解家乡的情形了——，这样，他无论如何都会留在异国他乡,这些规劝会伤他的心,他与朋友们就又疏远了一层。而他若是真的听从了劝告,在这儿却——当然不是大家有意为之,而是现实造成的——会感到沮丧,与朋友相处不得其所,没有朋友也不行,总觉得丢脸,这才真的再也没有了家乡,没有了朋友;与其如此,他就这样继续待在异国他乡,不是还好得多吗?鉴于这种情形,难道还能认为他在这儿真会东山再起?

由于这些原因,如果还想保持通信,就不能真正告诉他什么消息,即便这些消息讲给交情最浅的人也无妨。这位朋友已经三年多没回国了,说是因为俄国的政局不稳,这个解释很牵强,政局再不稳定,也不会不容许一个小商人的短期出境吧,而与此同时,成千上万的俄国人还在世界各地游逛呢。就在这三年中,格奥尔格的生活发生了许多变化。格奥尔格的母亲大约两年前去世,从那时起,格奥尔格就同他的老父亲一起过,这位朋友后来获悉伯母的过世,在一封信中干巴巴地表示了哀悼,他的语气那么干巴,原因只可能是,为这种事而悲痛在异国他乡是不可思议的。从那时起,格奥尔格更果决地处理各方面的事,在生意上也是如此。或许母亲在世时,父亲在生意上独断专行,一直阻碍儿子真正有所作为。或许母亲去世后,父亲虽然仍在店铺里工作,却有所收敛,或许——甚至很可能就是这样——最重要的原因是碰上了好运气,不管怎样,他的生意这两年有了长足的发展。人员扩充了一倍,营业额翻了五番,今后无疑还会更兴旺。

这位朋友却并不知晓这些变化。以前,最后一次可能是在那封哀悼信里,他还试图劝说格奥尔格移居俄国,并向他描绘,如果格奥尔格在彼得堡开一家分店,前景将会如何。他所设想的数目与格奥尔格的商行现在所具的规模相比,简直微不足道。然而,格奥尔格一直没想写信告诉这位朋友自己在生意上的成功,而现在,已经过了这么久才提这事,真会显得奇怪了。

因此,格奥尔格给这位朋友写信时,就只讲些无关紧要的事,就像在一个安宁的星期天独自遐想时,回忆中纷乱涌现的琐事。他只是不想破坏这位朋友在这么长一段时间里对家乡已经形成并乐于接受的看法。于是,格奥尔格在三封相隔时间很长的信中,都向朋友报告了一个无关紧要的男人与一个同样无关紧要的女人订婚的事,结果完全与格奥尔格的初衷相悖,这位朋友开始对这件怪事产生了兴趣。

格奥尔格却宁可给他写这种事,也不愿坦白,他自己一个月前与一位富家之女弗丽达·勃兰顿菲尔德小姐订婚了。他经常向未婚妻说起这位朋友以及与他通信的特别情形。“那他绝对不会来参加我们的婚礼了,”她说,“可我有权利认识你的所有朋友。”“我不想打搅他,”格奥尔格回答道,“你别误会,他多半会来的,至少我相信这一点,但他会觉得很勉强,受伤害,他可能会羡慕我,肯定就会不满,却又无法消除这种不满,就这样孤零零地踏上归程。孤零零地——你知道这是什么感觉吗?”“知道,难道他不会通过其他途径,获悉我们结婚的消息?”“这我当然阻止不了,不过,就他的生活方式而言不大可能。”“你有这样的朋友,格奥尔格,那你原本就不该订婚。”“是呀,这是我俩的错;但我现在也还会这样做的。”她在他的亲吻中急促地喘着气,还是说道:“这其实伤了我的心。”他一听这话,就确实认为写信把一切都告诉朋友,倒也干脆明了。“我就是这样,他爱怎么看随他的便,”他寻思着,“我总不能为了这份友谊,为了可能更合他的心意,削足适履。”

这个星期天的上午,他在这封长信里的确告诉了这位朋友已经发生的订婚之事:“最好的消息留在最后头。我与一位弗丽达·勃兰顿菲尔德小姐订婚了,她出身富家,你走了很久以后,她家才搬到这儿来,所以你肯定不认识她。关于我的未婚妻,我日后还会有机会讲得更详细些,而今天,告诉你我很幸福就够了,这对于我俩的关系,唯一的改变就在于,我现在不再是你的一位普通朋友,而是一位幸福的朋友。另外,我的未婚妻向你致以诚挚的问候,她不久就会亲自给你写信,她会成为你的一位真诚的女友,对于一个单身汉来说,这不会是无所谓的吧。我知道,你百事缠身,难以成行。那么,借我的婚礼之机,你能把所有阻碍一股脑儿地抛开吗?不管怎样,别有任何顾虑,按你的心愿做。”

格奥尔格手拿这封信,久久地坐在书桌旁,面向窗户。一位过路的熟人从街上跟他打招呼,他也只是心不在焉地微微一笑。

他终于把信放进衣兜,走出房间,横穿过一段短短的过道，来到父亲的房间，他已经好几个月没来这儿了。平时没有必要过来，因为他与父亲在商行里抬头不见低头见。他们在同一家餐馆里吃午饭，晚饭自便，各吃各的；晚饭后，他们还在共用的起居室里坐一会儿，常常是各拿一张报纸，如果格奥尔格不是——最常出现的情况是——和朋友们在一起，或者最近一段时间去看他的未婚妻。

格奥尔格吃了一惊，在这个阳光灿烂的早晨，父亲房间里竟如此昏暗。大片的阴影是狭窄庭院对面的一堵高墙投下的。父亲坐在靠窗的一个角落里，那儿摆着格奥尔格亡母的纪念物，他正在看报，将报纸举到一侧，以弥补某种视力缺陷。吃剩的早餐还摆在桌上，看上去没吃多少。

“啊，格奥尔格！”父亲说道，朝他走来。他走路时，沉重的睡衣敞开了，睡衣下摆在身体四周飘动着。——“我的父亲仍然是个巨人。”格奥尔格想着。

“这儿太暗了。”他说道。

“是的，是很暗。”父亲回答道。

“你把窗户也关上了？”

“我情愿关上。”

“外面真暖和呢。”格奥尔格说，像是继续刚才的话题，他坐了下来。

父亲收拾起早餐的杯盘，把它们搁到一个柜子上。

“我其实只是想跟你说，”格奥尔格继续说道，心绪茫然地注视着老人的一举一动，“我还是往彼得堡写信讲了我订婚的事。”他将信稍稍抽出衣兜，又放了回去。

“往彼得堡？”父亲问道。

“就是写给我的那位朋友。”格奥尔格说道，搜寻着父亲的眼睛。——“他在店铺里完全是另一副样子，”他想着，“瞧他现在舒舒服服地坐在这儿，双臂交叉在胸前。”

“对。你的朋友。”父亲加重了语气。

“你知道的，父亲，我起先并不想告诉他我订婚的事。这完全是为他着想，没有任何别的原因。你也知道，他是个很难相处的人。我寻思着，他可能会从旁人那儿得知我订婚了——这我可阻止不了——，即便就他孤独的生活方式而言，这几乎不可能，反正他至少不该从我这儿知道这事。”

“那你现在又改变主意了？”父亲问道，将大报纸搁到窗台上，把眼镜放在报纸上，一只手捂着眼镜。

“是的，我又考虑过了。他既然是我的好朋友，我想，我的幸福的订婚对他来说也是一件喜事。因此，我毫不犹豫地对他和盘托出了。不过，发信之前我想跟你说一声。”

“格奥尔格。”父亲咧开掉光了牙的嘴说，“你听着！你为这事到我这儿来，想和我商量一下。这一定让你觉得自己很光彩。但你现在如果不把实情通通说出来，就全等于零，而且比这更气人。我不想提与此无关的事。自从你亲爱的母亲去世后，发生了一些不大体面的事。可能会有时间说这些事的，可能比我们预想的要早。生意上的一些事我不知道了，也许并没有瞒着我什么——我现在根本不想认为对我有所隐瞒——，我精力不济，记性也不行了。我无法再眼观八方了。这首先是年岁不饶人，其次，你母亲的过世给我的打击远比给你的大。——不过，既然我们正好说到这事儿，说到这封信，格奥尔格，你可别骗我。这是件小事儿，不足挂齿的小事儿，你就别骗我了。你在彼得堡真有这样一位朋友吗？”

格奥尔格尴尬地站起身来。“我们别提我的朋友们了。一千个朋友也代替不了我的父亲。你知道我的想法吗?你不够保重自己。年岁可不饶人。我在生意上不能没有你,这你也十分清楚;可是,如果生意会损害你的健康,那我明天就永远关闭商行。这样可不行。我们必须为你安排另外一种生活方式。一种截然不同的生活方式。你坐在这阴暗的地方,而客厅里阳光充足。你早饭只抿一小口,不好好保养身体。你坐在紧闭的窗边,新鲜空气会对你大有好处的。不,父亲!我要请医生来,我们要遵照医嘱行事。我们要换房间,你搬到前屋去,我到这儿来。你不会觉得不习惯,屋里的东西都会搬过去的。但这需要时间,现在你到床上躺一会儿,你需要休息。来吧,我帮你脱衣服,你会看到,我能做得很好。或者,如果你愿意现在就去前屋,就先躺在我的床上。这也不失为明智之举。”

格奥尔格紧挨着父亲站着,父亲白发蓬乱的头低垂在胸前。

“格奥尔格。”父亲低声说道,身子纹丝不动。

格奥尔格立即跪在父亲身边,他看见父亲疲

惫的脸上，眼珠子瞪得特别大，正从眼角盯着自己。

“你在彼得堡没有朋友。你一直就爱开玩笑，连我也想捉弄。你怎么会偏偏在那儿有个朋友呢？我压根儿就不信。”

“你再想想，父亲，”格奥尔格说道，将父亲从沙发上扶起，父亲十分虚弱地站在那儿，他就替父亲脱掉了睡衣，“从我的朋友上次来拜访我们到现在，已经将近三年了。我还记得，你不是特别喜欢他。至少有两次，他正在我的房间里坐着，我却对你矢口否认。你不喜欢他，这我完全能理解，我的朋友很怪僻。可是后来，你却又和他聊得很投机了。你听他说话，不时地点点头，提一些问题，我当时还引以自豪呢。你要是想想，一定记得起来。他当时讲着俄国革命的耸人听闻的故事。比如，有一次他出差到基辅，正逢暴乱，他看见一个牧师站在阳台上，正用刀往自己手心里画出一个粗粗的血十字，然后举起这只手，向群众高声喊着。你自己有几次还讲起这故事呢。”

格奥尔格一边说着话，一边让父亲重新坐下，小心翼翼地帮他脱下亚麻内裤外面的紧身裤，还有袜子。他看见父亲的衣服不很干净,不禁责备自己疏忽了对父亲的照顾。提醒父亲换衣服当然也应当是他的义务。他还没有同未婚妻明说过,将来如何安排父亲,但他们已经达成了默契,认为父亲理所当然应当继续住在这老房子里。而此刻,他匆匆下定决心,要把父亲接进他的新家去。他的心情之急迫,就像是到那时再照顾父亲,可能为时已晚。

他把父亲抱到床上。就在迈向床的这几步中,他突然发现父亲在摸他胸前的表链,不禁大为惊骇。他一时无法将父亲放到床上,因为他紧紧地抓着表链。

父亲刚一上床,一切却仿佛又恢复了正常。他自己盖上被子,还特意把被子远远地拉过肩膀。他望着格奥尔格,目光没什么不友好。

“对吧,你已经想起他了吧?”格奥尔格问道,鼓励地朝他点点头。

“我现在盖好了吗?”父亲问道,似乎他自己看不见,不知道双脚是否盖好了。

“你躺在床上就舒服了。”格奥尔格一边说,一边将被子盖得更好些。

“我盖好了吗?”父亲又问了一遍,像是特别留心回答。

“放心吧,你已经盖好了。”

“没有!”儿子的话音未落,父亲就叫道,他猛地扔开被子,被子在空中完全平展开了,他笔直地站在床上,只用单手轻轻扶着天花板。“我知道,你想把我盖上,我的小孬种,可我还没被盖上呢。要对付你,我的最后一点力气就够了,而且绰绰有余! 我当然认识你的朋友。他倒可能是很合我心意的儿子。正因为这样,多年来你一直在骗他。除此以外还能有什么原因? 你以为我没有为他哭过? 因此,你把自己锁在办公室里,经理有事,不得打扰——就为了往俄国写假话连篇的信。幸亏用不着人教,老子就能看穿小子。你以为你把他打败了,他败得一塌糊涂,你就是一屁股坐在他身上,他也动弹不得,于是我的儿子先生就决定结婚了!”

格奥尔格抬头瞧着父亲这副可怕的样子。父亲突然如此了解彼得堡的朋友,这位朋友还从未像现在这样,猛然间闯进了他心里。他看见这位朋友迷失在辽阔的俄国,看见他站在被洗劫一空的店铺门边。他正置身于货架的废墟、七零八碎的货物、倒塌的煤气管中。他干吗非得跑那么远呢！

“看着我！”父亲喊道，格奥尔格很想弄明白，神思恍惚地奔向床，跑了一半却站住了。

“因为她撩起了裙子，”父亲换了嗲声嗲气的腔调，“因为她这样撩起了裙子，那个讨厌的蠢丫头，”他为了做给儿子看，高高地撩起衬衣，露出了大腿上战争年代留下的伤疤，“因为她这样这样这样撩起了裙子，你就上了，为了随心所欲地在她身上获得满足，你玷污了对母亲的怀念，背叛了这个朋友，把父亲塞到床上，使他动弹不了。但他究竟能不能动呢？”

他放下扶着天花板的手，站在那儿晃着腿，怡然自得。他为自己明察秋毫而喜形于色。

格奥尔格站在一个角落里，尽量离父亲远些。好一会儿之前，他曾下定决心仔仔细细地观察一切，以免从背后或头顶迂回曲折地遭到袭击。这时他又想起了这个早已忘却的决心，随即又忘了，就像用一根短线穿针眼。

“但是，你的朋友没有被蒙蔽！”父亲一边喊，一边晃着食指表示强调，“我是他在这儿的代理人。”

“滑稽演员！”格奥尔格憋不住，一下子喊出了口，马上意识到惹祸了，赶紧咬住舌头，却已太迟，他两眼发直，直咬到舌头疼痛难忍。

“对，我当然是在演滑稽戏！滑稽戏！说得好！除了这，鳏居的老父还有什么慰藉？你说——你活着就是要回答这个问题——，我在这后屋里，受背信弃义的仆人的迫害，老得骨头都快散架了，还能做什么？我的儿子春风得意招摇过市，做成了我打好基础的一笔笔生意，高兴得直打滚，在父亲面前俨然一位三缄其口的正人君子，然后就溜了！你以为我没有爱过你这个亲生儿子吗？”

“他马上就要往前倾了，”格奥尔格想道，“让他倒下，摔得稀烂！”这个念头闪过他的脑海。

父亲的身体往前倾，但他没有倒下。由于格奥尔格没有像他期望的那样，走上前来，他又站直了。

“就待在你那儿，我不需要你！你以为，走过来的力气你还有，只是因为不想过来就没动。你可别搞错了！我始终还是比你强壮得多。我如果孤身一人，可能不得不让步，然而，你母亲把她的力量给了我，我与你的朋友已建立了友好联系，你的顾客名单现在就在我兜里！”

“他连衬衣上都有兜！”格奥尔格自言自语，以为凭这句话就能使父亲无颜见人。他只是在一刹那间想到了这一点，因为他不断地忘却一切。

“你只管挽着你的未婚妻，走到我面前来吧！我把她从你身边赶走，你还不知道是怎么回事呢！”

格奥尔格做个鬼脸，似乎不信这话。父亲只是朝格奥尔格所在的角落点点头，表示他的话千真万确。

“你今天让我多开心，你跑来问我，是否应当把你订婚的事写信告诉这位朋友。他全都知道，你这傻小子，他全都知道！我给他写信了，因为你忘了拿走我的文具。所以，他已经好几年没回来了，他全都了如指掌，比你还清楚一千倍呢。你的信他读都不读就用左手揉成一团，右手却拿着我的信在读！”

他兴奋得在头上晃着胳膊。“他全都了如指

掌,比你还清楚一千倍!”他喊道。

“一万倍!”格奥尔格说这话,原本想讥笑父亲,可是这话一出他口,听起来就严肃得吓人。

“我已经留意了好几年,等着你来问这个问题!你以为我还关心别的事吗?你以为我在看报纸?你瞧!”他扔给格奥尔格一张报纸,不知他怎么把这报纸带上了床。这是张旧报纸,报纸的名称格奥尔格已经不认识了。

“你犹豫了多长时间啊,直到你终于拿定了主意!这期间母亲去世了,无法经历这喜庆日,你的朋友在俄国走投无路,三年前就面黄肌瘦不中用了,而我,就像你现在看到的,成了什么样子。你睁眼看看!”

“原来你一直在伺机攻击我!”格奥尔格叫道。

父亲同情地随口说:“这话你恐怕早就想说了。现在说这话,可就太不合适了。”

他的嗓门大了些:“现在你明白了,世上不光只有你,直到现在,你只知道你自己!你原本是个无辜的孩子,其实却更是个魔鬼!——所以你听着:我现在就判你溺死!”

格奥尔格觉得自己被赶出了房间，父亲在他身后扑倒在床上发出的巨响，仍在他耳边回荡。他急匆匆地下楼，仿佛滑过一块倾斜的地面，一头撞上了女仆，女仆正要上楼清扫房间。“耶稣！”她叫道，用围裙遮住脸，可他已跑得没了踪影。他跳出大门，穿过车行道，奔向河水。他已经抓牢了栏杆，就像一个饥饿的人牢牢地抓着食物。他飞身撑在栏杆上，优秀体操运动员的动作，少年时，他曾以此令父母骄傲。他的手有些撑不住了，可他仍紧握栏杆，透过栏杆间的空隙，看准了一辆公共汽车，汽车的噪音将很容易掩盖他的落水声，他轻声说道：“亲爱的双亲，我一直都是爱你们的。”松开手落了下去。

这时，桥上的车辆正川流不息。

杨劲 译

变形记

一

一天清晨，格雷戈尔·萨姆沙从一串不安的梦中醒来时，发现自己在床上变成一只硕大的虫子。他朝天仰卧，背如坚甲，稍一抬头就见到自己隆起的褐色腹部分成一块块弧形硬片，被子快要盖不住肚子的顶部，眼看就要整个滑下来了。他那许多与身躯比起来细弱得可怜的腿正在他眼前无助地颤动着。

“我出什么事了？”他想。这不是梦，他的房间，一间一点儿也不假的人住的房间，只不过稍微小了一点，仍稳稳当当地围在四片他熟悉的墙壁之间，桌上摊开着货品选样——萨姆沙是一个旅行推销员——，桌子上方的墙上挂着那张他不久前从一本画报上剪下来装在一个漂亮的金色镜框里的画，画上画着一位戴着裘皮帽围着裘皮围巾的女士，她端坐着，前臂整个插在厚重的裘皮手筒里，抬着手臂要将皮手筒递给看画的人。

格雷戈尔接着又将目光转向窗户，阴霾的天气——窗檐上雨滴声可闻——使他全然陷于忧郁之中。“如果我再继续睡一会儿，将所有这些蠢事忘个干净，这样会不会好一些呢？”他想，但他根本办不到，平时他习惯于向右侧躺着睡觉，在现在的状况下，他无法翻身侧卧，无论他用多大的气力翻向右侧，他总是又摇摇晃晃地转回仰卧的姿势。他试了大概有一百次，眼睛也闭上，以免看见那些动个不停的腿，直到在腰侧感到一种前所未有的轻微的钝痛他才停止。

“天啊，”他想，“我选了个多么累人的职业啊！日复一日奔波于旅途之中。生意上的烦人事比在家坐店多得多，还得忍受旅行带来的痛苦，倒换火车老得提着心，吃饭不定时，饭菜又差，交往的人经常变换，相交时间不长，感情无法深入。让这一切都见鬼去吧!”他感到肚子上有点痒,便用背将身躯蹭到靠近床柱处,这样才比较容易抬起头来看。他看见发痒的地方布满白色小点,说不出那是些什么东西,想用腿去摸摸,但立刻就缩回来了,因为一接触全身就起一阵寒战。

他又滑回原来的地方。“这种提早起床的事,”他想,“会把人弄傻的。人需要睡眠。别的旅行推销员过的是后妃般的生活。譬如说,上午当我找好订户回旅馆来抄写订单时,这些先生们才坐在那儿吃早餐;若是我敢和老板也来这一套的话,会马上就被炒鱿鱼的。谁知道呢,说不定那样的话对我倒好,如果不是为了父母而强加克制的话,我老早就辞职不干了,我会到老板那儿去把心底话一吐为快,他听了定会从桌子上摔下来!那也真是一种怪异做法,自己高高地坐在桌子上对底下的职员说话,而他又耳背,人家不得不靠到他跟前去。还好,我还没有完全失去希望,一旦把父母欠他的钱存够了——大概还得五六年时间吧——我一定要做这事,到时候会有个大转机的,不过暂时还是得起床,我的火车五点就要开了。”

他看看柜子上滴滴答答响着的闹钟。“天

哪!”他想,时间是六点半,而指针还在毫不迟疑地向前走着,六点半已过了,已经接近六点三刻了。闹钟难道没有响?从床上看到闹钟是拨到四点钟的,这没错:它肯定是响过了,是的,但他怎么可能在那震耳欲聋的闹声中安静地睡着呢?噢,他睡得并不安宁,但可能因此睡得更熟吧。只是,现在该怎么办呢?下一班火车七点开,想搭上它,他就必须火速行动,而样品还没有收拾好,他自己也感到不怎么有精神,并且不怎么想动。就算他赶得上这班车,老板照样会大发雷霆,因为公司的差役等在五点那班车旁,早把他没赶上车的事报告上去了,那人是老板的走狗,没脊梁也没头脑。那么,请病假好不好呢?那将会很尴尬,而且也显得可疑,因为格雷戈尔工作五年以来还没生过一次病,老板一定会带着医疗保险公司的特约医生来,还会为他的懒惰而责怪他的父母。所有的借口都会因为医生的在场而被反驳掉,对这位医生而言,世界上根本就只有磨洋工泡病号的极为健康的人,况且,今天这事如果他这么认为的话,是不是就完全不对呢?除了昏昏欲睡,而这一点在睡了这么久之后简直是多余的,格雷戈尔感觉极佳,甚至感到特别饿。

他脑子里快速地想着这一切,下不了起床的决心——闹钟正敲六点三刻——这时靠他床头那边的门上传来小心翼翼的敲门声。“格雷戈尔,”有人叫他——那是妈妈——,“六点三刻了,你不是还得赶火车吗?”正是那柔和的声音!格雷戈尔听见自己回答的声音时吓了一跳,这明明是他原来的声音,可是里面夹杂着一种好像是来自下面的、压制不了的痛苦的尖声,正是这高音使得他说出的话只有初时还听得清,紧接着就被搅乱了,使人不知道自己到底听对了没有。格雷戈尔本想详细回答,还想一一解释,但是在这种情况下,他只说了:“是的,是的,谢谢,妈妈,我这就起床。”格雷戈尔声音的改变在木门外大概听不出来,因为母亲听了这一解释也就放心了,她踢踢踏踏地走开了,但是家里其他人由于这简短的对话注意到格雷戈尔还在家,这是出乎他们意料的。父亲这时已经在敲侧面那扇门了,轻轻敲,但用的是拳头。“格雷戈尔!格雷戈尔!”他叫道,“你怎么啦?”过了一会儿他用比较低沉的声音再次催促他:“格雷戈尔!格雷戈尔!”从另一侧的那扇门传来妹妹轻轻的带着担心的声音:“格雷戈尔?你是不是不舒服?你需要什么吗?”格雷戈尔同时回答着两边的话说:“我这就好了。”他极为小心地注意发音,每个字之间停顿得比较久,竭力使话听不出有什么异常。父亲也回去接着吃他的早餐了,妹妹却低声地说:“格雷戈尔,开开门,我求你了。”格雷戈尔却一点也不想开门,反而高兴自己由于经常旅行养成小心的习惯,晚上在家也锁上所有通向他房间的门。

首先他想安静而不受打扰地起床穿衣,最要紧的是吃早饭,然后,好好地想想下一步怎么做,因为他很清楚,躺在床上想是想不出什么好结果的。他想起,或许是由于睡觉姿势不对,平时他躺在床上时,身上常有隐隐作痛的感觉,起床之后就明白那只不过是想象的,他很想知道,今天的幻想会如何渐渐地消失。他的变声不是因为什么别的原因,而是重感冒的先兆,这是旅行推销员的职业病,对此他深信不疑。

将被子掀掉并不难,他只需涨大肚子,被子就会自动滑下去,不过下一步就难了,特别是因为他的身躯非同一般的宽,想坐起来就得用手和肘来撑，但他只有好多细小的腿，它们不停地乱动，而他又控制不住它们，当他想屈起某一条腿时，这条腿首先就是伸直；如果他成功地让这条腿听自己指挥了，这时所有其他的腿也就都好似被释放了，痛苦地在极度兴奋中扑腾起来。“可千万别无所事事地呆在床上。”格雷戈尔对自己说道。

起初，他想下半身先下床，可是他还没见过自己的下半身，想象不出它是什么样子，结果它是那么难以移动，整个进度十分缓慢，简直快把他急疯了。最后，当他不顾一切用尽全力向前冲去时，他选错了方向，重重地撞在床尾的柱子上。身上的灼痛让他明白，目前他身体最敏感的地方也许就是他的下半身。

因此，他就设法让上半身先下床，他小心地把头转向床沿。这事倒容易，而且身躯虽然又宽又重，终于也跟着转过来了。但是当他终于能够把头伸到床外时，他不敢继续这样向前挪动了，因为如果他最后让自己就这样掉下床的话，脑袋不摔伤才怪呢，恰恰是现在，他是无论如何不能丧失知觉的；他觉得还是待在床上比较好。

他又费尽力气恢复原来的姿势，喘着气躺着，当他看着自己那些细腿扑腾得更厉害，而他又毫无办法使这些胡来的东西安静下来时，他就再次告诉自己，不能就这么留在床上，最理智的做法是，只要有一线希望就要不顾一切离开床铺。同时他也不忘记不时提醒自己，冷静地、极其冷静地思考要远比乱拼瞎决定好。在这种时刻，他尽力注意看着窗外，可惜晨雾不能带给他多少信心和鼓励，它连窄窄街道对面的一切都遮住了。“已经七点了，”当闹钟又响起时，他对自己说，“已经七点了，雾还这么大。”他缓慢地呼吸着，静静地躺了一会儿，好似在这完全的寂静中或许可以期待一切恢复真实和自然的正常状态。

但是接着他又对自己说：“七点一刻之前我一定得下床。反正到那时候公司也一定会有人来找我的，因为公司在七点前开门。”现在他开始将整个身体完全均衡地向床边摇晃过去。如果以这种方式翻下床，而他在掉下去的一刹那用力抬起头的话，那么头部将不至于受伤。背部似乎是坚硬的，掉到地毯上大概也不会出事。他最大的顾虑是掉下地时会有很大的响声，这如果不使门外的人大吃一惊，也会令他们担忧的。不过也只好硬着头皮一试了。

当格雷戈尔半个身子伸出床外时——这新方法与其说是苦工，倒不如说是一种游戏，他只需一摇一晃地挪动就行——他忽然想到，如果有人来帮忙的话，一切会多么简单易行。只要两个强壮的人就够了——他想到他的父亲和女佣——他们只需将手臂伸到他隆起的背部下边，拉他离床，弯腰放下重负，然后小心而有耐心地等待他在地上翻个身就行了，但愿他的那些细腿到时会变得懂事。那么，先不说门都是锁着的，他是否真该叫人帮忙呢？虽然境况那么糟，但一想到这里，他就忍不住微微笑起来了。

当他用力摇晃时，身体已经快要失去平衡了，而他也必须马上做出最后的决定，因为还差五分就是七点一刻了——这时大门的门铃响起来了。“公司来人了。”他对自己说，身子几乎僵住了，而那些细腿却挥舞得更慌乱了。片刻之间家中一点声音也没有。“他们不去开门。”格雷戈尔怀着一种毫无道理的希望自言自语地说。但是，女佣自然还像往常一样踏着坚定的步子去开门。听到来客第一声问好的话，格雷戈尔马上就知道来的是谁了——法律全权代理亲自来了。怎么格雷戈尔就这么命定得到这么家公司干活，在这儿出了最小的差错马上就会遭受最大的怀疑。难道所有职员全都是无赖？难道在他们当中就没有一个忠心耿耿的，早上几小时没有为公司干活就受尽良心的折磨，并真的是下不了床的？难道叫个学徒来问问就真的不够吗？——假如真有必要来问的话——难道非得法律全权代理亲自前来，因而让无辜的全家都看到，这可疑的事情只有交给他这样有头脑的人才能调查清楚？格雷戈尔越想越激动，出于这激动而不是经由正确的决定，他一用力将自己甩下床去。声音很大，但也不是那种震耳欲聋的响声，地毯使他跌落的声音减弱了，另外，他背部的弹性也比他想的要好些，因此，发出的声音是那种不引人注意的钝声。只是他不够小心，没把头抬好，头给撞了，他又气又疼，转转头在地毯上磨蹭着。

“房里有东西掉下来了。”全权代理在左边的房间说。格雷戈尔努力想象，今天发生在他身上的事，是不是有朝一日也会发生在全权代理身上呢？严格说来，人们该承认是有这种可能的。但是,犹如给他的提问一个粗暴的回答,全权代理在隔壁房间走了几步,他的步子坚定有力,漆皮靴子在地板上踩得嘎嘎直响。妹妹在右边房间小声向他报信:“格雷戈尔,全权代理来了。”“我知道。”格雷戈尔喃喃自语着,但他不敢说得让妹妹听得见。

“格雷戈尔,”现在父亲在左边的房间里说,“全权代理先生来了。他是来问,为什么你没有搭早班火车走,我们不知道该怎么回答,况且,他要和你亲自谈,你就把门打开吧,他会宽宏大量原谅你房间的凌乱的。”“早安,萨姆沙先生。”全权代理也很友好地插话叫他。“他不舒服,”当父亲还在门旁说话时,母亲对全权代理说,“他不舒服,相信我吧,代理先生,要不然他怎会误车呢!这孩子脑子里装的只有公司的生意。晚上从不外出娱乐,我都快为这生气了。最近这八天他都在城里,但他每天晚上都待在家。他和我们在一起,安静地坐在桌旁看报,要不然就研究火车时刻表,做做木工活对他已经就是消遣了。譬如说,他用了两三个晚上刻了一个小镜框;它真漂亮,您看到了也一定会惊奇的;镜框就挂在他房里;等格雷戈尔开了门您马上就可以看到了。您来了真使我高兴,先生;我们自己真是没法叫他开门;他太固执了,他一定是不舒服,虽然早晨他否认有病。”“我马上就来。”格雷戈尔缓慢而谨慎地说,可是他一步不动,这样才能听清谈话中的每个字。“如果不是生病就无法解释了,”全权代理说,“希望不是什么大病。虽然另一方面我得说,我们生意人为了顾及生意往往顾不得一些小病,——这是福是祸,就看人们怎么想了。”“全权代理现在可以进去了吗?”父亲不耐烦地问着,又敲起门来了。“不行。”格雷戈尔说。左边房间出现了一阵尴尬的静默,右边房里妹妹啜泣起来了。

妹妹为什么不和别人在一起呢?或许她是才起床还没有穿衣服吧。她为什么哭呢?是因为他不起床,不让全权代理进屋吗?因为他有失去工作的危险,而老板又会来向父母讨债吗?大概眼前还不必担心这些吧,格雷戈尔人还在这儿,他根本就没有离家出走的念头。眼下他躺在地毯上,如果人家知道他的状况,是不会真的要他开门让全权代理进来的。可是格雷戈尔不会因为这点小小的失礼行为马上就被辞退的,今天这事以后总会找到合适的借口解释过去的。在格雷戈尔看来，如果现在让他安静，不用眼泪和劝说来打扰他，是比较理智的做法。可是大家不明详情，他们这么做也是无可厚非的。

"萨姆沙先生，"全权代理提高嗓门喊道，"到底是怎么回事？您将自己关在房里，只用行或不行来回答，引起您父母的极大担忧，这是毫无必要的。您还疏忽了——这只是顺便提提——您在公司的职责，您的做法事实上是闻所未闻的。我以您双亲和您老板的名义对您说话，十分严肃地请您马上把事情解释清楚。真叫我惊讶，真叫我惊讶。我一向认为您是位冷静有理智的人，而现在看来，您似乎突然闹起莫名其妙的情绪来了，今早老板已暗示过我，您旷职的原因可能是什么——指的是不久前交给您管的收账权——，但是，我真是差不多是用我的名誉为您担保了，我说这是不可能的，而现在我亲眼看到您执拗得不可理喻，再也不会有兴趣为您说任何话了。您在公司的职位并不是那么牢固的，原本我打算私下里把这些事告诉您，但您既然在这儿白白浪费我的时间，我就看不出有什么理由不让您的父母也知道这些事。

近来您的成绩令人非常不满意;虽说这不是特别好做生意的季度,这点我们承认,但是整整一个季度没有生意,根本是不可能的,萨姆沙先生,是不允许的。”

“但是,代理先生,”格雷戈尔焦急万分地喊道,他太激动了,忘记了其他一切,“我马上,立刻来开门。一点点不舒服,一阵晕眩,使我起不了床。我现在还躺在床上。不过现在我又感觉有精神了。我正在下床呢。请耐心地稍等片刻!看来状况没有我想的那么好,不过我已经感到能行了。一个人怎么就突然发生这样的事呢!昨晚我还好好的,我的父母亲是知道的,或者说得准确些,昨晚我已稍稍有些预感了,是该看得出来的,为什么我偏偏就没有去向公司报告呢!只是,人一般总是想,一点小病能够顶过去,不需要留在家里休息。代理先生!体谅体谅我的父母吧!您刚才对我的那些指责是没有什么理由的:没人告诉过我这些事。您大概还没看到我最近寄回公司的那些订单吧。我还要搭八点的火车出差呢,休息了几个钟头我精神好多了。别让我耽误您的时间了,代理先生;一会儿我就会上班去的,劳您驾先去说一声,还请您代我问候老板!"

格雷戈尔一面慌乱而快速地说着这些话,其实自己都不知道说的是什么,一面不费什么力气就靠近了柜子,这大概是因为有了床上的那些练习,现在他想撑着柜子站起来。他是真的想打开门,想露面,想和代理说说话;人家现在这么急于见到他,看到他的样子后他们会怎么说呢,这他很想知道。如果他们大吃一惊,那么责任就不再在他这边了,他可以心安理得;如果他们镇定自若接受一切,那么他就没有理由慌张,动作快一点的话,还真能赶上八点那趟火车。柜子很滑,起先他滑下来好几次,但是最后用力一提劲,终于站起来了;下身灼痛得厉害,但他顾不得那么多了。现在他将身体靠在旁边的椅背上,用他的细腿紧抓住椅背的边。这么一来他就把握住自己的身体了,他一言不发,因为这时他听见全权代理的声音了。

"您二位听懂一个字了吗?"代理问他的父母,"他不至于把我们当傻瓜吧?""天啊,"母亲声泪俱下地喊起来了,"说不定他病得很厉害,而我们还在折磨他。葛蕾特!葛蕾特!"接着她大叫着。"什么事,妈妈?"妹妹从另一边喊道。她们就隔着格雷戈尔的房间对讲起来了。“你得马上去请医生,格雷戈尔病了,快去找医生。你听见他说话的声音了吗?”“那是动物发出的声音。”全权代理说。他的声音同母亲的尖叫相比,显得特别低。“安娜! 安娜!”父亲对着前厅朝厨房那边喊着,还拍手叫人,“立刻找个锁匠来!”话刚说出口,两个姑娘就已穿过门厅,她们的裙子嗖嗖地响——妹妹怎么这么快就穿好衣服了?——,接着猛然打开单元门出去了,听不见关门的声音;她们大概是让门就这么开着,发生重大事故的人家总是这样让门开着的。

格雷戈尔现在则镇静多了。人家是听不懂他的话了,他自己听自己的话倒是很清楚,甚至比以前更加清楚,或许是因为耳朵适应了,不过至少现在人家相信他不完全对劲,而且准备来帮助他了。他们作这些初步的安排时显得很有把握,也充满信心,这使他感到舒服。他觉得自己重又被纳入人类圈子,但愿医生和锁匠能做出不寻常的成绩。事实上他并没有准确分清两者的差别。为了使在就要来到的关键性谈话中自己的声音尽可能地清晰,他清了清嗓子,自然是努力压低声音,因为很可能这声音听起来也不像人的咳嗽声了。这一点连他自己也没信心去分辨了。隔壁房里一片静默,或许是父母和代理正坐在桌旁低声谈话,或许大家都靠在门上听他的动静。

格雷戈尔撑着椅子移身向门口走去,到了门旁,放开椅子,将身体靠向门,借着门撑住自己——他那细腿的脚底有些黏性——,就这么休息了一会儿,接着他开始用嘴去转动锁孔中的钥匙,糟糕的是,他像是没有真正的牙齿——不用牙齿他能用什么去抓住钥匙呢?——不过下颚倒自然是很结实的;借助下颚他也真的转动钥匙了,但他肯定受了什么伤,因为从他嘴里流出了一些棕色液体,流过钥匙,滴到地上,对这,他一点也没去注意。“您二位听听,”代理在隔壁房里说,“他在转动钥匙。”这对格雷戈尔是个极大的鼓励;但是大家,连父亲母亲在内,都该为他高呼助威才对:“加油,格雷戈尔,”他们应该这样高喊,“不要放松,坚持弄开门锁!”他想象他们都聚精会神地在注视着他的努力,便用尽力气不顾一切昏昏然地咬住钥匙,随着钥匙转动,他也绕着锁转动,现在他只用嘴撑住身体站立着;他根据需要,时而将自己贴靠着钥匙,时而用全身的重量去压下钥匙。锁终于打开了,响亮的咔嗒声使格雷戈尔清醒过来。他松了一口气自言自语地说:“那么我不用锁匠就打开锁了。”他把头靠在门把上去,想把门整个打开。

因为是用这种方式开的门,所以门已经开得很大而人家还看不到他,他得先慢慢地从那扇门后转出来,并且得十分小心,以免人们进房之前自己就四脚朝天摔倒在地。他还在忙于艰难地挪动,顾不上管别人,就听到代理“啊”的一声大叫起来——声音像刮风声——现在他也看得见他了。他靠门最近,手遮着张开的嘴正在慢慢地后退,好似有一股看不见的力量有规律地推动着他。母亲——虽然全权代理在场,她还披头散发——先是双手合起看着父亲,接着朝格雷戈尔走了两步就昏倒在地,她的裙子摊开在她的四周,脸垂到胸前完全看不见了。父亲充满敌意地握紧拳头,像是想把格雷戈尔推回房里,接着又疑惑不定地看看起居室,然后用手遮着眼睛哭了起来,哭得他壮实的胸膛也颤动起来了。

格雷戈尔并不进房去,他在里头靠在那半扇

扣紧的门上，所以只能见到他半个身体和那侧探出来的头，他对着他们看。这时天亮了，可以清楚地看见街对面那幢没尽头的灰黑色房子——这是一家医院——房子临街的一边突出一排整齐一律的窗子；雨还在下着，不过只是一滴滴可见的落在地上的大雨点。桌上摆了许多早餐的杯盘，因为早餐是父亲最重要的一顿饭，他在早餐时看好几份报纸，一坐就是几小时。对面墙上挂着一张格雷戈尔服兵役时的照片，他穿着少尉军装，看他手握着剑，面带无忧无虑的微笑，样子像在要求人家尊敬他的姿势与制服。通往门厅的门是开着的，因为大门也开着，所以可以看到门前平台和通往下面的几级楼梯。

“好吧，”格雷戈尔说，他很明白他是唯一保持镇静的人，“我会马上穿好衣服，收拾好样品，然后动身上路。您愿意，您愿意让我去吗？是啊，代理先生，您看，我并非冥顽不化，我是很愿意工作的；出差旅行是苦差事，但我不出差就无法生活。您上哪儿去，代理先生？去公司吗？是吗？您会将所有事都照实报告上去吧？一个人可能暂时失去工作能力，但这时也是想着他以前做出的成绩的时候,还可以考虑到,当他排除障碍之后,他会比先前更加勤快更加尽力工作的。我对老板真是忠心耿耿,这您是很清楚的。另一方面我还得操心父母和妹妹。我还陷于困境中,但我会重新挣扎出来的。我已十分为难了,请不要再雪上加霜。在公司里请站在我这一边吧!我知道,公司里大家都不喜欢旅行推销员,以为他赚钱多日子美,他们没有什么特别的理由和机会可以比较仔细地去考虑这种成见的对错。但是,代理先生,您不同,您比其他同事更能全面掌握情况,私下说说,比老板本人更能通观全局,公司是老板的,因而他容易受误导而做出对职员不利的判断。您知道得很清楚,旅行推销员一年到头不在公司里,很容易成为流言蜚语和偶然事件的牺牲品,很容易受到无中生有的责怪,而他是根本不可能辩解自卫的,因为他对这些事一无所知,等到他精疲力竭结束旅行回到家里,这才亲身领会到那些可怕的后果,而原因是再也看不清摸不透了。代理先生,您先别走啊!总得说句话表示您觉得我还有一点儿是对的再走啊!”

可是全权代理才听了开头的几句话就转过身

去了,他张大着嘴,颤抖着肩,侧过头去看格雷戈尔。在格雷戈尔说话时,他一刻也没站定,而是眼盯着格雷戈尔一小步一小步地朝门口走去,好像有一道神秘的禁令不准他离开房间似的。已经走入前厅了,他最后一脚踏离起居室时那种突然的快速动作,真让人以为他脚底着火了。在前厅,他把手长长地伸向楼梯,好像那儿有神灵等着救他似的。

格雷戈尔清楚,如果不想让自己的职位受到最严重的危害,无论如何是不能让代理带着这种情绪离开的。父母亲对这一切是不太清楚的,他们在这些年里已经建立起信心,以为格雷戈尔待在这家公司,生活一辈子都有保障,何况他们眼下还有那么多叫人忧虑的事得应付,一点也无力去想将来的事了。但是格雷戈尔有先见之明。必得留下代理,安慰他,说服他,最后赢得他的信任;格雷戈尔和全家人的前途就在此一举了!如果妹妹在这儿就好了!她很聪明;当格雷戈尔还镇静地仰躺在地上时,她就已经哭了。而且,代理是个色鬼,他肯定会听她指挥的;她肯定会关上大门,在前厅里对他说话,说得他不再惊恐。但是妹妹偏偏不在,格雷戈尔必须自己采取行动了。他对自己目前的活动能力根本心中无数,也没有去想,人家可能,甚至相当肯定又会听不懂他的话,这些他都没想,就离开了那扇门,挤身过去,想要走到代理那儿去,代理这时正在屋前平台上可笑地用双手紧紧抓住楼梯栏杆;格雷戈尔刚这么一动就立刻倒下,一边找着可以支撑的东西一边轻轻叫了一声,那许多细腿已着地了,还没有整个趴下,他就感到身体舒适了,在今天早上这还是第一次;细腿在地下站得很稳,他十分高兴地注意到,它们完全听话,努力带他朝他想去的地方走去;他已相信,根本好转的时候已经到来了,但是就在这时,当他在离母亲不远的地方,趴在她对面的地板上,摇晃着想慢慢动作起来时,原先看起来一动不动的母亲,突然一下子跳了起来,伸开手臂,张开手指,喊了起来:“救命啊,天啊,救命啊!”她低下头,好像想把格雷戈尔看得更仔细些,但却又事与愿违不知不觉地后退,忘了她后面有张摆满杯盘的桌子,到了桌旁,又恍恍惚惚地慌忙坐上去,似乎根本没有注意到桌上大咖啡壶已打翻,咖啡正在她身后大股地流到地毯上去。

“妈妈，妈妈。”格雷戈尔轻声地叫她，朝上望着她。此刻他已完全忘了全权代理；相反地，看到流下的咖啡时，他忍不住用嘴巴向空中咂了咂。这使他母亲重又尖叫起来，她逃离桌子，倒在急忙跑过来的父亲的怀里。但是格雷戈尔现在顾不上他的父母了；全权代理已踏上往下去的楼梯，下巴靠在栏杆上，还回头看了最后一眼。格雷戈尔想跑动起来，好尽可能追上他；代理一定是预感到什么，因为他一跳就跳下好几级楼梯，接着就消失了，但他还在发着“呼！”声，声音穿过整个楼梯过道。糟糕的是，到现在为止一直比较镇定的父亲由于代理的逃离也显得慌乱了，因为他不但自己不去追赶代理，或者至少不要阻挡格雷戈尔去追赶，反而右手抓住代理连同帽子、大衣和留在沙发上的手杖，左手抓起桌上的一大张报纸，一面跺着脚，一面挥动手杖和报纸要将格雷戈尔赶回房里去。格雷戈尔的恳求一点用也没有，他的恳求也不被理解，他再谦卑地转着头也没用，父亲反而把脚跺得更重。那边，母亲不管天气寒冷，用力打开一扇窗子，探身窗外，用手掩住脸。巷子和楼道之间刮起一阵穿堂风，窗帘吹起了，桌上的报纸簌簌地响，一张张被刮到地下去。父亲毫不松懈地赶着他，发出嘘嘘的叫声，像一个野人似的，只是格雷戈尔还没学过如何后退走路，实在走得很慢。假如情况允许他转身的话，他会马上退回到房间，但是转身很缓慢，他害怕这会使父亲不耐烦，而父亲手中那手杖随时都可能对着他背上或者头上给他致命的一击。最后格雷戈尔一点别的法子也没有，只有转身了，因为他惊恐地注意到，后退时连方向都弄不准，这样他就一边不断偷偷惶恐地侧眼盯着父亲，一边开始尽可能地快速掉转身体，事实上却转得很慢。也许是父亲注意到他良好的意愿了，因为他掉转身体时父亲不干扰他，而且还远远地用手杖尖端不时指挥他转身的动作。如果父亲不发出这无法忍受的嘘嘘声该多好啊！格雷戈尔快被这声音弄疯了。他一直用心地听着这嘘声，当他快要整个地转过身时，甚至于搞错了！又转回了一点。当他终于把头转到门口时，发现身躯太宽，要通过可不那么容易。父亲处在眼下这种心理状态中，自然一点也不会想到将另一扇门打开让格雷戈尔有足够的地方通过去。他心中只有一个念头，格雷戈尔必须尽快地进他自己的房间去,让他站立起来或许就进得去。但这得做许多麻烦的准备,父亲是绝不会允许的。他倒反而用更大的声音驱赶格雷戈尔向前走,好像什么障碍也不存在似的,在格雷戈尔后面的声音,听起来已一点也不像仅仅只是一个父亲发出的了;这可真不是闹着玩的了。于是格雷戈尔不顾一切挤进门去。他身躯的一边抬高起来,斜着身体躺在门洞里,身体的一侧擦伤了,白色的门上留下难看的斑迹,很快他就被夹紧了,靠他自己是一点也动弹不得了,向上一边的细腿挂在空中颤抖着,另一边的则被压在地上,十分疼痛——这时,父亲从后面重重地给了他解脱性的一脚,他跌进房间中间,身上流着血。门用手杖给关上了,屋里终于安静下来了。

二

直到暮色朦胧时,格雷戈尔才从他那昏厥似的沉睡中醒过来。如果没有干扰的话,他过一会儿也肯定会醒的,因为他感到自己休息过来了,觉也睡足了,不过他仍觉得好像是被一阵轻轻的脚步声和小心关闭通往前厅的门的声音给弄醒了。街灯的亮光,这儿一块那儿一块淡淡地映在天花板和家具的上半部,但是底下格雷戈尔那儿却是一片漆黑。他笨拙地用触角探索着,到这时他才知道触角之可贵。他慢慢地将自己朝着门口移去,想看看那儿到底发生了什么事。他身躯的左侧像是一条长长的、紧紧地绷得很不舒服的伤疤,他只能一瘸一拐地用那两排细腿走路,此外有一条腿在上午的事故中受了重伤——只有一条腿受伤,简直是个奇迹——,它毫无力气地被拖着走。

到了门旁他才发现,真正吸引他过来的是什么:那是食物的气味。因为那儿放了一个小钵,里面盛满甜牛奶,还有切成细块的白面包浮在上面。他高兴得快要笑起来了,因为他现在比早晨饿得更厉害,于是马上将头埋入牛奶中,连眼睛都快浸没了,但是,很快他又失望地把头抽了回来;不仅是因为那不好对付的左侧使他吃东西很困难——他只有在全身用力一起动作时才能吃到东西——,还因为牛奶一点也不好吃了。而牛奶一向是他最喜欢的,妹妹一定是因此才将牛奶放在这儿给他吃的;他简直是厌恶地转离钵子,爬回房间中央去的。

格雷戈尔从门缝里看到起居室已点起煤气灯,平常这时候,父亲总要高声把晚报读给母亲听,有时妹妹也听,但现在什么声音也听不到。妹妹经常把这事讲给他听或者写信告诉他,不过或许最近以来父亲不大朗诵了。但是周围都那么寂静,而家中肯定是有人的。“我们一家过的是多么平静的日子啊。”格雷戈尔对自己说,他一面不动地在黑暗中这么看着,一面觉得自己能让父母亲和妹妹在这么好的住房中过上这样的日子真值得自豪。可是,如果现在这一切的安静、富足、满意都可怕地结束了,那可怎么办呢?为了不让自己沉浸在这种思绪中,格雷戈尔宁愿活动起来,在房里爬来爬去。

在这个长长的夜晚中,有一边的门打开了一小道缝,后来有一次另一边的门也被打开了,两次都是接着马上就又关上了;显然是有人很想进来,但又顾虑太多。格雷戈尔现在紧靠着通往起居室的门停了下来,他决定想办法让那踌躇的访客进来,至少也该知道他是谁;但是门再也没有打开过,他只有徒劳地等待着。今天早晨,门锁着时,大家都想进来，现在，他已开了一扇门，白天其他的门锁显然也都被打开了，却再也没有人来，而且钥匙现在是插在外面的。

直到深夜起居室才熄了灯，现在可以很容易地确切知道，父母和妹妹是一直久久地守在那儿的，因为可以清楚地听见他们三人蹑手蹑脚走开了。到明天早晨是不再会有人来看格雷戈尔了；这样他就有一段长的时间可以不受打扰地考虑如何重新安排现在的生活。但是他被迫趴在地板上的这间高而空的房间使他害怕，他找不出害怕的原因，因为这可是他已住了五年的房间呀——他半无意识地转了身，带着一些羞愧急忙钻到长沙发底下，虽然背部有点被挤压着，头也抬不起来，但他立刻感到很舒服。可惜身躯太宽，不能整个藏进去。

整整一夜他就待在那儿，有时半睡着，可又时时被饥饿感弄醒，有时则沉在忧虑之中，时而夹杂着模模糊糊的希望，总的结论是，目前他必须镇定从事，要有耐心，要极端体贴家人，使他们比较容易忍受他在目前的状况下不得已给他们造成的烦恼、难堪。

清晨，其实那几乎还是夜里，格雷戈尔就已经有机会检验自己刚下的决心到底坚定不坚定了，因为，几乎穿戴整齐的妹妹从前厅那儿打开了他的房门，紧张地朝房里看。她没有立刻看到他，但当她发现他在长沙发底下时——天啊，他总得待在哪儿吧，他又不能飞走——吓了一大跳，便不由自主地将门从外头砰地关上。但是，仿佛对自己的行为感到后悔，她立刻又把门打开，踮着脚走进来，好像探望的是重病人，甚或是陌生人似的。格雷戈尔把头一直伸到长沙发边上注视着她。她是否会注意到他没喝牛奶，并且绝非因为不饿？她会不会拿来其他比较适合他的食物？如果她不自动地去做这事，他是情愿饿死也不会去促使她注意的，虽然他极想从沙发底下冲出来，趴在她的脚边，求她随便拿点什么好吃的来给他吃。但是妹妹马上就惊讶地发现钵子里牛奶还是满满的，只是四周洒了一点，她立刻拿起钵子端了出去，但不是用手直接拿，而是垫着一块抹布拿的。格雷戈尔极为好奇地想知道，她会拿什么来替换，他脑子里转着各种不同的想法。但是，善良的妹妹实际上做的，却是他无论如何也猜想不到的。为了让他试试口味，她带来了许多不同的东西，摊开在一张旧报纸上。有半腐烂的不新鲜蔬菜；有晚餐剩下的肉骨头，外面还蒙着一层汤汁的冰；几粒葡萄干和杏仁；有一块奶酪，就是两天前格雷戈尔说它已不能吃的那块；有一块没涂东西的面包，一块涂了黄油的面包，一块涂了黄油又撒了盐的面包。此外，她又放了一只钵，在里头倒了水，看来这钵是永远归格雷戈尔专用了。因为她知道，格雷戈尔当着她的面是不会吃的，出于体贴，她很快地退出房间，甚至还把钥匙转了一圈，只为了让格雷戈尔知道，他可以随心所欲舒舒服服地吃东西了。格雷戈尔的那些细腿飞快奔向食物。他的伤肯定是全好了，他没有再觉得有什么不便，对此他感到吃惊；他想起一个多月前手指头让刀子给切伤了，那伤口到前天还在疼呢。“难道我现在感觉不那么灵敏了？”他想，接着就津津有味地吮吸起奶酪来了，在各种食物中，奶酪立刻并且一直吸引着他。他很快地一样接着一样把奶酪、蔬菜和肉汁都吃了，眼中含着满意的泪水；相反地，新鲜的食物他觉得不好吃，他甚至不能忍受它们的气味，把他想吃的东西拖得离它们远一点。当妹妹慢慢转动钥匙给他一种信号让他退走时,他早已吃完,正懒洋洋地躺在原处。这立刻将他吓了一跳,虽然他差不多正打着瞌睡,于是他又急忙回到长沙发底下。可是这要他有很大的自我克制力才行,即便是在妹妹留在房里这短短的时间内,因为吃了这么多东西,他的肚子鼓起来了,挤在那狭窄的地方快要不能呼吸了。忍着一阵阵憋气的难受,他用有些突出的眼睛看着那毫不知情的妹妹。看她用扫帚不只将他吃剩的,也将那些他碰都没碰的食物扫在一起,好像连这些也不能再要了,然后急忙将所有东西倒入一个桶里,用木盖子盖住,接着全提走了。她刚转过身,格雷戈尔就从沙发底下爬出来,伸伸腿,打打呃。

格雷戈尔就是这样每天得到他的食物的,早晨一次,那时父母亲和女佣都还在睡觉,第二次是在大家吃过中饭之后,因为这时父母也还得睡上一小觉,而女佣则会被妹妹支开去随便买点什么。他们肯定也不愿意他饿死,但或许是有关他吃东西的事,他们只听人说说,还能忍受,更多的就受不了了,或许是妹妹想尽可能地一点也不让他们伤心,因为,事实上他们已经够痛苦的了。

那天上午他们是用什么借口把医生和锁匠打发走的，格雷戈尔一点儿也不知道，因为人家既然听不懂他的话，也就没有人会想到，连妹妹也没想到，他能够听懂别人的话。这样，每当妹妹在他房间时，他就只能时而听到她叹息和念着神明的声音了。到后来，当她对一切稍微习惯了——完全习惯自然是绝不可能的——，格雷戈尔才偶尔听到她的评论，总是善意的或者是可能那样理解的。“今天他可吃得香呢。”如果格雷戈尔在底下把食物打扫得一干二净，她就这么说，如果情况相反，而相反的情况越来越常出现，她就会近乎忧伤地说：“又是什么都剩下不吃。”

格雷戈尔虽然无法直接得到什么新消息，但有时也能从隔壁几个房间里偷听到一些事。只要一听到哪儿有声音，他就立刻往那边的门跑去，全身紧贴着门。特别是在最早那些日子里，没有一次谈话不多多少少与他有关，即使只是秘密地谈着。足足两天，一到饭桌上大家就商量现在该怎么应付；但是，不在吃饭时他们也在谈论同一题目，因为家中总是至少有两个人在，想必是没人愿意单独留在家中，而全家都走光更是不可能的事。

还有,马上在第一天女佣——对这事故她知道些什么,知道多少,这都不大清楚——就向母亲苦苦哀求,要母亲立刻辞退她,一刻钟之后,她来告别,泪水汪汪,为她得以走掉感谢不尽,简直就像人家为她做了件最大的善事。她还发了毒誓,绝不对任何人讲起任何一点有关的事,其实并没有人要求她这么做。

现在妹妹也得帮母亲做饭了;不过这不太费事,因为大家几乎什么也不想吃。格雷戈尔老是听到家里一个人劝另外一人吃,可总是徒然,得到的回答不外是"谢谢,我吃够了"或者类似的话。或许酒也不喝了。妹妹时常问父亲要不要喝啤酒,她还真心诚意地站起来要亲自去买,当父亲沉默不答时,她就说也可以让管房子的女人去买,好免去他的顾虑,但父亲最后会重重地说一声"不",这事就不再谈了。

在最初的几天里,父亲就向母亲和妹妹讲明了家里全部财产的情况以及对未来的企盼。他不时从桌旁站起来,从一个小小的保险箱里取出某一张单据或某一本记事簿,这保险箱是五年前他公司破产时他抢救出来的。可以听得见他如何打开那把复杂的锁，取出所要的东西后又如何锁上的声音。在父亲的这些解释中，有些话是自从格雷戈尔被困以来最先令他高兴的事。他本以为父亲原先的生意什么也没留下，至少父亲未曾对他说过相反的话，不过格雷戈尔也没专门问过这事。那时格雷戈尔唯一关心的事是竭尽全力让家人尽快忘记生意上的失败，那场不幸的事使全家人都陷于绝望的境地。于是他就开始特别热情地投入工作，很快地从小伙计成为推销员，自然赚钱的机会也就不大相同了，他的工作成绩马上就以回扣的形式变为现款，让他可以在家中当着惊讶而欣喜的家人放到桌上去。那曾是美好的时光，这样的时光在那之后从未再有过，至少没有那么光辉灿烂了，虽然后来格雷戈尔赚的钱很多，使他能够负担全家的开销，而且真的负担起了全家的花费。大家反正都习惯了，家人和格雷戈尔都习惯这事了。家人感激地收下钱，他乐意地交出钱，但是那种特殊的温暖之感却再也出不来了。只有妹妹还很亲近，他暗地里有个计划，明年送妹妹去音乐学院学习；妹妹同他不一样，她喜欢音乐，小提琴拉得很动听。他不考虑上音乐学院必定要花一笔庞大的费用,那总可以用其他什么方法凑齐的。格雷戈尔留在城里家中的短暂时间里,在与妹妹的聊天中,经常会提到音乐学院,不过总是将它当作一个美梦,不能想象它能实现,对这些天真的议论,父母亲连听都不想听;但是格雷戈尔想法坚定,他打算在圣诞节之夜隆重地宣布这件事。

当格雷戈尔直立着贴在门上倾听时,他脑海里始终翻腾着这些目前状态下一点用也没有的想法。有时候他疲乏不堪实在没精神听了,头便无意间碰到门上去,但他立刻就又把头撑住,因为头碰在门上会发出声音,即使是最小的声音隔壁房里也听得见,于是大家就不出声了。“他又在搞什么名堂了?”过一会儿父亲会这么说,显然是对着门说的,慢慢地,被打断的谈话才又重新继续下去。

格雷戈尔现在知道得不少了——因为父亲在说明事情时总是重复,这一方面是由于他长期不做这些事了,另一方面则由于母亲不能听一遍就弄懂所有的事——格雷戈尔得知,家中当初虽遭受灾难,还是留下了一笔小小的财产,这几年的利息也没动用,钱就有所增加了。另外,格雷戈尔每月带回家的钱——他自己只留下几个古尔登零用——也没有全花完，已积攒成一小笔资金了。格雷戈尔在门后使劲点头，为这没有料想到的谨慎和节约而感到高兴。他原本可以用这些多出来的钱把父亲欠老板的债多还掉一些，那么他甩掉现在这个工作的日子就会近得多，但是父亲的做法现在无疑是更好的。

不过，如果家人要靠利息生活，这笔钱是绝对不够的；它能维持全家一年，至多两年的生活，再长就不行了。事实上它只是一笔为不时之需而留起来的钱，是不能动用的；维持生活的钱得去挣，而父亲虽还健康，但年龄已大，他有五年没有上班了，自己可能也不大有信心了；在父亲劳累而又没有什么成就的一生中，这五年是他第一次过上自由自在的生活，他胖起来了，因此行动也变得相当不便了。那么难道让老母亲去挣钱？她患有气喘病，在屋里转一圈就累得不行，而且每隔一天就因气喘发作，得打开窗户坐在窗口边的沙发上透气。难道叫妹妹去挣钱？她还只是个十七岁的孩子，至今为止受着宠爱，她的生活内容就是将自己打扮得整齐漂亮，睡懒觉不起床，帮忙做点家务，参加点不太花费的娱乐生活,而最主要的事是拉小提琴。每当他们谈到挣钱的必要性时,格雷戈尔总是先放开门,扑到靠门的冰凉的沙发上,他会因为羞愧和伤心而面红耳赤。

他时常整宿不眠,几小时几小时地抓着刨着沙发。或者不惜费力气把一张沙发椅子推到窗旁,接着往窗台上爬,底下抵住椅子,身体靠向窗子,显然是在回忆那种自由的感受,以前他向窗外眺望为的就是得到那种感受。因为事实上只要是稍远一点的东西,他看起来就一天比一天模糊了;对面的医院他已一点儿也看不见了,而以前他为了老要看到这医院而咒骂过,如果不确切知道自己住的夏洛蒂街虽然幽静却完完全全是市区的话,他真会以为窗外见到的是一片灰蒙蒙天地不分的荒漠呢。细心的妹妹只有两次看到椅子在窗前放着,便每次在打扫完房间之后重又把椅子推到窗前原来的地方去,甚至从那时开始将里面的一扇窗子开着。

如果格雷戈尔能和妹妹说话,能感谢她为他所做的一切,那他就可以比较安心地接受她的服务;而像现在这样则非常痛苦。妹妹自然是尽可能不让他得知整个事情的尴尬难堪,而时间越久她也越能做到这一点。不过,随着时间的推移,格雷戈尔也越来越看得清楚了。她能进屋就已使他受惊了。一进来她就直奔窗户,连用点时间把门关上都顾不到,而平时她是十分注意不让别人看到格雷戈尔的房间的;她像快要窒息似的,慌忙用双手使劲打开窗子,天气再冷也要在窗口停留一会儿,深深地呼吸着。她的跑动和弄出的响声每天两次惊吓着格雷戈尔;在这整段时间里,他颤抖着躲在长沙发底下,而他又深知,如果她在窗户关闭着的情况下能有一点可能和格雷戈尔一起待在一个房间里,她是一定会乐意保护他,不让他受这种罪的。

大约已是格雷戈尔变形后一个月的光景,妹妹该已没有什么特别理由为看到他的样子而吃惊了,有一次她来得比平时早了一些,正好见到格雷戈尔一动不动地直起身子朝窗外看,样子真是吓人。如果她只是止步不前,格雷戈尔也不会感到意外,因为他在那儿挡着使她不能马上去打开窗子,但她不只是不进屋,甚至于还吓得往后一跳,关上了门;陌生人简直会以为格雷戈尔埋伏在那里伺机要咬她呢。格雷戈尔自然马上就躲到了长沙发下面，但他一直等到中午才见妹妹重又进来，她看来比往常更加紧张不安。由此，他看出妹妹仍然不敢看到他的样子，而且以后也必定不会改变，如果她看到他的身体露出长沙发而不跑掉，即使只看到一点点，她必须十分克制才能做到。为了不让她看见他，有一天他用背驮了一张床单——为此他用了四个小时——到长沙发上去，把它弄得可以将他整个地遮住，妹妹即使弯下腰也看不到他。如果觉得无此必要，她完全可以把床单拿掉，因为格雷戈尔这样完完全全把自己蒙住自然不是为了好玩，这是很清楚的事，但是她就让床单那样挂着。有一次格雷戈尔小心地把床单拉开一点，想看看妹妹对这新设施有些什么反应，他甚至于相信在妹妹的眼神中捕捉到一点感激之情。

最初十四天中，父母亲不敢到他房里看他，他常常听到他们对妹妹现在所做的表示认可，而在这以前他们常为她生气，因为在他们眼中她是个没用的女孩子，而现在，每当妹妹在格雷戈尔房里收拾时，父亲和母亲两个人就等在门外，她一出来，他们就让她仔细叙述一遍，房间里现在是什么样子，格雷戈尔吃了什么，这一次他表现如何，还有，就是能否看出有点好转。其实母亲在较早的时候便想看看格雷戈尔了，但是，最初父亲和妹妹用种种合情合理的理由劝阻她。格雷戈尔十分留意地听着，他完全赞同那些理由。后来他们只好拼命用力阻止她进去，她就叫喊："让我去看看格雷戈尔，他是我可怜的儿子呀！你们难道不懂吗？我非得看他不可呀！"每当这时，格雷戈尔就想，说不定母亲进来也好，当然不是每天，或许可以一星期一次，对这一切她会比妹妹懂得多得多。妹妹虽然胆大，但只是个孩子，说到底不定只是由于天真轻率而接过这样艰巨的任务。

格雷戈尔想要见到母亲的愿望不久就实现了。白天里因为顾虑到父母，格雷戈尔并不去窗口，以免让人看见，但在那几平方米的地板上他又不能多爬，夜间一动不动地躺在那儿已够他受的了，不久他对吃东西一点乐趣也没有了，这样，他就养成了一种新的消遣习惯，在墙上和天花板上纵横交错地爬来爬去。他特别喜欢倒挂在天花板上，这样可以更轻松地呼吸，有一阵轻轻的振动通过全身;当他高高挂在上面沉浸在一种几乎是快乐的心不在焉的境界中时,有时可能不自觉地放开腿重重地摔到地板上去。但是他现在控制身体的能力和以前自然是完全不同了,这么重重地摔下来也不会受伤。妹妹很快便注意到他新发现的这种消遣方式——他在爬行时总要在一些地方留下黏液的痕迹——于是她暗自下定决心,让格雷戈尔能在最大范围内爬动,因此她要把挡道占地的家具全搬走,特别是那个柜子和那张写字台。只是她无法一人单独做这些事情;她不敢请父亲帮忙,而女佣是绝不会帮她的,因为自从女厨子辞工不做之后,这个十六岁的女孩虽说鼓足勇气留下来了,但她要求得到点照顾,就是允许她把厨房门锁住,只有在特别叫她时她才开门。妹妹不得已,只好有一次趁父亲不在时请母亲来帮她。母亲兴奋得很,嘴里念念有词地过来了,但是到了格雷戈尔的门口她就突然不做声。妹妹自然是先进屋看看情况,然后才让母亲进屋。格雷戈尔急忙把床单拉得更低,又弄出更多褶子,看起来像是随便往沙发上一扔的一条床单。格雷戈尔这一次也不准备从床单底下偷偷向外窥望了;他放弃这一次就见到母亲的想法。母亲终于来了,这就使他高兴了。“来吧,看不见他的。”妹妹说,显然她拉着母亲的手进来了。这时,格雷戈尔听见,这两个荏弱的女子如何在搬动那个沉重的老柜子,妹妹总是揽去大多数的活,母亲担心她太劳累,但她并不听从母亲的告诫,这样过了很长的时间,大约已经搬了一刻钟后,母亲说,其实让柜子留在这儿也好,因为,一则它太重了,在父亲回家之前她们是搬不走的,而柜子搬一半放在房间的中央会阻塞格雷戈尔所有的路,二则没人确切知道,搬走家具是否就真的帮了格雷戈尔的忙,为他做了件他喜欢的事。她觉得情况恰恰相反,看看光秃秃的墙壁她心里很不舒服,而格雷戈尔难道就不会也有这种感受吗?他已长期用惯了这些家具,在一个空荡荡的房间里会有孤单被遗弃的感觉。“再说,”母亲最后低声说,她其实一直都是用耳语说着话,她这么做似乎是连声音也想避免让他听见,因为他藏身何处她并不知道,她也深信他是听不懂话的,“再说,事情会不会这样:搬走家具好像借此向他表明我们放弃了他会好转的希望,毫不在乎地让他自生自灭?我想,最好还是让房间维持原状。这样,格雷戈尔回到我们中间来的时候,就会发现什么都没有变,可以比较容易忘记其间发生的一切。”

听着母亲说的话,格雷戈尔认识到,两个月里缺乏与人直接交谈,又在家中过着单调的生活,一定已把他的判断力搞乱了,因为不是这样的话,他就无法解释,他会真的希望让房间整个空出来。难道他真的有意把那温暖的、摆着祖传家具的舒适房间改变成一个洞穴?当然,那样的话,他就可以在那里四面八方不受干扰地爬行,但同时,也会迅速而完全地忘记他做人的过去时光,这是他所要的吗?他现在已到了忘记过去的地步了,只不过是长久以来未听到的母亲的声音使他清醒过来而已。什么都不该搬走,所有东西都得留下,他需要家具对他的处境产生好的影响;有家具阻挡他,使他不能毫无意义地到处乱爬,这并不是坏事,反而大有益处。

可惜妹妹意见不同;她在父母面前,每当谈到有关格雷戈尔的事情时,已惯于摆出一副专家的姿态了,这当然并非全无道理。所以,现在母亲的意见反而使妹妹更觉得有理由坚持自己的主张了,不但要搬走柜子和书桌,这是她原先想到的,还要搬走所有的家具,只留下那张不可或缺的长沙发。使她坚持这种主张的,自然不只是出于孩子气的倔强和她近来出乎意外艰难地获得的自信心;她的的确确观察到,格雷戈尔需要许多地方爬行,相反地,就见到的情况来说,他并不使用家具。或许也有她这种年龄的女孩那一股疯劲,做什么事都要发痴,并且随时要找机会过这个瘾,葛蕾特正是因此而想把格雷戈尔的情况弄得更令人害怕,借此可以为他做更多的事。因为一间由格雷戈尔一个人控制着四片空墙的房间,除了葛蕾特是不会有人敢进去的。

就这样,她并不因母亲而放弃决定,而母亲在这房间里也因心绪不宁而显得不知所措,很快就不再做声,并且力所能及地帮着妹妹把柜子弄出去。好吧,万不得已时格雷戈尔也可以没有柜子,但是写字台是必须留下来的。两个女人刚刚喘着气抵住柜子出了房间,格雷戈尔就把头从长沙发底下伸出来,想看看他能做点什么,自然他得小心谨慎并且尽可能顾及别人。糟糕的是,先回到他房间的人,刚好是母亲,妹妹这时正在隔壁房里,她一人围抱着柜子摇晃着,却一点儿也挪不动它。可是母亲还没有看惯他的样子,他会把她吓病的,所以格雷戈尔慌忙往后退,爬到沙发的另一头,但在此之前床单还是动了一下。这已足够引起母亲的注意了。她停顿住,静静站了一会儿,就回到葛蕾特那儿去了。

虽然格雷戈尔一直对自己说,其实没有发生什么了不得的事,只不过搬动几件家具而已,但他很快就不得不承认,女人们跑过来跑过去,她们小声地呼叫,家具在地板上的摩擦,这些动作所起的作用就像有一股巨大的乱哄哄的力量从四面八方向他袭来,尽管他把头和脚都紧紧地收缩起来,身体紧贴在地板上,他还是不得不对自己说,这一切他再也忍受不了多久了。她们把他的房间洗劫一空,拿走所有他喜爱的东西;她们已搬走了装着他的钢丝锯和其他一些工具的柜子;她们现在正在松动那牢牢嵌入地板的写字台,他上商学院,上中学,甚至还在上小学时便是在这张写字台上写作业的——这下他真的是没有时间去检验两位妇女的良好动机了,另外,他几乎忘了她们的存在,因为她们累得干活时已不再说话,只能听见她们沉重的脚步声。

于是他冲了出来——两位妇女现在在隔壁房里正靠着写字台喘气——,他跑动时换了四次方向,他真不知道应该先救什么,这时他看见那已光秃秃的墙上醒目地挂着那张穿皮衣的女士像,便急匆匆地爬上去,紧贴在玻璃上,玻璃吸住他,也使他那热得发慌的肚子感到舒服些。至少,这张他以全身遮盖住的画,现在是不会被拿走了。他把头转向起居室的门,在两位妇女回来时好监视她们。

她们没让自己休息多久就又回来了;葛蕾特用手臂拥着母亲,几乎是抱着她。"好了,现在我们搬什么?"葛蕾特说,朝四周看了看。她的目光与格雷戈尔来自墙上的目光相遇了。大概是因为母亲也在,她保持镇静,低下头对着母亲,以免她四处张望,接着她说道:"来吧,我们是不是再到起居室待一会儿更好?"只是她的声音颤抖着,话也显得欠考虑。格雷戈尔清楚葛蕾特的意图,她是想先把母亲撤到安全的地方,然后再把他从墙上赶下来。好吧,她要试就来试试吧!他会守住他的那张画,绝不让出。他宁可对着葛蕾特的脸扑过去也不放弃。

但恰恰是葛蕾特的话使母亲更加不安了。她跨向一旁，看到印花墙纸上那巨大的棕色斑块，还没有真正意识到她看到的是格雷戈尔，就用沙哑的声音大喊着："啊，上帝，啊，上帝！"接着整个人瘫倒在长沙发上，一动不动，双臂张开，仿佛放弃一切不管了。"你呀，格雷戈尔！"妹妹挥着拳瞪着眼对他喊道。这是自他变形以来她第一次直接对他说话。她跑到隔壁房间，想随便拿一种什么香精，好让母亲从昏迷中醒过来；格雷戈尔也想帮忙——抢救图画还有时间——，但是他牢牢地粘在玻璃上，得费很大气力才使自己挣脱下来；他跟着她跑到隔壁房间，仿佛他能够像以前一样给妹妹出点什么主意，但他却只能无济于事地站在她后面；她在一些小瓶子间翻来翻去时，偶一回过头又吓了一跳，一个瓶子掉到地上摔碎了；一块碎片弄伤了格雷戈尔的脸，一种有腐蚀性的药水在他周围流开了；现在葛蕾特不再耽搁了，她尽可能多地拿起一大堆瓶子向母亲那儿跑去，并用脚把门砰地关上。格雷戈尔现在和母亲隔离开了，他的过失或许已把她推到了死亡的边缘；如果他不想吓走必须留在母亲身旁的妹妹,他就不能去开门;现在,他除了等待没别的事好做。受着自责和忧虑的折磨催迫,他开始爬起来,墙壁、家具、天花板到处爬;他陷入绝望之中,最后当整个房间在他四周旋转起来时,他终于掉了下来,落在了大桌子的中间。

时间过去了一小会儿,格雷戈尔疲乏无力地躺在那儿,周围寂静无声,说不定这是个好迹象。这时门铃响了,女佣自然是自己锁在她的厨房里,葛蕾特只好出来开门。是父亲回来了。"出了什么事?"是他说的第一句话。肯定是葛蕾特的样子使他看出了什么。葛蕾特答话时声音低沉,她显然是把脸埋在父亲的胸前:"母亲刚才晕过去了,不过现在已经好些了。格雷戈尔跑出来了。""我早就料到了,"父亲说,"我不是老对你们说吗,可你们女人就是不听。"格雷戈尔很清楚,是父亲把葛蕾特过于简短的说明往坏处理解了,他以为格雷戈尔有了什么暴力行为,所以现在格雷戈尔得先设法让父亲的怒气平息下来,因为他既没有时间也没有可能向他解释清楚。于是他逃向自己房间的门旁,身体紧贴着门,这样父亲一进家门便可以从门后那儿看到他，知道他怀着最良好的意愿，要马上回自己房间去，人家无须驱赶他，只要打开门，他就会立刻躲进房里去的。

可是父亲没有心情去注意这种细微处。“啊！”他一进门便马上喊了起来，声音听起来既怒又喜。格雷戈尔把头从门那儿缩回去，抬起来对着父亲。这样站在那儿的父亲，真不是他想象的那样了；当然，最近他忙于到处乱爬，不再像以前那样关心家里其他房间发生的一些事了，对遇到的一些新情况原该估计得到才对。然而，这难道还是父亲吗？以前，每当格雷戈尔动身出门时，他还疲倦地裹在被窝里；晚上他回家时父亲穿着睡衣坐在安乐椅上不怎么站得起来，只是抬抬手臂表示欢迎。一年中有那么几个星期日，还有就是在最大的节日里，在难得的几次全家一起散步中，他走在格雷戈尔和母亲中间，他们实际上已走得很慢了，他则还要更慢，他裹在他那件旧大衣里，小心翼翼地拄着拐杖艰难地向前走，当他想说点什么话的时候，他就站住不走，让陪伴的人围拢他。难道他与现在站在这儿的是同一个人吗？现在他站得相当直，穿着一件笔挺的蓝色制服，上面有金色扣子,就是银行仆役穿的那种衣服;从上装那又挺又硬的领子里露出了他壮实的双下巴;在他浓浓的眉毛下,精力充沛神情专注的目光从他那双黑色的眼睛里射出来;他平时乱蓬蓬的白发如今过于整齐地梳成分头,头发油亮发光。他的帽子上有金色字母,那大概是一个银行的标志,他把帽子向房间另一边的长沙发上一抛,把长长的制服上衣的下摆往后一甩,双手插在裤袋里,一脸愠怒直朝格雷戈尔走去。打算做什么,可能他自己也不清楚;不过他至少把脚抬得很高很高。那巨大的靴底使格雷戈尔感到惊讶。不过他不敢在这上面耽误时间,从他新生活的第一天起,父亲就认为只有以最严厉的方法对待他是合适的。于是他在父亲前头跑了起来。父亲停下来时他也停下,只要父亲一动,他就又急忙向前跑。他们就这样绕着房间跑了几圈,并没有发生什么决定性的大事,因为速度慢,整个看起来也不像是在追赶。所以格雷戈尔暂时也就留在地板上,因为他还害怕,如果逃到墙上或天花板上,父亲会认为那是一种特别的恶意。但是,格雷戈尔不得不告诉自己,甚至连这样跑他也快要支持不住了,因为父亲每走一步,他就得动无数次。呼吸已经开始感到困难了,从前他的肺也不是很好的。当他这么跌跌撞撞地往前跑时,为了集中所有的力量,他的眼睛几乎睁不开;在这种麻木状态下他根本没有想到除了跑还有其他解救方法,几乎忘记他是可以上墙的,不过这儿的墙反正也被一些凹凸起伏的精致镂花家具挡住了——这时有一样不是很用力丢过来的东西紧挨着他落在地上,又滚到他前面。那是一个苹果;接着第二个苹果也向他飞过来;格雷戈尔吓得站着不动;继续跑是没有用的,因为父亲决心轰炸他了。他把碗柜上水果盘里的苹果装在口袋中,一个接一个地扔出去,只是眼下还没有好好地瞄准。这些小小的红苹果像带电似的在地板上滚来滚去,又互相碰撞着。有一个不大用力扔过来的苹果擦过格雷戈尔的背,没有伤到他就滑下去了。相反地,紧跟着来的一个简直就嵌入他的背里去了;格雷戈尔想拖着身体继续前进,好像换个地方这突如其来的难以想象的剧痛就会消失似的,然而他觉得自己像被牢牢钉住了,他昏瘫在地,三魂七魄通通出窍。只是最后一眼他还看到他的房门突然打开,母亲冲到尖叫着的妹妹前头，身上穿着内衣，因为妹妹在她昏倒时为了让她呼吸畅通为她把上衣脱了，母亲跑向父亲，一路跑，松开了的裙子一路一层层地往地板上滑去，她被裙子绊得踉踉跄跄，直冲进父亲怀中，抱住他，全身与他紧紧相贴——这时格雷戈尔的视力已经消失——双手搂住父亲的后脖子，求他保住格雷戈尔的性命。

三

格雷戈尔重伤受罪有一个多月了——那个苹果作为明显的纪念物还嵌在他的肉里，因为没有人敢去取出来——就连父母也因此而想起格雷戈尔是家庭的一员，虽然他目前的形象可怜且可厌，也不应当把他当敌人对待，相反地，家庭有义务把厌恶情绪忍住，要容忍，除了容忍别无其他选择。

即便格雷戈尔很可能因伤而永远失去行动能力，目前他穿越房间就需要长长的几分钟时间，像个伤残老人——往高处爬则是想都不用想——，可是他认为，他的状况虽然很糟糕，但他却得到了完全足够的补偿。现在，每到晚上，起居室的门就打开了,他总是一两小时前就专注地对着门看,门开了,他躺在自己房间的暗处,从起居室那儿看不到他,而他则可以看见全家坐在点着灯的桌旁,可以听他们的谈话,在一定程度上这是大家允许的,所以说,情况和以前是完全不同了。

自然,他们的谈话已不是从前那种气氛活跃的谈天说地了,以前,每当格雷戈尔在旅店狭小的客房里,疲惫不堪而只能倒在发潮的床褥上时,他总是带着几分渴望想着那种家人聊天的活跃情景。现在他们多半是悄然无声。父亲吃过晚饭不久就在他的沙发椅上睡着了;母亲和妹妹互相提醒别做声;母亲在灯下,离着灯很远,弯腰低头为一家时装店缝制精致的内衣、床单之类的东西;妹妹已干上了售货员的工作,为了以后能找到更好的工作,她晚上学习速记和法语。有时候父亲醒了,像是根本不知道自己睡过了,他会对母亲说:“你今天又缝了这么久了呀!”之后就立刻又睡着了,这时母亲和妹妹便疲倦地相视而笑。

父亲固执得很,连在家也不肯脱下制服;睡衣高高地挂在衣架上,而他则穿戴整齐地坐在他的位子上打瞌睡,好像随时准备去上班,在家也在等着上司的吩咐似的。这样一来,虽有母亲和妹妹的仔细照料,他那件原先就不是新的制服便渐渐地不那么干净了,格雷戈尔常常整晚整晚地望着这件布满油渍而金色纽扣擦得锃亮的衣服,老人穿着它极其不舒服却又安静地睡着了。

每当时钟敲响十下,母亲就轻声叫醒父亲,劝他上床去睡。因为在这儿根本睡不好,而父亲则非常需要睡眠,他早晨六点就得去上班。但是,出于一种自从当了仆役就染上的偏执症,他总是执意要在桌旁再多待一会儿,虽然他总是又睡着了,到后来不得不极其费事地才能把他从沙发椅转移到床上去;无论母亲和妹妹如何不断地轻声催促告诫,他就是闭着眼睛慢慢地摇着头,甚至摇上一刻钟也不肯站起来。母亲扯扯他的袖子,对着他的耳朵说些讨他喜欢的话,妹妹放下功课过来帮助母亲,但是这些对父亲都起不了作用。他在沙发椅上越坐越往里靠,直到两个妇女叉着他的胳肢窝,他才看看母亲,又看看妹妹,并且总是说:"这是什么生活呀,这就是我平静的晚年啊。"于是他靠着两个妇女的支撑非常费事地站了起来,仿佛他自己对自己是个极大的重担似的。她们两人扶着他走到门口，他在那儿挥手让她们离开，独自继续向前走，而随后母亲则会慌忙丢下针线，妹妹慌忙丢下笔，追着跑上去再助父亲一臂之力。

在这个劳累不堪过度疲倦的家里，除了非做不可的事情之外，谁还有时间来关心照料格雷戈尔呢？家庭预算越来越紧；女佣终于也给辞退了；一个个头极高而瘦骨突出白发蓬乱的老妈子每天早晚来干些粗重活；其他所有一切都由母亲在繁忙的针线活之外去照管了。甚至于连变卖家传首饰这种事也发生了。往昔有娱乐活动时或在节庆日子里，母亲和妹妹总要欣喜万分地戴上它们的，变卖首饰是格雷戈尔晚上在大家谈论变卖所得时听来的。不过，家人最大的苦恼则是不能搬离就目前状况来看过大的住房，因为想象不出该如何把格雷戈尔搬运过去，但是格雷戈尔很清楚，搬家一事之所以不成，并不只是顾虑到他，因为他们完全可以用个合适的木箱打上几个通气孔搬运他，这事并不难；阻碍家人搬家的主要原因是他们完全绝望了，他们认为，在所有的亲朋好友们中间，没有人像他们这样遇到如此的不幸。世界对穷人所要求的一切都最大限度地落到了他们的身上，父亲为银行的小职员跑腿买早点,母亲为陌生人的内衣出力卖命,妹妹随着顾客的命令在柜台后跑来跑去,再多就是他们这个家庭力所不及的了。每当母亲和妹妹把父亲送上床返回来后,她们就放下工作脸挨着脸靠得紧紧地坐着;而当母亲指着格雷戈尔的房门说:"把那边那扇门关上吧,葛蕾特。"格雷戈尔便又处在黑暗之中了。这时,隔壁两个妇女就泪眼相向,甚或欲哭无泪,干瞪着眼看着桌子;每当这种时候,格雷戈尔背上的伤又会疼痛起来。

格雷戈尔几乎是不眠地度过日日夜夜,有时候他想,等下一次门开的时候,他要完全像以前那样管起家中的事;在这么长时间之后,他脑海里又出现了老板和代理,伙计们和学徒工,那个迟钝的勤杂工,两三个在其他公司做事的朋友,一个偏僻地区旅店的侍女,这是一个稍纵即逝的甜蜜回忆,一个帽店的女取款员,他曾认真地向她求过婚,但是太晚了——他们都出现了,或和陌生人或和一些他已经忘却的人夹杂在一起,但他们并不帮助他或他的家人,全是无法接近的样子,当他们消失时,他会感到高兴。但有时候他一点也没有心情去为家人担忧，反而为得不到好的照料而恼怒不已，虽然他自己也想象不出来对什么东西有胃口，他还是计划着如何溜到食物储藏间去，即使不饿，也要取走他分内应得的食品。妹妹现在已不再费心去想，什么东西会使格雷戈尔特别欢喜，她只在早晨和中午上班之前匆匆地用脚随便把一样食物推入格雷戈尔的房间，晚上就挥动扫帚，一把扫出，不管食物只尝了几口或者——这是最常有的情况——连碰都没碰一下。打扫房间现在都放在晚上了，并且匆忙得不能再匆忙了。墙上有一道道脏痕，地上到处是成团的尘土秽物。起初，格雷戈尔在妹妹来的时候，总是跑到这种特别脏的角落去，以此多少表示责备之意，但是他即使在那儿待上几个星期也不能使她有所改进；对这些肮脏状况她看得同他一样清楚，但她决心让它们脏下去，同时又以一种她从未有过的敏感守护着她打扫格雷戈尔房间的权利。其实全家都染上了过敏症。有一次母亲为格雷戈尔的房间做了一次大扫除，只用了几桶水就弄好了——不过房间潮湿也使格雷戈尔很不舒服，他摊开身体，愤愤不平，一动不动地躺在长沙发上——但是母亲没能逃过惩罚。因为那天晚上妹妹一发觉格雷戈尔的房间变样了，就立刻怒气冲天跑到起居室去，她不理会母亲抬起双手对她恳求，号啕大哭起来了，她的父母——父亲当然是从沙发上惊跳起来——起初只是惊愕无助地看着，后来他们也待不住了；父亲朝右边责怪母亲没把打扫格雷戈尔房间的事留给妹妹做，他又朝左边对妹妹嚷叫，说以后再不准她打扫格雷戈尔的房间了；而母亲则努力想把父亲拖到卧室去，因为他已激动得不能控制自己了；妹妹抽泣得全身发抖，用她的两个小拳头捶着桌子；格雷戈尔气得大声嘶嘶作响，因为没有人想到把门关起来，免得他看到听到这吵闹的一幕。

但是，就算妹妹因为上班而疲惫不堪，厌倦于像以前一样照料格雷戈尔，母亲也完全没有必要取而代之，而格雷戈尔也无须落到这样被疏忽的地步。因为现在有那个老妈子了。这个老寡妇在她长长的一生中，可能凭着她粗壮的骨架，最可怕的事也挺住了，她并不真的厌恶格雷戈尔。有一次，她并不是出于好奇，而是偶然地打开了格雷戈尔的房间，看到了他，格雷戈尔大吃一惊，虽然没有人追赶他，他还是来来回回地跑起来了，她就双手交叉放在腿上惊讶地站在那儿。自从那次之后，她每天早晚总不忘匆匆地把门打开一点看看格雷戈尔。起初，她还用很可能她自认为是友善的话招呼他去她跟前，譬如“过来呀，老蜣螂！”或“看看那只老蜣螂！”对这种招呼格雷戈尔一概不予理会，他一动不动地待在原来的地方，就像门根本就没开一样。他们与其让她这样兴之所至一无是处地干扰他，倒真不如命令她每天打扫他的房间呢！一天清晨——一阵急雨打在窗玻璃上，大概已是春天将至的征兆——，当老妈子又开始对他唠叨起来时，格雷戈尔恼火之极，就对着她而去，像是要袭击她似的，只是他爬得慢而且显得衰弱无力。可是那老妈子并不害怕，她仅仅把靠近门的那把椅子高高举起，她张大嘴巴站在那儿的样子，目的明确，要等到她手中的椅子砸到格雷戈尔背上时，才会闭上嘴巴。“哼，怎么不再过来了？”当格雷戈尔转身回去时，她这么问道，接着就若无其事地把椅子放回角落去。

格雷戈尔现在几乎一点也不吃东西了，他只有在偶尔经过食物时才会为了好玩咬上一口，把东西含在嘴里几小时之久，然后多半再吐掉。起先,他以为是房间的状况使他分心,因而不想吃东西,然而,他很快就和房间的各种变化和平相处了。大家已经习惯于把别的地方放不下的东西往这房里搁了,而这样的东西现在多得很,因为家里有一间房间租给三个房客了。这些不苟言笑的先生——三个人都留了大胡子,这是格雷戈尔一次透过门缝看到的——十分注意整齐清洁,不只是他们住的房间,因为他们既然已租住这房子了,所以整个家的一切也都要整洁,特别是厨房。多余的,甚或是肮脏的东西他们无法忍受。此外,他们自己把大多数家具都带来了。这就使家里许多东西成为多余,这些东西既不好卖,丢掉也可惜。所有这些都到了格雷戈尔的房间。还有煤灰箱和厨房的垃圾箱也来了。只要是眼下不用的东西,老妈子干脆就匆匆地扔进格雷戈尔房间;还好,格雷戈尔多数只见到东西和拿着东西的那只手,那老妈子或许想有时间有机会时把东西拿走,或许想全部一次扔出去,事实上却是,东西扔到哪儿就留在哪儿,除非格雷戈尔迂回穿行于废物堆时挪动了它们,起初他被迫这么做,因为没有其他地方空出可以让他爬,后来他则越来越感兴趣,虽然在这样的迂回曲折的爬行之后，他总是累得要死并且感到忧伤，又是几小时不动地待着。

因为房客们有时候晚饭也在家里公用的起居室吃，所以起居室的门有几个晚上是关着的，但是格雷戈尔并不在乎，有时候门开着，他也不去利用机会，而是蜷缩在他房间最暗的角落里，家人对此一无所知。一次，老妈子没把通往起居室的门全关上，到晚上房客进入起居室灯也点上时，门还是开着一点。他们坐在桌子的上首，这是以前父母和格雷戈尔坐的地方，打开餐巾，拿起刀叉。很快母亲就端着一盘肉出现在门口，紧跟在她身后的妹妹端着一盆堆得高高的土豆，饭菜冒着浓浓的热气。房客们向前低头对着放在他们面前的盘子，像是吃之前先要检查一番，而事实上坐在中间仿佛对其他两人具有权威的那位，真的在盘里切下一块肉，他显然是为了看看肉煮得烂不烂，要不要退回厨房重做。他满意了，在一旁紧张地看着的母亲和妹妹才松了一口气，露出笑容。

家里人自己在厨房里吃饭，虽然这样，父亲在去厨房之前还是要先进来一下，他总把帽子拿在手中，鞠着躬绕桌走一圈。房客们全都站起来，嘴里含糊不清地说点什么话。接着,当没有别人在场时,他们就几乎完完全全一言不发地吃饭。令格雷戈尔感到古怪的是,在各种不同的吃饭声中,听来听去总能听出牙齿的咀嚼声,似乎是借此向格雷戈尔指出,想吃东西就得有牙齿,没有牙齿的嘴巴,即使再好也成不了事。“我是有胃口的呀,”格雷戈尔忧心忡忡地自言自语,“但是对这些东西没胃口,这些房客吃得有滋有味,而我却要死了。”

就是在这一个晚上——变形以来这整段时间内,格雷戈尔记不得听过小提琴声——厨房里传来了小提琴声。房客已吃完晚饭,坐在中间的那位抽出一份报纸,给另外两个人一人发一张,现在他们向后靠着看报,一边还抽着烟。提琴一拉起来,便引起他们的注意,他们站起来,踮着脚走到前厅门口,挤成一团站在那儿。厨房里的人一定听到他们了,因为父亲喊道:“先生们是不是不喜欢有人拉琴?可以马上停止的。”“恰恰相反,”中间的那位先生说,“小姐要不要上我们这儿来,在房间里拉?这儿方便舒适多了。”“噢,好的。”父亲喊道,好像拉小提琴的人是他似的。几位先生退回房里等着。很快,父亲拿着琴谱架子,母亲拿着琴谱,妹妹拿着提琴进来了。妹妹镇静地做着演奏前的一切准备;父母亲以前从未出租过房间,因此对房客礼数过多,竟不敢坐到自家的椅子上去;父亲靠在门上,右手插在扣得好好的制服上的两颗纽扣之间;母亲坐在一位房客端来请她坐的椅子上,那位先生正好把椅子放在一旁角落里,母亲也就不加挪动而坐在那儿了。

妹妹开始拉小提琴;父亲和母亲各自从自己的一侧全神贯注地注视她操琴的动作。格雷戈尔被琴声吸引住了,他大着胆子向前来了一点,头便已经伸进起居室了。最近一段日子他为别人考虑得很少,对此他竟毫不以为怪;而以前他是很为能够体谅他人而备感骄傲的。正是像目前这种状况,他该更有理由将自己藏起来才对,因为他的房间到处是灰尘,即使最轻微的动作也会使尘土飞扬,他的身上也因此沾满灰尘,他到哪儿,就把背上和两侧的线头、毛发和食物渣也拖到哪儿;他现在对一切都太无所谓了,不再像以前那样一天要翻过几次身用背在地毯上蹭了,尽管情况如此,他却毫无怯意地在一尘不染的地毯上前行了一段。

不过，也没有人注意到他就是了。家里人全神贯注于小提琴演奏；房客们则相反，起先他们手插在裤袋中站在妹妹琴谱架后面，他们靠得实在太近，全都看得见乐谱，这肯定是要干扰妹妹的，很快他们就低着头一边压低声音谈着话一边退回到窗口那边去，父亲担心地注视着他们。现在看来事情真是再清楚不过了，他们原本以为可以听到优美或是可以助兴的小提琴演奏，而他们失望了，对整个表演厌倦了，只是出于礼貌才让自己的宁静受到干扰。他们全都从鼻子和嘴里朝高处喷着烟，从他们的样子就可以看出他们已十分烦躁不耐烦。然而妹妹却是拉得那么好，她把脸侧向一旁，眼光慎重而忧郁地循着一行行的乐谱看着。格雷戈尔又前进了一点，他把头紧贴着地面，想尽可能地接触到妹妹的目光。既然音乐这样感动他，他难道是动物吗？他觉得，通向他所渴望的不知名食物的道路展现在他面前了。他下定决心要挤到妹妹面前去，拽拽她的裙子，向她表示，请她带着小提琴到他房间去，因为这儿没人会像他想做的那样对演奏予以回报，他不会再让她离开他的房间，至少，只要他还活着；他的可怕的样子将第一次对他有用处;他要同时守在房间的所有门口,对闯入的人吼叫;不能要妹妹勉强留在他房里,而是要自愿的;她应该和他一起坐在长沙发上,低下头听他说话,而他要告诉她,他已下定决心送她去音乐学院,要不是这期间发生了这不幸的事,他早在去年的圣诞节——圣诞节大概早已过了吧?——就会对全家宣布了,而且他不会理会任何反对意见的。听了这样的表白,妹妹肯定会感动得号啕大哭起来,格雷戈尔就会抬高自己的身体,凑近妹妹的肩膀去吻她的脖子;自从她到店里做事以来,她的脖子就露在外面,既不系带子也没领子包着。

"萨姆沙先生!"中间的那位先生朝父亲叫着,然后没有再多说一句话,而是用食指指着缓慢行进的格雷戈尔。小提琴声戛然而止,中间那位房客先是摇着头对他的朋友微笑了一下,接着又朝格雷戈尔那边看去。在父亲看来,先去安抚房客比赶走格雷戈尔更加迫切,虽然房客们根本就没有不安,并且看来他们对格雷戈尔比小提琴演奏更有兴趣。父亲赶紧跑向他们,想用张开的双臂催赶他们回房间去,同时用身体挡住他们的视线，不让他们看见格雷戈尔。这时他们有点生气了，不知道是因为父亲的举止，还是因为现在突然明白过来，原来他们有格雷戈尔这样一个邻居却被蒙在鼓里。他们要求父亲做出解释，也举起了手臂，并且不安地扯着胡子，慢慢地朝自己的房间退去。演奏突然打断之后，妹妹惘然若失；这时，她清醒过来了，本来她漫无意识地把琴和弓拿在垂着的手中，眼睛继续看着琴谱，好像还在拉琴似的。这样过了一会儿，然后她一下子振作起来，把琴放在呼吸困难重重喘着气还坐在椅子上的母亲腿上，跑进隔壁房间里去；那几位房客在父亲的催赶下也快靠近这房间了。只见被子和枕头在妹妹熟练的手中向高处掀起又整齐放好，在房客们回到房间之前她就铺好床铺溜出来了。父亲的倔强脾气似乎又发作了，完全忘了他对房客该有的尊敬。他一味地赶着他们，直到门口，中间那位房客用脚重重地跺着地板，这才使他停了下来。“我宣布，”这位房客说，他抬起手，眼睛也扫向母亲和妹妹，“鉴于这房子里和这家人的可憎状况”——说到这儿他断然朝地上啐了一口——“我马上退房，这些天的房租我自然是一分也不给。相反地，我还要考虑一下，是否对您提出些什么要求——请相信我——理由是很容易找到的。”之后他一言不发，眼睛看着前方，好像在等待什么似的。他的两个朋友果然马上就想到要说“我们也立即退房”，接着他抓住门把砰的一声把门关上。

父亲步履蹒跚，用手摸索着走到他的沙发椅前，一下子跌坐在上面，看起来似乎是像平时晚间那样，摊开身体小睡一会儿，但他不停地点头的样子又表明他根本不是在睡觉。格雷戈尔一直静静地趴在刚才房客发现他的地方。对计划失败的失望，或许还有因他经常饥饿造成的虚弱，使他动弹不得。他心知不妙，等一会儿大家肯定要指责他的；他等待着，连小提琴从母亲颤抖的手指上滑出，从她腿上掉下来发出的响声也没惊动他。

“亲爱的爸爸妈妈，”妹妹说，她用手在桌上拍了一下作为提示，“再不能这样下去了，或许你们还看不清楚，可我是看得很清楚了。在这怪物面前我不愿意说出我哥哥的名字，所以我只说：我们一定得设法弄走它，我们已尽我们的所能去照料它容忍它了，没有人可以对我们有丝毫的指责。”

“她说得很对。”父亲自言自语地说道。母亲仍一直喘不过气来,她用手捂着脸低声咳起来了,眼睛的表情像精神失常。

妹妹赶紧跑到母亲那儿,扶住她的额头。父亲似乎因为妹妹的话心里有了一定的想法,他坐直了身子,玩弄着那顶放在房客晚饭后留下的杯盘之间的仆役帽子,眼睛间或看看静静待着的格雷戈尔。

“我们一定得设法把它弄走,”这时妹妹对父亲一个人说道,因为母亲咳着,听不见她说什么,“它终究会把你们两个人都搞死,我预见这事一定会发生的。像我们这样必须辛苦工作的人,是无法再在家中忍受这种折磨了,我再也不能忍受了。”说着,她号啕大哭起来,泪水流到母亲脸上,她机械地用手抹掉。

“孩子,”父亲充满同情地说,他表现出异乎寻常的理解,“可我们该怎么办呢?”

妹妹耸耸肩膀表示她也不知道该怎么办,刚才那么有把握,现在则相反,哭着的时候她就没主意了。

“假如他能懂我们的意思。”父亲半说半问；妹妹一边哭一边猛摇着手，表示这是不可能的。

“假如他能懂我们的意思，”父亲重复一遍，接着闭起眼睛，接受了妹妹对此认为不可能的想法，“那么还可以同他有个协定。但是像这样子——”

“它必须离开，”妹妹喊了起来，“爸爸，这是唯一的法子。你只有设法不去想它是格雷戈尔，可我们一直相信它是，这才是我们真正的不幸。但它怎么是格雷戈尔呢？如果它是格雷戈尔，他老早就会明白，人和这样一只动物是不可能共同生活的，他就会自动走掉；虽然我们会失去一位哥哥，但我们可以继续生活下去，并且会怀着敬意纪念他。但是像现在这样，这只动物追踪我们，赶走房客，显然想霸占整套房子，让我们在巷子里过夜。看呀，父亲，”她忽然大叫起来，“他又来了！”格雷戈尔完全不能理解妹妹为何如此惊慌。在这惊慌中，她甚至不顾母亲，突然离开母亲的座椅，简直就是跳离椅子，仿佛她宁愿牺牲母亲也不愿留在格雷戈尔近旁似的；她跑到父亲背后，父亲因为她的举止而激动不安，他也站了起来，像是为了保护她似的半举起手。

可是格雷戈尔根本就没想到要吓唬任何人，更别说吓唬自己的妹妹了。他只不过是想转过身回自己的房间去，但这动作看起来十分特别；由于他多灾多难的身体状况，他转身十分困难，必须借助头部的力量，并且多次抬起头再把它往地板上一撑。这时，他停了下来回头看了看。大家似乎看出他的善意了；刚才的惊慌一下子就过去了。全家人现在沉默而忧伤地看着他。母亲躺在沙发椅上，双腿靠在一起伸出来，她的眼睛因为疲惫而几乎睁不开了；父亲和妹妹坐在一起，妹妹的手围搭在父亲脖子上。

“现在我大概可以转身了吧。”格雷戈尔想，于是又行动起来。他因行动艰难而气喘吁吁，不得不时而停下来休息，当然并没有人来催他，一切都随他自己的意愿。完全转过身之后，他立刻径直爬向房间。他很惊讶，他和房间的距离居然这样长，真不知道刚才他以如此羸弱之躯是如何在不知不觉中走过那段路的。他一心想快爬点，根本没注意到家人并未用话语或喊声来干扰他，直到进门了，他才转过头去；因为脖子僵硬，他没能完全转过去,但也还是看得见身后一切都没有改变,只有妹妹站了起来。他最后扫了母亲一眼,她已经完全睡着了。

他刚一进入房间,门就忙不迭地给关上,闩紧,还锁了起来。格雷戈尔被身后突如其来的响声吓得腿都发软了。那个急急忙忙的人是妹妹。她事先已站在那儿等着了,然后灵敏地向前跳去,格雷戈尔一点儿也没听见她过来,她一面转动钥匙把门锁上,一面对父母亲喊道:"终于进去了!"

"现在又怎么办呢?"格雷戈尔自问道,在黑暗中向四周看了看。很快他就发现,自己现在一点儿也动不了了。对此他并不奇怪,而对自己至今为止一直是用那些细细的腿在爬动,看来倒并不是那么自然了。除此之外,这会儿他还是觉得比较舒服的。虽然全身都在作痛,但他好像感到疼痛逐渐逐渐地在减轻,最后终于完全消失。对他背上的烂苹果和周围发炎的还蒙着轻软灰尘的地方,他已不怎么感到难受了。他满怀感动和爱意地回想着家人。他认为自己应该消失,这想法很可能比妹妹还坚决。他处在这种茫然而平静的沉思之中,直到钟楼的钟敲响三下。窗外破晓的天色他还依稀看到了一点，接着他的头就不知不觉地垂了下去，他的鼻孔无力地呼出最后一口气。

清晨女佣来的时候——她力气大又匆忙，开关所有的门都是砰然作响，不管对她说了多少次请她不要这样也没用，她一来谁都甭想睡安稳觉——照常去看格雷戈尔一眼。起初她没发现有什么特别的现象，她以为他故意一动不动地躺在那儿装作不爱理人的样子；她相信他什么事都懂，这时她手上正好拿着一把长柄扫帚，她就从门口用它拨弄格雷戈尔。可是拨弄了半天也没有反应，她就恼怒了，使劲往格雷戈尔身上戳，直到她把他从原地推开而他还毫无反抗时，她才留意起来。很快她就看出事情的真相，她睁大了眼睛，吹起口哨，但她没多停留，而是推开卧室的房门对着黑漆漆的房间大喊道："你们来看呀，它死了，它就躺在那儿，真的死了。"

萨姆沙夫妇直挺挺地坐在大床上，被女佣的喊叫声吓了一大跳，稍稍镇静下来以后，他们才弄清楚女佣报告的是什么意思。他们匆忙下床来，萨姆沙先生往身上披了条毯子，萨姆沙太太则只穿着睡衣；他们就这样走进格雷戈尔的房间。这时起居室的门也打开了,自从有了房客后葛蕾特晚上就睡在这儿;她衣服穿得好好的,好像整夜未眠,她苍白的脸也可证明这一点。“死了?”萨姆沙太太说,还用疑问的眼光望望女佣,虽然她可以自己一一查看,纵然不查看,一切也是很清楚的。“那还有错。”女佣说着用扫帚把格雷戈尔的尸体远远地向旁边推出去,证明她说的没错。萨姆沙太太动了一下,好像想挡住扫帚,但她没那么做。“那好,”萨姆沙先生说,“现在我们可以感谢上帝了。”他在胸前画了十字,三位妇女也照他的样做了。葛蕾特一直看着尸体,她说:“你们看,他多瘦啊,他已有那么长时间什么也没吃了。放什么东西进去,拿出来的还是那些东西。”格雷戈尔的躯体确实又干又瘪;因为现在他不再由那些细腿支撑起来,也没有其他什么事使人分神,所以到现在才看清楚他是这么干瘪。

“来吧,葛蕾特,到我们这儿来待一会儿。”萨姆沙太太带着忧郁的微笑说。葛蕾特便跟着父母到卧室去了,而且一面走还一面回过头来看着那尸体。女佣关起门,把窗户敞开,虽然是清晨,清新的空气里却带着一丝暖意。毕竟已经是三月了。

三位房客从他们房里出来,他们惊讶地找着早餐;人家把他们给忘了。“早餐呢?”当中的那位先生不高兴地问女佣。女佣则把手指头放到唇边,不说一句话,急忙地向他们招招手,让他们到格雷戈尔房里来。他们来了,手插在已有些磨痕的外衣口袋里,围着格雷戈尔的尸体站着。现在房间里已经很亮了。

这时卧室的门打开了,萨姆沙先生穿着制服,一边搂着他的夫人,一边搂着女儿出来了。他们三人眼睛都有点哭过的样子;葛蕾特时而把脸靠在父亲手臂上。

“诸位马上离开我的房子!”萨姆沙先生一边说,一边指着门,也不放开身边的两位女人。“您这是什么意思?”中间的那位先生有点惊愕地说,还虚情假意地笑了笑。另外两位先生把手放在背后不停地搓着,好像很高兴地期待着一场大争吵,而且相信他们这一方稳操胜券。“我的意思就像我说的那样。”萨姆沙先生回答道,接着就和旁边两位女伴排成一列走向这位房客。那位房客起初静静地站在那儿,眼看着他,脑子里似乎正在重新掂量着事情的轻重。“那我们就走了。”然后他说道，同时望着萨姆沙先生；他突然变得那么谦卑，好像连决定离开也需要新的许可似的。萨姆沙先生只是睁大眼睛对他们草草地点了几下头，于是这位先生马上就真的大步向门厅走去；他的两位朋友已经有好一会儿停止搓手并用心听着了，这时简直就是跟着他跳了出去，仿佛生怕萨姆沙先生会在他们之前进入门厅而切断他们与自己的领头人之间的联系似的。在前厅，他们三人从衣架上取下帽子，从手杖筒中拿了手杖，一言不发地鞠了个躬就离开了房子。萨姆沙先生带着一种完全没有来由的怀疑，和两位女人也向楼梯口走去；他们靠在栏杆上，看着这三位先生缓慢但不停地走下长长的楼梯，他们走到每一层楼梯口的拐弯处就消失不见了，过了一会儿他们就又出现了；他们越往下走，萨姆沙一家对他们的兴趣也就越小，当一个昂首挺胸头上顶着东西的肉店伙计迎着他们，接着又同他们擦肩而过走上楼来的时候，萨姆沙先生和两位女人便很快离开栏杆，像松了一口气似的返回屋里。

他们决定，今天要用来休息和散步；他们应该歇歇工了,而且也实在有这种必要。因此他们就坐到桌旁去写假条,萨姆沙先生给管理人,萨姆沙太太给她的定户,葛蕾特给店老板。他们写的时候,女佣进来说,早上的事做完了,她要走了。三位正在写信的人起初只是点点头,并没有看她。当她总也不走时,他们不悦地抬头看着她。"你有什么事?"萨姆沙先生问道。女佣笑笑站在门口,好像有大喜事要报告似的,但要等到人家好好问她时她才准备说。她帽子上那根插得笔直的鸵鸟羽毛前后左右轻轻地颠摆着,从她开始受雇到现在,萨姆沙先生就一直讨厌这羽毛。"好吧,你到底想说什么呢?"萨姆沙太太问,对她这个女佣还是比较尊重的。"是的,"女佣回答,她那么友善地笑着,笑得不能马上接着说话,"就是你们不必担心怎么搬掉隔壁那东西了。都已弄好了。"萨姆沙太太和葛蕾特埋下头,做出要继续写信的样子;萨姆沙先生看出,女佣现在想详细地把一切好好描述一番,就伸出手断然阻止她。因为没法叙述了,她想起了自己也很忙,就气呼呼地大声说:"再见了,各位!"接着猛然转过身去,在震耳的关门声中离开了屋子。

“今晚就辞掉她。”萨姆沙先生说，但是他的妻子和女儿谁也没搭腔，因为女佣好像把她们刚获得的宁静又给搅乱了。她们站起身走到窗口，在那儿紧紧地拥抱在一起。萨姆沙先生坐在沙发椅上朝她们转过身去；他静静地向她们注视了一会儿，然后叫道：“好了，你们过来，事情过去了，就别再想了，你们也该为我操操心了。”两个女人马上听从，赶紧跑到他跟前，亲热地抚慰他，接着很快把假条写完。

随后，他们三人一起离开住所，坐上电车到郊外去，好几个月来他们没有一同出过门了，暖暖的阳光照满车厢，车厢里除了他们没有别人。他们舒适地靠着椅背谈论着对未来的展望，他们发现，仔细想想事情并不算糟，因为三个人的工作都相当不错，特别是以后还会有发展，关于这些事他们彼此间原先就没好好谈过。目前最能改善他们处境的当然是搬家；他们现在想搬到一个比较小比较便宜但位置比较好也比较实用的房子里去，现在的房子还是格雷戈尔选的呢。当他们这么谈着的时候，萨姆沙先生和太太看着变得越来越活泼的女儿，几乎同时注意到，虽然由于种种折磨女儿的脸色苍白,但最近这段时间里她已出落成一个身材丰满而美丽的少女了。他们变得沉默起来,不知不觉间用默契的眼神看着对方,他们在想,到时候了,也该为她找个好丈夫了。电车到达目的地时,他们的女儿第一个站起来,舒展了一下她那年轻的身体,在他们看来,这恰恰是对他们新的梦想和良好心愿的一种肯定。

谢莹莹 译

在流放地

“这是一台独特的机器。”军官用欣赏的眼光瞧着这台他再熟悉不过的机器,对旅行考察者说道。旅行者似乎完全是出于礼貌才接受了指挥官的邀请,来观看对一个士兵的处决,这个士兵是因为不服从和侮辱上司而被判决的。对这次处决,就连流放地的人们也没有多大兴趣。至少在这又深又小、秃山环抱的沙地山谷里,除了军官和旅行者,就只有蓬头垢面、大嘴巴的被判决者和一个士兵,士兵手里拿着一根沉重的铁链,上面套着紧紧缚在被判决者的手腕、脚踝和脖子上的小链子,这些小链子之间都有链条相互连接起来。被判决者看上去像狗一样顺从,似乎尽可以放他在山坡上乱跑，只要处决开始时吹声口哨，他便应声而来。

旅行者对这台机器兴趣不大，他在被判决者身后踱来踱去，难以掩饰淡然的态度，军官正在做最后的准备，时而爬进深陷在地里的机器底部，时而登上梯子，检查上面的部件。这些事原本可以交给机械师做，军官却干得很起劲，不知是因为他对这台机器推崇备至，还是出于别的原因，他不能把这份工作托付给别人。“现在全都好了！”他终于喊道，走下梯子。他累极了，大张着嘴呼吸着，还把两块柔软的女用手绢塞进军服的领子后面。“在热带地区，这种军服实在太厚了。”旅行者说，他没有像军官所期待的那样，询问机器的情况。“的确，”军官一边说，一边在一个已摆好的水桶里洗着满是油污的手，“军服意味着故乡；我们不愿失去故乡。——您还是看看这台机器吧，”他随即加上这么一句，一边用毛巾擦着手，一边指着机器说，“在此之前还需要人来操作，从现在起，机器就完全自行运转了。”旅行者点点头，跟随军官走着。军官力图为可能发生的故障做好准备，接着说道：“当然会出现一些故障；但愿今天不会发生，不过还是得考虑到故障有可能发生。这台机器得持续运转十二小时。即便出现故障，也只会是小毛病，马上就能排除。”

“您不想坐下吗？”他终于问道，从一堆藤椅里抽出一把递给旅行者；旅行者难以拒绝。于是，他坐在坑边上，往坑里瞟了一眼。坑不很深。在坑的一边，挖出来的土堆成了一堵墙，另一边立着机器。“我不知道，”军官说，“指挥官是否已向您介绍了这台机器？”旅行者做了一个含糊的手势；这正中军官下怀，因为这样他就可以亲自介绍这台机器了。“这台机器，”他说道，抓着一个摇杆，把身子靠在上面，“是我们前任指挥官的发明。我参与了所有的工作，从开始尝试一直到大功告成。不过，发明的功绩只属于他一个人。您听说过我们的前任指挥官吗？没有？嗯，我可以毫不夸张地说，整个流放地的设施都是他的杰作。我们，他的朋友们，在他逝世的时候就已知道，流放地的设施是自成一体的，他的继任者即便能想出上千个新规划，至少许多年内不可能对现有的设施有丝毫改变。我们的预见果真应验了；新指挥官不得不认识到这一点。您不认识前任指挥官，真遗憾！——不过，”军官止住了自己的话，“我在瞎聊了,他的机器就摆在我们面前。您看见了,它由三部分组成。年长日久,每个部分都有了通俗的名称。下面的叫床,上面的叫绘制仪,中间上下移动的部分叫耙。”“耙?”旅行者问道。他没有专心听,太阳火辣辣地照在这毫无阴翳的山谷里,他很难集中注意力。他更觉得军官值得钦佩了,军官身穿紧绷绷、挂满肩章绶带、仪仗队式的军服,兴致盎然地介绍着,而且一边说着话,一边拿着一把扳手,这儿那儿地拧拧螺丝。士兵的状态看上去和旅行者差不多。他把被判决者的锁链绕在自己的两只手腕上,用一只手将身子靠着枪,耷拉着脑袋,对什么都不关心。旅行者对此并不感到惊异,因为军官说的是法语,士兵和被判决者肯定都不懂法语。引起他的注意的倒是被判决者,被判决者努力想听懂军官的介绍。军官指向哪儿,他就困倦地打起精神,把目光投向哪儿,这时,军官被旅行者的问题打断了,他也和军官一样看着旅行者。

“是的,耙,”军官说道,“这个名称很合适。针头呈耙状排列,整体的运作也像耙一样,只不过它只在一个地方动,而且技巧比较高明。您马上就会明白的。被判决者就躺在这张床上。——我想先描述一下机器,然后才让机器自行运作,这样您就比较容易看明白了。另外,绘制仪上的一个齿轮已严重磨损;机器一开动,它就嘎吱吱地响;说话都听不清;可惜这儿很难弄到配件。——这就是我刚才讲的床。床上铺了一层棉花;床的用途您就会知道的。被判决者面朝下躺在这层棉花上,当然是赤身裸体的;这是捆手的皮带,这是捆脚的,这是捆脖子的,这样就可以把他紧紧绑住。床头这儿——我说过了,他首先面朝下平躺在这儿——有一个小毛毡头,它活动自如,正好塞进他嘴里,以免他喊叫或咬烂舌头。这个人当然不得不把它衔在嘴里,否则他的脖子就会被皮带勒断。”“这是棉花?”旅行者问道,探着身子。“是的,当然是棉花,”军官微笑着说,“您自己摸摸。”他抓住旅行者的手向床伸去。“这是一种特制的棉花,所以不大看得出来;我还会谈到它的用途。”旅行者已经对机器产生了一点兴趣;他把手搭在眼睛上挡住阳光,抬头仰望这台机器。这是个庞然大物。床和绘制仪一般大小,看上去仿佛两口黑箱子。绘制仪位于床上方约两米处;这两部分通过四角上的四根黄铜合金柱连接起来,柱子在阳光下熠熠生辉。在这两口箱子之间,耙顺着一根钢绳上下移动。

军官对旅行者先前的漫不经心几乎毫无察觉,这时却注意到了他开始萌发的兴趣;于是,他中断讲解,让旅行者有时间细细地观察。被判决者在模仿旅行者的动作;由于他无法把手搭在眼睛上,就眯缝着眼仰望着。

“刚才说到人躺在上面了。”旅行者说着,往椅背上一靠,跷起了腿。

“是的,”军官说,把帽子往后推了推,用手抹了一下发烫的脸,“您听着! 床和绘制仪上都有电池;床上的电池供自己用,绘制仪上的是供耙用的。人一被捆牢,床就动起来。它上下左右同时颤动,细微而迅速地抽搐着。您在精神病院里大概见过类似的机器;只不过这床的所有移动都是精确计算好的,必须与耙的移动保持一致。耙才是真正的判决执行者。”

“到底是什么判决呢?”旅行者问道。“您连这也不知道?”军官惊讶地说,咬着嘴唇,“可能我的讲解条理不清,若是这样,请您多多包涵;我对此深表歉意。以前总是指挥官来做讲解;新指挥官却没有履行这项光荣的职责;他对您这样一位贵客,”——旅行者摆着双手试图拒绝这种尊称,军官却坚持这样说——“对这样一位贵客,连我们的判决形式都不介绍一下,这又是一项革新,这项革新——”他差点骂出口,但马上抑制住自己,只是说,“事先没人通知我,这不是我的错。而且,要讲解我们的各种判决方式,我还是最能胜任的,因为我这儿有”——他拍了拍胸前的衣兜——“前任指挥官绘制的图。”

“指挥官的亲笔绘图?”旅行者问道,“难道他集一切于一身?他是军人、法官、设计师、化学家、绘图师?”

“是的。”军官点着头说,目光定定的,若有所思。然后,他察看着自己的手;似乎觉得手不够干净,不能就这样去碰绘图;于是,他走到水桶边,又洗了一遍手。接着,他抽出一个小皮夹,说:“我们的判决听起来并不严厉。用耙把被判决者所触犯的戒条写在他身上。比如在这个被判决者的身上,”——军官指了指被判决者——“将要写:尊敬你的上级!”

旅行者瞥了被判决者一眼；军官指着他时，他低垂着脑袋，像是竖起耳朵想听明白。他那两片紧紧撅在一起的嘴唇翕动着，这表明他显然一句也没听懂。旅行者本来想问这问那，一看见被判决者，只问了句："他知道他的判决吗？""不知道。"军官说，正想接着解释，旅行者却打断了他："他不知道对他所做的判决吗？""不知道。"军官又说道，然后停顿片刻，仿佛要求旅行者进一步说明提这个问题的缘由，接着说，"对他宣布判决毫无意义。他会在自己的身体上知晓判决的。"旅行者已经打算不说话了，可他觉得，被判决者瞪着他，像是在问他是否赞同刚刚描述的过程。旅行者已经靠在椅背上了，于是，又探身继续问："但他被判决了，这他总知道吧？""也不知道，"军官说，对旅行者微笑着，似乎等着他发些奇怪的言论。"不知道？"旅行者说，擦擦额头，"那这个人现在还不知道他的辩护引起了怎样的反应吗？""他根本就没有辩护的机会。"军官说，往旁边看了看，像是在自言自语，不想讲这些在他眼里理所当然的事，免得旅行者难堪。"他总得有为自己辩护的机会吧。"旅行者说，从椅子上站了起来。

军官意识到这样很危险，对机器的讲解可能会被耽误许久；于是，他走到旅行者身边，挽着他的胳膊，指着被判决者——被判决者显然成了注意的焦点，马上站得笔直，士兵也拉了拉铁链——说："事情是这样的：我被任命为流放地的法官，尽管我还年轻。因为我曾协助前任指挥官处理过所有惩罚事宜，对这台机器也最了解。我做决定所遵循的准则是：罪行总是毋庸置疑的。别的法庭可能不一定遵守这一准则，因为它们由许多人组成，而且它们之上还有别的高级法庭。这里却不是这样，至少前任指挥官在任时不是这样。当然，新任指挥官已有意介入我的法庭，不过到目前为止，我都把他顶了回去，今后也会顶得住的。——您不是想听我解释一下这桩案子吗？它和所有案子一样简单。今天早上一个少尉报告说，派给他当勤务兵的这个人在他的门口睡大觉，没有执行公务。是这样的，他必须在每个整点时立正，在少尉门前敬礼。这绝对不难，而且十分必要，因为他既是警卫又是勤务兵，应当精力充沛。昨天夜里，少尉想检查一下，看他是不是忠于职守。整两点的时候，他打开门，发现他蜷成一团在睡觉。他取来马鞭抽他的脸。这个人非但不站起来请求原谅,反而抱住主人的腿,摇着主人,喊道:‘扔掉鞭子,不然我就吃了你!’这就是案情。一小时前,少尉来到我这儿,我记下了他的陈述,随即就写了判决书。然后我下令给这个人锁上镣铐。这一切很简单。假使我先把这个人叫来审问,只会产生混乱。他会撒谎的,如果我能戳穿他的谎言,他又会编出新的谎言,就这样没完没了。而现在我抓住了他,就不再放手了。——全都解释清楚了吗?时间过得很快,已经应当开始执行了,可我还没讲解完机器呢。”他催促旅行者坐回到椅子上,又走到机器前,开始说道:“您看到了,耙与人的体形是吻合的;这是对付上身的,这是对付腿的。对付头嘛,只有这个小雕刻刀。您明白了吗?”他友善地向旅行者探着身子,准备做最详尽的解释。

旅行者皱着眉头察看着耙。他对军官所讲的审判程序不满意,却只能提醒自己,这里是流放地,特殊的惩处是必要的,彻底的军事化做法是必须的。另外,他对新指挥官抱有一线希望,新指挥官显然打算引进一种新的审判程序,这个过程很缓慢,是军官的狭隘思想所无法接受的。顺着这个思路,旅行者问道:“指挥官会来观看执行吗?”

“不一定。”军官说,这个突兀的问题触到了他的痛处,他满脸的和颜悦色变阴沉了,“正因如此,我们必须抓紧时间。很遗憾,我甚至不得不缩短我的讲解。不过,我可以明天,等机器——它一用起来就弄得很脏,这是它唯一的缺点——打扫干净后,补做详尽的解释。现在就只讲最必要的。——当这个人躺在床上,床开始颤动时,耙便落到他的身体上。耙自动调节,只有针尖刚刚触及身体;调节好后,钢绳马上绷直了。游戏就开始了。不明底细的人看不出各种惩罚之间的区别。耙的运作看起来都一样。它颤动着把针尖刺入身体,身体随着床颤动。为了使大家都能监督判决的执行,耙是用玻璃做的。要把针安进玻璃,有一定的技术难度,但我们试了很多次,终于成功了。我们不怕付出艰辛。现在大家透过玻璃看得见刺文是怎样写在身体上的。您不想走近些看看这些针吗?”

旅行者慢慢站起身,走了过去,俯身在耙上。“您瞧,”军官说,“这是两种针的多重组合。每根长针旁都有一根短针。长针是刺字的,短针喷出水冲掉血迹,使刺文始终保持清晰。然后,血水从这儿流进小槽,最终汇入这个主槽,主槽的排水管通向这个坑。”军官用手指精确地描绘着血水所必经的路线。为了演示得尽量形象些,他把双手拢在排水管的出口上,旅行者这时抬起头,用手往后摸索着,想坐回到椅子上。他惊恐地看见,被判决者和他一样,也接受了军官的邀请,从近处察看着耙这一装置。被判决者把昏昏欲睡的士兵往前拽了拽,也俯身在玻璃上。他目光茫然,显然在寻找着这两位先生刚刚观察到的东西,然而,由于听不懂讲解,他怎么也看不明白。他弓着身子这儿探探,那儿探探,不停地打量着玻璃。旅行者想把他赶回去,因为他的这种举动很可能会受到惩罚。军官却用一只手拦住了旅行者,用另一只手从土堆上拿起一块土朝士兵身上扔去。士兵猛地睁开眼睛,看见被判决者胆敢如此,就放下枪,站稳脚跟,把被判决者往回拽,被判决者随即跌倒在地,然后,士兵低头看他在地上挣扎,铁链碰得铿锵作响。“把他拉起来!”军官喊道,因为他发现,被判决者太分散旅行者的注意力了。旅行者不去注意耙，竟把身子探过耙，只为了弄明白被判决者的处境。“对他当心点！”军官又喊道。他绕过装置，亲手抓住被判决者的腋下，在士兵的帮助下，把他拉了起来，他的脚还不住地打滑。

军官重新回到他身边时，旅行者说：“现在我已经都知道了。”“还差最重要的，”军官说，他抓住旅行者的胳膊，指着上面说，“那个绘制仪里面是齿轮组，它决定耙的运转，是按判决书的图样设置的。我用的还是前任指挥官的绘图。就在这儿，”他从皮夹子里抽出几张纸来，“不过很抱歉，我不能让您拿在手里看。这是我最珍贵的财产。您坐下，我让您从这个距离看，您就能看得一清二楚。”他展开第一张图纸。旅行者本想说几句奉承话，可他只看见迷宫一般、密密麻麻的线条，横七竖八地互相交叉着，要辨认出线条之间的空白都很费劲。“您读读吧，”军官说。“我读不了。”旅行者说。“这很清晰嘛。”军官说道。“很巧妙，”旅行者含糊其辞地说，“可我无法辨认。”“是的，”军官说着笑起来，把图纸又装进了皮夹子，“这不是给小学生看的字帖。得好好读才行。您最终也肯定会读明白的。这当然不是简单的文字;它不是马上处死犯人,而是平均持续十二个钟头;转折点定在第六个钟头上。文字周围必须刻上许许多多装饰性图案;文字本身只像一条细腰带一样绕身体一圈;身体的其他地方用来刻装饰性图案。您现在可以赞赏耙和整个机器的运作了吗?——您注意看吧!”他跳上梯子,转动了一个轮子,朝下面喊道:“当心,往边上站。”一切都运转起来。若不是轮子吱吱作响,这一切还挺壮观的。这个煞风景的轮子似乎使军官吃了一惊,他对它挥挥拳头,又向旅行者摊摊手,表示歉意,匆匆爬下来,从底下察看机器的运转。还有点什么毛病,这只有他觉察到了;他又爬上去,把双手伸进绘制仪里拨弄一阵,接着,为了下来得快些,他不走梯子,而是顺着一根柱子往下滑,他担心旅行者由于噪音而听不清,憋足了劲对着旅行者的耳朵喊道:“您明白过程了吗?耙开始写字;等它在犯人的背上写完第一遍后,棉花层就会转动,把身体缓缓卷到一旁,为耙腾出地方。这时,被写得伤痕累累的身体躺在棉花上,棉花是经过特别处理的,能马上止血,以便字能刺得更深。身体再被卷回来时,耙边上的这些尖齿就把棉花从伤口上拽下来，扔进坑里，耙就又开始工作了。就这样，它越写越深，整整写十二个钟头。头六个钟头，被判决者活得恍若先前，只是得忍受疼痛。两个钟头之后，衔嘴拿掉了，因为犯人再也叫不动了。床头上这个电热桶里是热粥，犯人如果想喝的话，就可以用舌头舔。没有哪个犯人会错过这个机会，就我所知一个也没有，而我的经验是很丰富的。大约到第六个钟头时，他才没有了食欲。这时，我往往跪在这儿，观察这番景象。犯人很少把最后一口粥吞下去，只是在嘴里转转，就吐进了坑里。我得弯下腰来，否则他就吐我脸上了。而第六个钟头时，他变得多安静了啊！最愚笨的脑袋也开窍了。这是从眼睛开始的，由此扩散开来。当您目睹这一切时，简直也想躺到耙底下去了。这时便不会再发生什么了，犯人开始辨认文字。他撅着嘴，仿佛在聆听。您已经看到了，用眼睛辨认文字都不容易；而我们的犯人是靠他的伤口来辨认的。这得费一番工夫，他需要六个钟头才能完成。接着，耙将他刺穿，然后扔进坑里，他就倒在血水和棉花中。处决就这样结束了，我们，我和士兵，把他埋起来。”

旅行者侧耳听完军官的解释,两手插在衣兜里,观看着机器的操作。被判决者也在观看,却一点都不明白。他微微弯着腰,目光追随着摆动的针,这时,士兵在军官的示意下,用刀子从背后划破被判决者的衬衣和裤子,衣裤随之掉落下来;他还想抓住下落的衣服遮羞,然而,士兵把他举起来,抖落了他身上仅存的碎片。军官调整好机器,在这寂然无声的片刻里,被判决者被放到了耙下面。松开了铁链,捆上了皮带;一开始,被判决者似乎感到一阵轻松。这时,耙又往下降了降,因为这人很瘦。针头触到他时,一阵寒战掠过他的皮肤;士兵正忙着拴紧他的右手,他盲目地伸出左手;却恰好指向旅行者所站之处。军官不停地从旁边瞧着旅行者,似乎想从他的脸上看出他对处决的印象,至少他已为旅行者做了粗浅的讲解。

这时,捆手腕的皮带断了;可能是士兵捆得太紧了。士兵指着断掉的皮带,请军官帮忙。军官走过去,把脸转向旅行者说道:“机器的组成复杂精密,难免会这儿坏那儿断的;可别因此影响对机器的总评价。皮带马上就可以换;我打算用铁链;这样一来,右胳膊当然就震颤得没那么柔和了。”

他一边捆链条，一边又说道："如今，机器的维修费用被大大削减了。前任指挥官在任时，我可以随意支配一笔专用于此的款项。这儿还有一个材料库，里面的配件应有尽有。我承认我当时用得有些浪费，我是说以前，不是现在，新指挥官现在却还这样指责我，无非是想找借口干掉老机构。如今，他亲自掌管着机器的费用，我要是派人去领根新皮带，还得把断了的拿去作证，新皮带十天以后才能发下来，而且质量更差，不禁用。至于我在此期间没有皮带怎样让机器运转，这就没人操心了。"

旅行者寻思着：断然干涉他人的事总是应当三思而后行的。他既非流放地的居民，也不是流放地所属国的公民。假若他想谴责甚或阻止这次处决，人们可能会对他说：你是外国人，住嘴吧。对此他将无言以对，只能补充说，他这样做，自己都觉得不可思议，因为他旅行的目的只是观看，绝非更改他人的法律制度。是这里的情形促使他跃跃欲试。审判程序不公正，处决不人道，这都是毫无疑问的。谁也不会认为旅行者有私利可图，因为他与被判决者素昧平生，又不是同胞，而且，被判决者绝非让人起怜悯之心的人。旅行者本人持有高级官员的介绍信,在这里受到了礼遇,他被邀请参观处决,这似乎意味着,人们要求他对这一法律程序做评判。更说明这一点的是,他刚才听得清清楚楚,指挥官并非这种程序的追随者,对军官抱近乎敌对的态度。

这时,旅行者听到军官一声怒吼。他费了好大力气,刚把衔嘴塞进被判决者嘴里,被判决者却禁不住一阵恶心,闭上眼睛呕吐起来。军官赶紧拎起他,想把他的头转向坑;可是太迟了,污物已顺着机器流淌下来。“都是指挥官的错!”军官喊道,疯狂地摇着面前的黄铜合金柱,“机器给弄得像猪圈一样脏了。”他双手颤抖着指给旅行者看发生了什么事。“我不是对指挥官解释过好几个钟头了吗?犯人在处决前必须饿一整天。这些新来的温和派却持另外的看法。在他被带走之前,指挥官的女眷们给犯人嘴里塞满了甜食。他一辈子以臭鱼果腹,现在却有甜食送到嘴边!这倒也罢了,我不反对,但为什么不弄一个新衔嘴呢?我已经申请了一个季度。上百个犯人临死前吸过咬过的衔嘴现在让他含在嘴里,他怎么会不恶心呢?”

被判决者低垂着头,看上去很平静,士兵忙着用被判决者的衬衣擦机器。军官走向旅行者,旅行者预感到了什么,退后一步,军官却抓住他的手,把他拉到一边去。“我想私下跟您说几句话,”他说道,“行吗?”“当然可以。”旅行者说,垂目听着。

“您现在有机会欣赏的这种程序和处决如今在我们流放地已经没有公开的追随者了。我是追随者的唯一代表,同时也是老指挥官这份遗产的唯一代理人。我不再奢望进一步发展这种程序,为了保护现存的一切,我已鞠躬尽瘁。老指挥官在世时,流放地遍布着他的追随者;老指挥官的说服力我具备一些,他的权力我却一点也没有;因此,追随者都已销声匿迹,他们人数虽然还不少,但谁也不愿承认。在处决日,比如今天,您如果去茶馆听听他们的聊天,可能只会听到闪烁其词的言论。他们全都是追随者,但是,在现任指挥官的领导下,在他的新观念的统治下,他们根本不会助我一臂之力。现在我问您:这样一个毕生的杰作”——他指了指机器——“难道应当因为这个指挥官以及对他施加影响的女眷们而被毁掉吗?您虽然只是在我们岛上逗留几天的外国人,能听之任之吗?不能再耽搁了,他们正在密谋撤销我的审判权;现在指挥部商量很多事都不请我参加;甚至您今天的来访,我认为也很说明这种局面;他们是胆小鬼,把您这个外国人推到前台来。——要是在以前,处决是多么不同啊!处决前一天,山谷里已人山人海;都是为了亲眼目睹处决;一大早,指挥官就和他的女眷们来了;军号声唤醒了整个营地。我向指挥官报告,一切准备就绪;全体人员——高级官员一律不准缺席——整齐地坐在机器周围;这堆藤椅就是那个时代的可怜遗迹。那时候,机器擦得锃亮,几乎每次处决时,我都使用新配件。在数百双眼睛的注视下——观众都踮着脚站着,那边的斜坡上站得满满的——指挥官亲手把被判决者放到耙下面。今天随便哪个士兵都可以做的事,那时是我这位审判长的职责,为此我深感荣幸。接着,处决开始了!没有任何杂音干扰机器的操作。有些人根本不看,闭上眼睛躺在沙地上;大家都知道:现在正义得到了伸张。在一片寂静中,只听到被判决者被衔嘴压低的呻吟声。

如今,机器从被判决者嘴里已挤不出衔嘴所抑制不住的呻吟;那时,写字的针还滴出一种腐蚀性液体,如今却不许再用这种液体了。嗯,第六个钟头到了!人人都想在近处看,这哪能办得到呢?指挥官英明地指示,应当首先考虑儿童;我因公务在身,当然可以一直待在被判决者身旁;我常常蹲在那儿,一手抱一个孩子。我们是怎样全神贯注地观察着受刑人脸上焕发出幸福的光彩!我们的脸颊沐浴在这终于来临、却已在消逝的正义的光辉之中!那是多么美好的时光啊,我的同志!"军官显然忘了站在他面前的是谁;他抱住旅行者,把头搁在他肩上。旅行者十分尴尬,不耐烦地越过军官的头看过去。士兵打扫完毕,正把一罐大米粥倒进桶里。被判决者像是已经完全缓过来了,一看见粥就用舌头去舔。士兵一再把他推开,因为粥是为晚些时候准备的,可是他自己也不规矩,把一双脏手伸进桶里,当着贪吃的被判决者的面吃了起来。

军官很快就克制住了自己。"我并不是想让您动情,"他说,"我知道,如今要让人理解那个时代是不可能的。再说,机器还在运作,摄人心魄。

即便它孤零零地耸立在这山谷里,仍然摄人心魄。尸体最后仍不可思议地轻飘飘地腾空掉进坑里,尽管不像从前那样,数百人苍蝇似的簇拥在土坑周围。那时我们不得不在坑边上筑起一道结实的栏杆,它早就被拆掉了。”

旅行者不想让军官看见他的脸,便漫无目的地四处看。军官以为他在观察荒凉的山谷;于是抓住他的手,转到他面前,盯住他的眼睛,问道:“您注意到耻辱了吧?”

旅行者却一言不发。军官放开他片刻;他自己叉开腿,双手叉腰,一动不动地站着,瞧着地面。接着,他朝旅行者鼓励地微微一笑,说道:“昨天指挥官邀请您时,我就在您旁边。我听到了他的邀请。我了解指挥官。我马上就明白了,他发出这个邀请意图何在。凭他的权力他完全可以对付我,但他不敢,宁可让我接受您这位有名望的外国人的评判。他考虑得很精细;您到岛上来才两天,您不了解前任指挥官及其想法,您脑子里还全是欧洲人的观念,您可能对死刑一概坚决反对,更不用说这种机械的处决方式了,您还看到,处决缺乏公众的参与,在一台已有些破损的机器上进行,凄凄凉凉——目睹如此种种(指挥官是这样盘算的),不就很可能会反对我的程序了吗?您只要认为它不对,就不会隐而不言(我还是在说指挥官的想法),因为您肯定相信自己久经考验的信念。您见识过并懂得尊重许多民族的种种奇风异俗,所以您可能不会像在家乡那样,不遗余力地反对这种程序。不过,指挥官并不需要您这样做。随口说的一句不慎之言就够了。这话不必符合您的信念,只要表面上投合他的愿望就行了。我敢打保票,他会千方百计地向您刨根问底。他的女眷们会围着您坐成一圈,竖起耳朵听;您大概会说,'我们那儿的审判程序是另外一个样子',或者'我们那儿,判决前先审问被告',或者'我们那儿,被判决者知晓对他的判决',或者'我们那儿,除了死刑还有别的刑罚',或者'我们那儿,只有在中世纪才有酷刑'。所有这些看法都没有错,而且您觉得这是自然而然说出来的,这些说者无心的话不会中伤我的程序的。但指挥官会怎样听取这些意见呢?我仿佛看见他这位好指挥官立即推开椅子,冲上阳台,我仿佛看见他的女眷们跟着他拥上来,我听到他的声音——他的女眷们称之为雷霆之声——他开始讲话了:‘一位西方的大学者,他专门考察各国的审判程序,他刚才说,我们这种按照古老习俗制定的程序是不人道的。这样一位权威人士做出了这样的评判,我当然再也无法容许这种程序了。我命令,从今天起……’等等。您想插言,您并没有说过他所宣称的话;您并没有说我的程序不人道,相反,凭您的深刻见解,您认为它是最人道、最符合人的尊严的,而且您很欣赏这种机械运作,——然而为时已晚;阳台上站满了女士,您根本上不去;您想引起大家的注意;您想喊叫;一位女士的手却掩住了您的嘴,——于是,我以及老指挥官的杰作就完了。”

旅行者强忍住微笑;他还以为他的任务很艰巨呢,原来如此简单。他含糊地说:“您高估了我的影响,指挥官读过了我的介绍信,他知道我不是什么审判程序的专家。即便我说出我的看法,那也只是个人之见,并不比其他任何人的看法重要,与指挥官的意见相比,就更是无足轻重了。据我所知,他在流放地拥有非常广泛的权利。他对这种程序的看法如果真如您所认为的那么明确,那么,这种程序的末日恐怕无需我的绵薄之力就来临了。”

军官明白了吗？不，他还没有明白。他使劲摇着头，回头瞟了一眼被判决者和士兵，这两人吓了一跳，停止了吃粥，军官走到旅行者面前，不看他的脸，而是看着他上衣的某个地方，说话声比刚才低了：“您不了解指挥官；对他和我们所有人来说，您某种程度上——请原谅我这样说——是无关痛痒的；相信我，我对您的影响怎么高估都不为过。当我听说您独自来观看处决时，我高兴极了。指挥官这样安排是想打击我，我现在却将计就计。您不受那些低声耳语的无稽之谈和蔑视的目光的干扰——一大群人观看处决时，这种干扰就在所难免了——听了我的讲解，看了机器，现在就要观看处决了。您的评判肯定已经定型，即便还有些拿不准的小地方，一看处决也就全明白了。现在我向您提出一个请求：请在指挥官面前帮帮我！”

旅行者打断他的话。“这我怎么做得到呢，”他嚷道，“这根本不可能。我既害不了您，也帮不了您。”

“您能帮我。”军官说。旅行者见军官攥起拳头，心中有些担心。“您能帮我，”军官更加咄咄逼人地说,"我有一个计划,成败就在此一举了。您认为您的影响力不够。我认为够了。即使承认您说得对,为了维护这一程序,难道不应当连未必够的力量也试试吗？您听听我的计划吧。要实行这一计划,您今天在流放地必须尽可能不谈您对这一程序的看法。您如果没有被直接问到,千万别开口;即便问到,也必须回答得简短而含糊;应当让人看出,您谈这些很为难,您感到愤懑,如果要讲实话,您简直就要骂起来了。我并不要求您撒谎;绝对不;您只需做出简短的回答,比如:'是的,我看过处决了',或者'是的,我听了所有的讲解'。就这些,别的什么也不说。您有充足的理由感到愤懑,即便这不合指挥官的意。他当然会完全误解您的意思,并按他的想法来解释。这就是我的计划的基础。明天,指挥部将举行所有高级官员的大会,由指挥官主持。指挥官当然懂得把这种会议弄得沸沸扬扬。已为观众修建了顶层楼座,上面总是座无虚席。我不得不参加这个大会,但我对此极为反感。您肯定会被邀请出席这次会议;如果您今天按我的计划做,指挥官就不仅会邀请您,还会迫切地请求您出席。假使由于某个莫名其妙的原因,您没有受到邀请,那您一定要提出这个要求;这样一来,您保准会得到邀请。明天您就同女士们一起坐在指挥官的包厢里。他不时地往上瞧瞧,确信您来了。讨论完各种各样无关紧要、纯粹讲给观众听的可笑问题后——通常是港口建设,没完没了的港口建设!——也会谈到审判程序。如果指挥官不提或不马上提这个问题,我会设法使之成为议题。我会站起来,报告今天的处决执行了。十分简短,就这样报告一声。尽管这种报告在这样的会议上是不寻常的,我还是要这样做。指挥官会向我道谢,跟往常一样面带和蔼的微笑,接着他就难以抑制自己了,就会抓住这个大好时机。'我们刚刚听到了,'他大致会这样说,'关于处决的报告。我只想补充一点,这位知名学者恰好参加了这次处决,各位都知道,他的访问使我们流放地蓬荜生辉。他的光临也使我们今天的会议意义重大。我们现在不就很想问问这位著名学者,问他如何评价这种按古老习俗进行的处决以及处决之前的审判程序?'这当然会引来一片掌声,大家一致赞同,而我是鼓掌鼓得最响的。指挥官会向您鞠一躬,说道:'那么,我代表在座各位向您提这个问题。'您走到栏杆前,您必须把手放到大家都看得见的地方,不然女士们会抓住您的手,拨弄您的指头。——终于该您发言了。我真不知道我将如何熬过之前那几个焦急不安的钟头,等到这个时刻终于来临。您发言时不必有任何顾忌,把真相大叫大嚷说出来吧,把身子俯在栏杆上吼吧,可不是,朝着指挥官吼出您的看法,您的坚定不移的看法。不过,您可能不愿这样做,这种做法不符合您的性格,在您的家乡,人们在这种情况下或许会采取另外一种做法,这也无妨,这也就足够了,您站都不用站起来,只说寥寥数语,而且是轻声细语,刚好让坐在您下面的官员们听到,这就够了,您根本用不着讲观看处决的人太少、齿轮嘎吱作响、皮带扯断、衔嘴令人作呕,不必讲这些,这一切我来讲,您相信吗?我的话即使不能把指挥官赶出会场,也会让他屈服忏悔:老指挥官,我给你跪下了。——这就是我的计划;您愿意帮助我实施它吗?您当然愿意,不仅如此,您必须帮助。"军官抓住旅行者的胳膊,喘着粗气盯着他的脸。最后这几句话是大声喊出来的,引起了士兵和被判决者的注意;他们虽然一句也听不懂,却停止了吃粥,一边咀嚼着,一边瞧着旅行者。

对旅行者来说,他要给出的回答从一开始就是很明确的;他一生经历甚丰,不可能在这件事上有任何动摇;他本质上是个诚实无畏的人。尽管如此,当他看到士兵和被判决者时,还是犹豫了片刻。他最后还是只能说:"不。"军官连连眨眼,目光却没有离开过他。"您愿意听我解释一下吗?"旅行者问道。军官默默地点点头。"我是这种程序的反对者,"旅行者说,"您还没有对我表示信任时——我当然绝不会滥用您的信任——我就已经在考虑:我是否有权反对这种程序,我的反对是否会有一丝成功的希望。我很清楚应当先找谁;当然是指挥官。您的话使我更明白这一点了,不过,我并不是因此才下定了决心,相反,您真诚的信念令我感动,尽管它不能使我动摇。"

军官仍然一声不吭,他转向机器,抓住一根黄铜合金柱,然后稍稍向后仰,望着绘制仪,像是在检查一切是否正常。士兵和被判决者看上去已结成了朋友;被判决者向士兵打手势,尽管他被皮带紧捆着,做这个动作非常艰难,士兵向他弯下身去,被判决者对他耳语着什么,士兵连连点头。

旅行者跟在军官身后,说道:“您还不知道我想做什么呢。我会告诉指挥官我对这个程序的看法,不过不是在大会上,而是与他单独面谈;我也不会在这儿呆那么久,被拉去参加什么会议;我明天一早就走,至少要到船上去。”

军官似乎并没有在听他说话:“这个程序原来并没有让您信服。”他自言自语地说,微笑着,仿佛老人在笑孩子的瞎胡闹,微笑里隐藏着他真正的思索。

“是时候了。”他终于说道,突然目光灼灼地看着旅行者,其中包含着某种要求,某种要求参与的呼吁。

“是什么时候了?”旅行者不安地问道,却没有得到回答。

“你自由了。”军官对被判决者说,说的是被判决者的语言。被判决者起初还不相信。“喂,你自由了。”军官说道。被判决者的脸上第一次有了生气。这是真的吗?会不会只是军官一时的心血来潮?还是这位外国旅行者为他争取到了豁免?怎么回事呢?他的脸上写满了这些疑问。不过并没有多久。不管怎么回事,只要允许,他就想确实体验到自由，于是，他开始在耙容许的范围内挣扎起来。

“你把我的皮带都快挣断了，”军官喊道，“安静些！我们马上就给你解开。”他向士兵做了个手势，两人一起解皮带。被判决者一言不发地暗自发笑，把脸一会儿往左转向军官，一会儿往右转向士兵，同时没有忘记看旅行者。

“把他拽出来。”军官命令士兵。由于有耙，拽的时候得小心。被判决者急不可待，背上已擦破了几处。

从这时起，军官就不再过问他了。他走到旅行者面前，又把小皮夹子掏出来翻着，终于找到了他要的那张图纸，展开来给旅行者看。“您读读吧。”他说。“我读不了，”旅行者说，“我说过了，我读不懂。”“您仔细看看这张吧，”军官说着，走到旅行者身边，以便跟他一起读。但这样还是不行，于是，他用小手指在空中划着，仿佛这张纸是绝对不可触摸的，以便使旅行者好读一些。旅行者也在努力，希望至少在这件事上取悦一下军官，可他根本读不了。军官开始一个一个字母地拼读，然后连起来又念了一遍。“上面写着‘要公正！’”军官说道，“您现在可以读了。”旅行者俯身在纸上，军官怕他碰到纸，把纸挪开了些；旅行者虽然什么也没说，但他显然还是读不了。“上面写着‘要公正！’”军官又说了一遍。“可能是吧，”旅行者说，“我相信上面是这样写着的。”“那好。”军官说，至少部分地感到了满足，拿着那张纸爬上梯子；他小心翼翼地把图纸安放在绘制仪里，像是在全部重新调整齿轮组；这个活儿很费劲，一定牵动着很小的齿轮，有时他把头全埋进绘制仪里了，他必须如此精确地检查齿轮组。

旅行者站在下面目不转睛地望着他，脖子都僵了，灼热的阳光刺痛了他的双眼。士兵和被判决者在一块儿忙着自己的事。被判决者的衬衣和裤子刚才被扔进坑里，士兵用刺刀把它们挑了出来。衬衣脏得可怕，被判决者把它放在水桶里洗了洗。等他穿上衬衣和裤子，两人不禁哈哈大笑，因为衣裤后面被割成了两片。也许被判决者觉得自己有义务逗士兵开心，便穿着被割破的衣服在士兵面前转起圈来，士兵乐不可支，蹲在地上直拍自己的膝盖。考虑到两位先生在场，他们才有所收敛。

军官在上面终于忙完了，微笑着再次通观整体及各个部分，把绘制仪一直敞着的盖子啪地关上，走下梯子，往坑里瞧了瞧，又看了看被判决者，满意地发现被判决者已经取出了他的衣服，然后，他走到水桶边去洗手，这才发现桶里的水肮脏不堪，他为现在无法洗手感到难过，最后只得把手插进沙子，他对这个替代品甚为不满，却也只有将就了，接着，他站起身，开始解军服的扣子。刚一解开，那两块塞在领子里的女用手绢就落进了他手里。“这是你的手绢，”他说，把手绢扔给被判决者，又向旅行者解释道，“女士们送的。”

他匆匆脱下军服，接着把衣服全脱光了，但他十分精心地对待每一件衣服，甚至还特意用手指抚摸军服上的银绶带，把一个流苏抖整齐。与这份精心极不协调的是，他刚刚整理完一件，立即把它愤愤地扔进坑里。他身上最后只剩短剑和挂剑的背带了。他拔剑出鞘，将剑折断，然后把断剑、鞘和背带捧到一块儿，猛地扔进坑里，坑里碰出了丁零咣啷的响声。

他一丝不挂地站着。旅行者咬着嘴唇，一言不发。他明知将要发生什么，却无权阻止军官的任何行为。如果军官所痴迷的审判程序果真就要被取缔了——或许是由于旅行者的介入，他觉得自己有义务这样做——那么，军官现在的行为就完全正确；假若旅行者处在他的位置上，也会这样做的。

士兵和被判决者起先根本没明白这是怎么回事，看都没往这边看一眼。被判决者重新得到了手绢，兴高采烈，但他没高兴多久，就被士兵猝不及防地一把夺走了。被判决者试图从士兵的皮带后面把手绢拽出来，然而士兵看得很紧。他们就这样半开玩笑地扭打着。直到军官脱光衣服，这才引起了他们的注意。特别是被判决者，仿佛预感到某种大变故即将发生，十分震惊。刚才发生在他身上的事，现在要发生在军官身上了。可能会发展到登峰造极的地步。大概是这位外来的旅行者下达了命令。这就是报应。他虽然受刑没有受到头，现在却要为自己彻底报仇了。他的脸上漾出无声的笑容，这笑容再也没有消失。

军官已转向了机器。即便之前就已知道，他对这台机器了如指掌，现在看他怎样操纵机器，机器怎样服从他的指挥，还是会大吃一惊。他刚把手伸向耙,耙就起落了几次,调整好位置,以便接受他;他刚一抓住床沿,床便颤动起来;衔嘴向他的嘴移过来,看得出,军官原本不想含衔嘴,但他只犹豫了片刻,随即顺从地把它含进了嘴里。一切就绪,只有皮带还垂在两边,可这显然没有必要,军官用不着被捆紧。被判决者注意到了松弛的皮带,他认为如果不拴紧皮带,处决就不够完满,他一个劲儿地招呼士兵过去,他俩一道去捆军官。军官已伸出一只脚想去踢手柄,以便绘制仪运作起来;他看见这两位过来了,便收回脚,任他们捆绑。这样他就够不着手柄了;士兵和被判决者是找不着它的,旅行者已决心袖手旁观;无需他帮忙;皮带刚一拴紧,机器就开始运作了;床颤动着,针头在皮肤上飞舞,耙起起落落。旅行者目不转睛地看了好一会儿,才想到绘制仪里的一个齿轮应该吱嘎作响的;可是一片寂静,连丝毫的嗡嗡声都听不到。

机器悄然无声地运作着,大家就不去注意它了。旅行者扭头看着士兵和被判决者。被判决者比较活跃,对机器中的一切饶有兴趣,时而弯下腰,时而直起身,老是伸出食指,指给士兵看什么。

旅行者感到难堪。他原本决心在这儿待到处决完毕,但他受不了这两个人的样子。“你们回去吧。”他说。士兵可能倒还愿意走,被判决者却把这个命令视为惩罚。他摊着手央求让他留下,看见旅行者摇着头不肯让步,甚至跪下了。旅行者意识到命令在这儿不起作用,就想走过去把他俩赶走。正在这时,他听到上面绘制仪发出一种声响。他抬头仰望。是那个齿轮出问题了吗?但不是齿轮,是别的什么。绘制仪的盖子缓缓升起,然后啪嗒一声全敞开了。一个齿轮的尖角露了出来,逐渐升高,接着整个齿轮都露出来了,似乎某种强大的力量挤压着绘制仪,以至于这个齿轮没有位置了,齿轮旋转到绘制仪的边缘,掉了下来,在沙子上滚了一截,就躺平了。但上面已经又升起一个齿轮,紧接着升起了许多大大小小的齿轮,无从分辨,它们的运动都和第一个齿轮一样,让人总以为绘制仪里面已经空了,这时却出现了一个为数众多的新齿轮组,它升起来,跌落,在沙子中滚动,然后躺平。被判决者看见这个过程,把旅行者的命令忘得一干二净了,掉落的齿轮把他完全迷住了,他老想抓住一个,还叫士兵来帮忙,可他一次次吓得把手缩了回来,因为下一个齿轮紧接着落下,至少它一开始的滚动吓住他了。

旅行者却十分不安;机器显然快散架了;它的无声无息的运转是个假象;他觉得现在应当关心一下军官,因为军官无法再照顾自己了。然而,他全神贯注地观看齿轮的跌落,耽误了察看机器的其他部分;直到最后一个齿轮离开了绘制仪,他终于俯身在耙上,大吃一惊,发现了更糟糕的情况。耙没有写字,只是在刺扎,床没有翻转身体,只是颤动着把它送到针尖上去。旅行者想干预,尽可能让这一切停下来,这并非军官想得到的酷刑,这简直就是谋杀。他伸出双手。耙却已叉住身体升了起来,转向一边,就像往常第十二个小时里才会出现的运作。血从身体成百个孔里涌出,没有掺杂水,喷水管这次也失灵了。最后失灵的是,身体并没有脱离长针头,而是悬在坑的上空,血流如注,掉不下来。耙已经要恢复原位了,似乎觉察到尚未摆脱重负,便停在了坑的上空。“你们来帮帮忙啊!”旅行者向士兵和被判决者喊着,他自己抓住了军官的脚。他想,他在这边压住军官的脚,那两个人在另一边抱住军官的头,这样就可以慢慢地把军官从针头上卸下来。那两个人却下不了决心过来；被判决者干脆背转身去；旅行者不得不走过去，用蛮力把他们赶到军官的头那边去。这时，他极不情愿地看了看死者的脸。面容一如生前，看不出军官所期许的解脱的痕迹；所有其他人从机器中获得的解脱，军官没有得到；他双唇紧闭，眼睛睁着，恍若生者，目光安详，充满信念，一根大铁钉穿透了他的额头。

旅行者与紧随其后的士兵和被判决者来到流放地最老的房屋前，士兵指着其中一座说："这就是茶馆。"

房屋的底层是个又深又低、洞穴似的房间，四壁和顶棚都被烟熏黑了。朝街的这一面完全敞着。茶馆虽然与流放地的其他房屋——除了指挥部的宫殿式建筑，所有的房屋都破败不堪——无甚差别，却给旅行者留下了深刻印象，他觉得这是一种历史回忆，从中感到了过去时代的力量。他走近茶馆，身后跟着两位陪同，穿过门前街上的空桌子，呼吸着从里面散发出的阴凉而带霉味的空气。"老头子就埋在这儿，"士兵说，"神父不肯让他葬在公墓。有一段时间，人们拿不定主意，不知道该把他埋在哪儿,最后就埋在这儿了。军官保准没对您讲,因为这当然是他最丢脸的事。他好几次甚至想在深夜里把老家伙挖出来,但他每回都被赶走了。""坟墓在哪儿?"旅行者问,他觉得士兵的话难以置信。士兵和被判决者马上跑到他前面,伸出手给他指坟墓。他们领着旅行者走到后墙边,那儿的几张桌子旁坐着茶客。大概是码头工人,身强力壮,留着短短的乌黑发亮的络腮胡子。他们都没有穿外套,衬衣破破烂烂的,这是一群贫贱穷苦的民众。旅行者走过去时,有几个人站了起来,靠着墙看他。"是个外国人,"旅行者的周围一片耳语声,"他想看看坟墓。"他们推开一张桌子,下面真有一块墓碑。这是一块简陋的石碑,低得桌子一挡就看不见了。碑上的铭文字体很小,旅行者得跪下来才能看清。上面写着:"老指挥官之墓。其追随者如今隐姓埋名,为其建坟立碑。有预言曰,指挥官数载之后复活,由此屋率众追随者光复流放地。信之,静候!"读完这段文字,旅行者站起身来,看见众人围在他身边,面带微笑,仿佛同他一道读了碑文,觉得很可笑,并要求他接受这个看法。旅行者装作没看见,散给他们一些硬币，等桌子又推回到坟墓上后，他离开茶馆，走向码头。

士兵和被判决者在茶馆碰上了熟人，被留了下来。他们一定很快就摆脱了熟人，因为旅行者刚走到通向小船的长石阶的中央，他们就已追上来了。他们大概想在最后一刻逼迫旅行者把他们带走。旅行者正在下面跟船夫商议着摆渡到轮船去，那两个人飞快地冲下石级，一声不吭，因为他们不敢喊叫。等他们到下面时，旅行者已上了船，船夫正把小船撑离岸边。他们还可以跳上船的，但旅行者从船板上举起一根打着结的粗绳，威胁他们，不准他们往上跳。

王炳钧 译

乡村医生

我的处境十分窘迫：我必须即刻出行；一位重病人在十里开外的一个村子里等着我；猛烈的暴风雪席卷着我与他之间的广阔地带；我有一辆大轮子的轻便马车，正好适合于在我们的乡村大道上行驶；我身穿皮衣，提着手术包，已经站在院子里准备出发；却没有马，马。我自己的马在这个寒冬精疲力竭，昨天夜里死掉了；我的女仆正在村子里到处为我借马；可这毫无希望，我心里很明白，身边的雪越积越厚，我越来越举步维艰，茫然地站在那儿。女仆出现在门口，就她一个人，晃着手里的灯；当然，谁会在这种天气借出马来跑那么远的路？我在院子里来回走着；我一筹莫展；我神思恍惚,悻悻地往多年不用的猪圈的破门上踢了一脚。门开了,嘎吱嘎吱地摇来摆去。一股暖烘烘的气味扑面而来,像是马的体味。里面的一根绳子上晃动着一盏昏暗的厩灯。一个男人缩成一团,蹲在低矮的圈栏里,露出他那嵌着一双蓝眼睛的坦诚的脸。“要我套车吗?”他问道,四肢着地爬了出来。我不知该说什么,只是弯下腰,想看看猪圈里还有什么。女仆就站在我身旁,她说道:“连自己家里还有什么都不知道。”我俩笑了。“喂,老兄! 喂,妹子!”马夫喊道,两匹马,两头膘肥体壮的牲口,腿紧贴着身体,像模像样的脑袋骆驼一般低垂着,完全靠身体扭动的力量,才先后从那个被它们的身体塞得满满的门洞里挤了出来。它们马上站直了,腿很长,浑身冒着热气。“帮帮他吧!”我说道,听话的女仆赶紧跑过去给马夫递套车的辔具。她刚一走近,马夫就抱住了她,把脸贴到她的脸上。她尖叫一声,逃回我身边;她的脸颊上印着两排红红的齿印。“你这个畜生!”我怒吼道,“你是不是想挨鞭子了?”但我随即意识到,我根本不认识他;也不知道他来自何方,现在谁也不肯帮忙,他却主动雪中送炭。他似乎明白我的心思,对我的威胁并不介意,忙着套马,末了才转向我,说道:“您上车吧!”果真:一切准备就绪。我发现这辆车真漂亮,我还从未坐过这么好的马车呢,就高高兴兴地上了车。“不过得我来驾车,你不认识路。”我说。“这是当然,”他说道,“我根本就不跟你去,我留在这儿。”“不。”罗莎喊道,跑进了房子,确实预感到自己已难逃厄运;我听见她当啷一声套上门闩链;听见门锁啪的一声撞上;我看见她飞快地穿过走廊和一个又一个房间,熄灭了所有的灯光,以防被找到。“你同我一道走,”我对马夫说,“否则我就不去了,不管这有多紧急。我从未想过走这一趟得以这个姑娘为代价,得把她给你。”“驾!”他说,拍了拍手,马车应声疾驰,宛如被冲入激流的木头;我还听得见在马夫的凌厉攻势下,我的房门猛地被撞开,裂成碎片,接着,我的眼里和耳里全是穿透所有感官的风驰电掣。这也不过是一刹那的工夫,因为我已经到了,仿佛我的院门前径直就是我的病人的院子;两匹马静静地站着;雪停了;院子里洒满了月光;病人的父母急急忙忙地跑出房子;后面跟着病人的姐姐;他们几乎是把我抬下了车;他们语无伦次,我什么都没听明白；病人房间里的空气简直令人窒息；无人照管的炉灶冒着烟；我会打开窗户的；可我想先看看病人。男孩瘦骨嶙峋，没有发烧，不冷，不热，两眼无神，没有穿衬衫，盖着鸭绒被，坐起身来，搂住我的脖子，轻声耳语道："大夫，让我死吧。"我四下里看了看；谁也没听到；他的父母默默站着，探身静候我的诊断结果；他的姐姐拿过来一把椅子让我放手提包。我打开提包，在器械中翻找着；男孩不断从床上向我摸索过来，想提醒我别忘了他的请求；我取出一把镊子，就着烛光检查了一下，又放了回去。"是啊，"我亵渎神明地思考道，"多亏神的帮助，送来了短缺的马，由于情况紧急，还多给了一匹，额外还送了一个马夫——"我这才又想起了罗莎；我怎么做，我如何救她，我离她十里之遥，拉车的马不听我使唤，我如何能把她从马夫身下拽出来？就是这两匹马吗？它们不知怎的松开了缰绳；不知怎的从外面撞开了窗户；各从一扇窗户探进头来，根本不理会家人的喊叫，注视着病人。"我马上回去。"我想道，仿佛这两匹马在催促我动身，可我还是听任病人的姐姐替我脱掉皮衣，她认为我是热迷糊了。老人为我端来一杯罗姆酒,敲了敲我的肩膀,似乎献出这心爱之物,就可以对我有这种亲昵举动。我摇摇头;如果认同老人的狭隘想法,我会觉得很难受的;完全是由于这个原因,我拒绝喝这杯酒。母亲站在床边,引诱我过去;我走过去,正当一匹马朝向屋顶高声嘶鸣时,我把头贴在男孩的胸口上,我的湿胡须使他瑟瑟发抖。我的想法得到了证实:这个男孩很健康,只是血液循环不太顺畅,无微不至的母亲给他灌了太多咖啡,他其实很健康,最好把他一脚踢下床来。我并非社会改造者,就让他继续躺着。我是区里委派的医生,恪尽职守,甚至超乎于此。我的报酬很低,但我对穷人慷慨解囊,乐善好施。我还得养活罗莎,这么一想,男孩说得对,我也想死呢。在这没有尽头的冬天,我来这儿干吗呀!我的马死了,村子里谁也不愿把自己的马借给我。我不得不从猪圈里拉出一驾车来;要不是猪圈里刚好有马,我就得靠母猪拉车了。就是这样。我向这家人点点头。他们一无所知,即便知道也不会相信的。开处方是件容易事,而除此之外,还与这些人沟通就很困难了。行,我的出诊就算结束了,又让我白跑了一趟,对此我已习以为常,全区的人都半夜三更来按门铃折磨我，这次我还不得不付出罗莎这个漂亮姑娘，她在我的房子里住了好几年了，我没怎么注意过她——这牺牲太大了，而现在已经到了这个地步，我不得不暂时绞尽脑汁想开一些，以免对这家人大发雷霆，他们反正不会把罗莎还给我。然而，正当我关上提包，挥手要我的皮衣时，全家人站在一块儿，父亲闻着手中那杯罗姆酒，母亲恐怕是对我感到失望了——是啊，这些人到底指望什么呢？——眼泪汪汪地咬着嘴唇，姐姐晃着一块血淋淋的手帕，这时不知怎的，我已准备好在一定情况下承认，男孩可能是病了。我走向他，他朝我微笑，仿佛我给他带来了灵丹妙药——哎，两匹马这时嘶鸣了起来；这叫声恐怕是上天安排的，为的是帮我诊断——，我发现了：是的，男孩有病。他的右侧臀部裂开了一个掌心大的伤口。玫瑰红色，但各处深浅不一，中间颜色深，越往边上颜色越浅，呈小颗粒状，还有东一块西一块的瘀血，像露天矿一样裸露着。这是远观。近看就更严重了。谁看见了，能不倒抽一口冷气？一堆虫子，和我的小指一般长一般粗，玫瑰红的身体还沾满了血，它们待在伤口中心，白色的小脑袋,密密麻麻的小腿,正往亮处蠕动着。可怜的孩子,你没救了。我找到了你的大伤口;你就要毁在这侧身体的这朵奇葩上。家人见我在检查病人,大为高兴;姐姐告诉母亲,母亲告诉父亲,父亲告诉几位客人,他们正踮着脚,张开双臂以保持平衡,披着月光走进敞开的院门。“你会救我吗?”男孩哽咽着低声问道,完全被伤口中那蠕动的一团弄晕乎了。我这个地区的人们就是这样的。总是向医生们要求力所不及的事。他们已经失去了旧信仰;牧师坐在家中,撕着一件又一件弥撒服;医生凭他动手术的纤弱之手,却应当无所不能。好吧,随他们的便;我不是毛遂自荐来的;如果你们要我越俎代庖尽神职,我姑且听之任之吧;我,一位老乡村医生,连女仆也被抢走了,还指望什么更好的下场呢!他们来了,家人以及村子里的长老们,他们脱掉我的衣服;一位教师领着学生合唱队站在房前,唱了起来,曲调特别简单,歌词是这样的:

脱他的衣服,他就会治病,
他若不治,就把他处死!
他不过是个医生,不过是个医生。

接着,我的衣服被脱光了,我用手指捋着胡须,我偏过头去,静静地看着这些人。我镇定自若,胜过在场的所有人,并保持着这种从容,尽管这无济于事,因为他们正抓着我的头和脚,把我抬上了床。他们把我放在面朝墙壁、挨着伤口的那一侧。然后,人们全都走出屋子;门关上了,歌声停了下来;云朵遮住了月亮;被子温暖地盖在我身上;马脑袋在窗口忽隐忽现。"你知道吗,"我听见病人在我耳边说,"我对你的信任少得很。你也不过是碰巧被扔在这儿了,又不是自己走来的。你不帮我,反倒来挤我临终的床榻。我恨不得把你的眼睛挖出来。""不错,"我说道,"这是一种耻辱。可我是医生啊。我该做什么?相信我,我也不容易。""我应当对这样的道歉感到满意吗?咳,我恐怕只能这样。我总是不得不表示满意。我带着一个美丽的伤口来到世上;这就是我的全部装备。""年轻的朋友,"我说道,"你错就错在只盯着自己的伤口。而我,我去过远远近近的所有病房,可以告诉你:你的伤口没那么严重。是斧子的尖角砍了两下造成的。许多人不大听得见树林里的斧子声,更听不到斧子在靠近他们,就傻乎乎地等着挨砍。”“真是这样吗,还是你趁我发烧哄骗我?”“真是这样,你就当这是一位官方医生以名誉担保的话吧。”他听进去了,安静了下来。我现在却该考虑如何救自己了。两匹马还忠实地站在原地。我将衣服、皮衣和提包匆匆收拾起来;我不愿因为穿衣服而停留片刻;两匹马像来的时候一样急不可待,我仿佛是从这张床跳到了自己的床上。一匹马驯顺地从窗口往后退,我把收拾好的那包东西扔到车上;皮衣飞出老远,唯独一只袖子挂在了一个钩子上。这就够好了。我飞身上马。缰绳松松地拖曳着,两匹马几乎没有套在一块儿,马车乱打转,后面还拽着雪中的皮衣。“驾!”我说道,马却没有扬蹄飞奔;我们像老人一样缓缓地穿过冰雪荒原;我们身后久久回荡着孩子们的那首新歌,而歌词与实情大相径庭:

欢呼吧,病人们,
医生被抬上床来陪你们!

这样下去,我永远回不了家;我的生意兴隆的诊所完了;一个接班人在抢我的生意,可这没用,因为他代替不了我;那混蛋马夫在我的房子里胡作非为;罗莎成了他的牺牲品;我不愿再想下去了。驾着尘世的车,非尘世的马,我赤身裸体,遭受着这最不幸时代的冰雪肆虐,我这老头子四处飘荡。我的皮衣挂在马车后面,我却够不着它,我那手脚灵便的病人中谁也不愿动一下手指头。上当了!上当了!一次听信了深夜骗人的铃声——就永远无法挽回。

王炳钧 译

在法的门前

在通往法的大门前站着一个守门人。有一个从乡下来的人走到守门人跟前,求进法门。可是,守门人说,现在不能允许他进去。这人想了想后又问道,那么以后会不会准他进去呢。"这是可能的,"守门人说,"可是现在不行。"由于通往法的大门像平常一样敞开着,而且守门人也走到一边去了,这人便探头透过大门往里望去。守门人见了后笑着说:"如果你这么感兴趣,不妨不顾我的禁令,试试往里闯。不过,你要注意,我很强大,而我只不过是最低一级的守门人。里边的大厅一个接着一个,层层都站着守门人,而且一个比一个强大,甚至一看见第三道守门人连我自己都无法挺得住。"这个乡下人没有料到会遇上这样的困难;照理说,法应该永远为所有的人敞开着大门,他心里想道。但是他眼下更仔细地端详了这个身穿皮大衣的守门人,看看那个又大又尖的鼻子,又望望那把稀稀疏疏又长又黑的鞑靼胡子,便打定主意,最好还是等到许可了再进去。守门人给了他一只小凳子,让他坐在门边。他就坐在那儿等待。一天又一天,一年又一年。他磨来磨去,希望让他进去,求呀求呀,求得守门人都皮了。守门人常常也稍稍盘问他几句,问问他家乡的情况和许许多多其他的事情,但这都是些不关痛痒的问题,就像是大人物在询问似的。说到最后,守门人始终还是不放他进去。这乡下人为自己出这趟门准备了许多东西,他不管东西多么贵重,全都拿了出来,希望能买通守门人。守门人一次又一次地都收下来了,但是,他每次总是说:"我收下这礼物,只是为了使你不会觉得若有所失。"在这许多年期间,这人几乎从不间断地注视着这个守门人。他忘了还有其他守门人,而这第一个似乎成了他踏进法的门的唯一障碍。开头几年里,他大声诅咒命运的不幸。到了后来,他衰老了,便只能喃喃嘀咕了。他变得孩子气,长年累月的观察甚至使他跟守门人皮衣领子上的跳蚤也混熟了，他也求那些跳蚤帮他去说服守门人。最后，他的目光变得模糊不清了，他不知道是自己周围真的越来越黑暗了，还是他的眼睛在捉弄他。但是，就在这黑暗里，他却看到了一道光芒从法的大门里永不休止地射出来。如今，他就要走到生命的尽头了，弥留之际，这些年来积累的所有经验，凝聚成一个他从未向这个守门人提出过的问题。他挥手叫守门人到跟前来，因为他再也无法直起自己那僵硬的躯体了。守门人只好深深地俯下身子听他说话，因为躯体大小变化的差别，已经非常不利于这乡下人了。“你现在到底还想问什么呢？”守门人问道，“你真贪心。”“人人不都在追求着法吗，”这人回答说，“可是，这许多年来，除了我以外，怎么就不见一个人来要求踏进法的大门呢？”守门人看到这个人已经筋疲力尽，而且听觉越来越坏，于是在他耳边大声吼道：“这儿除了你，谁都不许进去，因为这道门只是为你开的。我现在要去关上它了。”

韩瑞祥 译

饥饿艺术家

近几十年来，人们对饥饿表演的兴趣大为淡薄了。从前自行举办这类名堂的大型表演收入是相当可观的，今天则完全不可能了。那是另一种时代。当时，饥饿艺术家风靡全城；饥饿表演一天接着一天，人们的热情与日俱增；每人每天至少要观看一次；表演期临近届满时，有些买了长期票的人，成天守望在小小的铁栅笼子前；就是夜间也有人来观看，在火把照耀下，别有情趣；天气晴朗的时候，就把笼子搬到露天场地，这样做主要是让孩子们来看看饥饿艺术家，他们对此有特殊兴趣；至于成年人来看他，不过是取个乐，赶个时髦而已；可孩子们一见到饥饿艺术家，就惊讶得目瞪口呆，为了安全起见，他们互相手牵着手，惊奇地看着这位身穿黑色紧身衣、脸色异常苍白、全身瘦骨嶙峋的饥饿艺术家。这位艺术家甚至连椅子都不屑去坐，只是席地坐在铺在笼子里的干草上，时而有礼貌地向大家点头致意，时而强作笑容回答大家的问题，他还把胳臂伸出栅栏，让人亲手摸一摸，看他多么消瘦，而后却又完全陷入沉思，对谁也不去理会，连对他来说如此重要的钟鸣（笼子里的唯一陈设就是时钟）他也充耳不闻，而只是呆呆地望着前方出神，双眼几乎紧闭，有时端起一只很小的杯子，稍稍啜一点儿水，润一润嘴唇。

观众来来去去，川流不息，除他们以外，还有几个由公众推选出来的固定的看守人员。说来也怪，这些人一般都是屠夫。他们始终三人一班，任务是日夜看住这位饥饿艺术家，绝不让他有任何偷偷进食的机会。不过这仅仅是安慰观众的一种形式而已，因为内行的人大概都知道，饥饿艺术家在饥饿表演期间，不论在什么情况下都是点食不进的，你就是强迫他吃他都是不吃的。他的艺术的荣誉感禁止他吃东西。当然，并非每个看守的人都能明白这一点，有时就有这样的夜班看守，他们看得很松，故意远远地聚在一个角落里，专心致志地打起牌来。很明显，他们是有意要留给他一个空隙，让他得以稍稍吃点儿东西；他们以为他会从某个秘密的地方拿出贮藏的食物来。这样的看守是最使饥饿艺术家痛苦的了。他们使他变得忧郁消沉；使他的饥饿表演异常困难；有时他强打精神，尽其体力之所能，就在他们值班期间，不断地唱着歌，以便向这些人表明，他们怀疑他偷吃东西是多么冤枉。但这无济于事；他这样做反而使他们一味赞叹他的技艺高超，竟能一边唱歌，一边吃东西。另一些看守人员使饥饿艺术家甚是满意，他们紧挨着笼子坐下来，嫌厅堂里的灯光昏暗，还用演出经理发给他们使用的手电筒照射着他。刺眼的光线对他毫无影响，入睡固然不可能，稍稍打个盹儿他一向是做得到的，不管在什么光线下，在什么时候，也不管大厅里人山人海，喧闹不已。他非常愿意彻夜不睡，同这样的看守共度通宵；他愿意跟他们逗趣戏谑，给他们讲他漂泊生涯的故事，然后又悉心倾听他们的趣闻，目的只有一个：使他们保持清醒，以便让他们始终看清，他在笼子里什么吃的东西也没有，让他们知道，他们之中谁也比不上他的忍饿本领。然而他感到最幸福的是，当天亮以后，他掏腰包让人给他们送来丰盛的早餐，看着这些壮汉们在熬了一个通宵以后，以健康人的旺盛食欲狼吞虎咽。诚然，也有人对此举不以为然，他们把这种早餐当作饥饿艺术家贿赂看守以利自己偷吃的手段。这就未免太离奇了。当你问他们自己愿不愿意一心为了事业，值一通宵的夜班而不吃早饭，他们就会溜之乎也，尽管他们的怀疑并没有消除。

人们对饥饿艺术家的这种怀疑却也难于避免。作为看守，谁都不可能日以继夜、一刻不停地看着饥饿艺术家，因而谁也无法根据亲眼目睹的事实证明他是否真的持续不断地忍着饥饿，一点漏洞也没有；这只有饥饿艺术家自己才能知道，因此只有他自己才是对他能够如此忍饥耐饿感到百分之百满意的观众。然而他本人却由于另一个原因又是从未满意过的；也许他压根儿就不是因为饥饿，而是由于对自己不满而变得如此消瘦不堪，以致有些人出于对他的怜悯，不忍心见到他那副形状而不愿来观看表演。除了他自己之外，即使行家也没有人知道，饥饿表演是一件如此容易的事，这实在是世界上最轻而易举的事了。他自己对此也从不讳言，但是没有人相信。从好的方面想，人们以为这是他出于谦虚，可人们多半认为他是在自我吹嘘，或者干脆把他当作一个江湖骗子，断绝饮食对他当然不难，因为他有一套使饥饿轻松好受的秘诀，而他又是那么厚颜无耻，居然遮遮掩掩地说出断绝饮食易如反掌的实情。这一切流言蜚语他都得忍受下去，经年累月他也已经习惯了，但在他的内心里这种不满始终折磨着他。每逢饥饿表演期满，他没有一次是自觉自愿地离开笼子的，这一点我们得为他作证。经理规定的饥饿表演的最高期限是四十天，超过这个期限他决不让他继续饿下去，即使在世界有名的大城市也不例外，其中道理是很好理解的。经验证明，大凡在四十天里，人们可以通过逐步升级的广告招徕不断激发全城人的兴趣，再往后观众就皮了，表演场就会门庭冷落。在这一点上，城市和乡村当然是略有区别的，但是四十天是最高期限，这条常规是各地都适用的。所以到了第四十天，插满鲜花的笼子的门就开了，观众兴高采烈，挤满了半圆形的露天大剧场，军乐队高奏乐曲，两位医生走进笼子，对饥饿艺术家进行必要的检查、测量，接着通过扩音器当众宣布结果。最后上来两位年轻的女士，为自己有幸被选中侍候饥饿艺术家而喜气洋洋，她们要扶着艺术家从笼子里出来，走下那几级台阶，阶前有张小桌，上面摆好了精心选做的病号饭。在这种时刻，饥饿艺术家总是加以拒绝。当两位女士欠着身子向他伸过手来准备帮忙的时候，他虽是自愿地把他皮包骨头的手臂递给了她们，但他却不肯站起来。现在刚到四十天，为什么就要停止表演呢？他本来还可以坚持得更长久，无限长久地坚持下去，为什么在他的饥饿表演正要达到最出色程度（唉，还从来没有让他的表演达到过最出色的程度呢）的时候停止呢？只要让他继续表演下去，他不仅能成为空前伟大的饥饿艺术家——这一步看来他已经实现了——而且还要超越这一步而达到常人难以理解的高峰呢（因为他觉得自己的饥饿能力是没有止境的），为什么要剥夺他达到这一境界的荣誉呢？为什么这群看起来如此赞赏他的人，却对他如此缺乏耐心呢？他自己尚且还能继续饿下去，为什么他们却不愿忍耐着看下去呢？而且他已经很疲乏，满可以坐在草堆上好好休息休息,可现在他得支立起自己又高又细的身躯,走过去吃饭,而对于吃,他只要一想到就要恶心,只是碍于两位女士的面子,他才好不容易勉强忍住。他仰头看了看表面上如此和蔼,其实是如此残酷的两位女士的眼睛,摇了摇那过分沉重地压在他细弱的脖子上的脑袋。但接着,一如往常,演出经理出场。经理默默无言(由于音乐他无法讲话)双手举到饥饿艺术家的头上,好像他在邀请上苍看一看他这草堆上的作品,这值得怜悯的殉道者(饥饿艺术家确实是个殉道者,只是完全从另一种意义上讲罢了);演出经理两手箍住饥饿艺术家的细腰,动作小心翼翼,以便让人感到他抱住的是一件极易损坏的物品;这时,经理很可能暗中将他微微一撼,以致饥饿艺术家的双腿和上身不由自主地摆荡起来;接着就把他交给那两位此时吓得脸色煞白的女士。于是饥饿艺术家只得听任一切摆布;他的脑袋耷拉在胸前,就好像它一滚到了那个地方,就莫名其妙地停住不动了;他的身体已经掏空;双膝出于自卫的本能互相夹得很紧,但两脚却擦着地面,好像那不是真实的地面,它们似乎在寻找真正可以着落的地面;

他的身子的全部重量(虽然非常轻)都落在其中一个女士的身上,她气喘吁吁,四顾求援(真想不到这件光荣差事竟是这样的),她先是尽量伸长脖子,这样至少可以使饥饿艺术家碰不到她的花容。但这点她并没有做到,而她的那位较为幸运的女伴却不来帮忙,只肯战战兢兢地执着饥饿艺术家的一只手——其实只是一小把骨头——举着往前走,在哄堂大笑声中那位倒霉的女士不禁哇的一声哭了起来,只得由一个早就站着待命的仆人接替了她。接着开始就餐,经理在饥饿艺术家近乎昏厥的半眠状态中给他灌了点流汁,同时说些开心的闲话,以便分散大家对饥饿艺术家身体状况的注意力,然后,据说饥饿艺术家对经理耳语了一下,经理就提议为观众干杯;乐队起劲地奏乐助兴。随后大家各自散去。谁能对所见到的一切不满意呢,没有一个人。只有饥饿艺术家不满意,总是他一个人不满意。

每表演一次,便稍稍休息一下,他就这样度过了许多个岁月,表面上光彩照人,扬名四海。尽管如此,他的心情通常是阴郁的,而且有增无已,因为没有一个人能够认真体察他的心情。人们该怎样安慰他呢？他还有什么可企求的呢？如果一旦有个好心肠的人对他表示怜悯，并想向他说明他的悲哀可能是由于饥饿造成的。这时，他就会——尤其是在经过了一个时期的饥饿表演之后——用暴怒来回答，那简直像只野兽似的猛烈地摇撼着栅栏，真是可怕之极。但对于这种状况，演出经理自有一种他喜欢采用的惩治办法。他当众为饥饿艺术家的反常表现开脱说：饥饿艺术家的行为可以原谅，因为他的易怒性完全是由饥饿引起的，而这对于吃饱了的人并不是一下就能理解的。接着他话锋一转就讲起饥饿艺术家的一种需要加以解释的说法，即他能够断食的时间比他现在所做的饥饿表演要长得多。经理夸奖他的勃勃雄心、善良愿望与伟大的自我克制精神，这些无疑也包括在他的说法之中；但是接着经理就用出示照片（它们也供出售）的办法，轻而易举地把艺术家的那种说法驳得体无完肤。因为在这些照片上，人们看到饥饿艺术家在第四十天的时候，躺在床上，虚弱得奄奄一息。这种对于饥饿艺术家虽然司空见惯，却不断使他伤心丧气的歪曲真相的做法，实在使他难以忍受。这明明是饥饿表演提前收场的结果,大家却把它解释为饥饿表演之所以结束的原因！反对这种愚昧行为,反对这个愚昧的世界是不可能的。在经理说话的时候,他总还能真心诚意地抓着栅栏如饥似渴地倾听着,但每当他看见相片出现的时候,他的手就松开栅栏,叹着气坐回到草堆里去,于是刚刚受到抚慰的观众重又走过来观看他。

几年后,当这一场面的目击者们回顾这件往事的时候,他们往往连自己都弄不清是怎么一回事了。因为在这期间发生了那个已被提及的剧变;它几乎是突如其来的;也许有更深刻的缘由,但有谁去管它呢;总之,有一天这位备受观众喝彩的饥饿艺术家发现他被那群爱赶热闹的人抛弃了,他们宁愿纷纷涌向别的演出场所。经理带着他又一次跑遍半个欧洲,以便看看是否还有什么地方仍然保留着昔日的爱好;一切徒然;到处都可以发现人们像根据一项默契似的形成一种厌弃饥饿表演的倾向。当然,冰冻三尺非一日之寒,现在回想起来,当时就有一些苗头,由于人们被成绩所陶醉,没有引起足够的重视,没有切实加以防止,事到如今要采取什么对策却为时已晚了。诚然,饥饿表演重新风行的时代肯定是会到来的,但这对于活着的人们却不是安慰。那么,饥饿艺术家现在该怎么办呢?这位被成千人簇拥着欢呼过的人,总不能屈尊到小集市的陋堂俗台去演出吧,而要改行干别的职业呢,则饥饿艺术家不仅显得年岁太大,而且主要是他对于饥饿表演这一行爱得发狂,岂肯放弃。于是他终于告别了经理——这位生活道路上无与伦比的同志,让一个大马戏团招聘了去;为了保护自己的自尊心,他对合同条件连看也不屑看一眼。

马戏团很庞大,它有无数的人、动物、器械,它们经常需要淘汰和补充。不论什么人才,马戏团随时都需要,连饥饿表演者也要,当然所提条件必须适当,不能太苛求。而像这位被聘用的饥饿艺术家则属于一种特殊情况,他的受聘,不仅仅在于他这个人的本身,还在于他那当年的鼎鼎大名。这项艺术的特点是表演者的技艺并不随着年龄的递增而减色。根据这一特点,人家就不能说:一个不再站在他的技艺顶峰的老朽的艺术家想躲避到一个马戏团的安静闲适的岗位上去。相反,饥饿艺术家信誓旦旦地保证,他的饥饿本领并不减当年,这是绝对可信的。他甚至断言,只要准许他独行其是(人们马上答应了他的这一要求),他要真正做到让世界为之震惊,其程度非往日所能比拟。饥饿艺术家一激动,竟忘掉了时代气氛,他的这番言辞显然不合时宜,在行的人听了只好一笑置之。

但是饥饿艺术家到底还没有失去观察现实的能力,并认为这是当然之事,即人们并没有把他及其笼子作为精彩节目安置在马戏场的中心地位,而是安插在场外一个离兽场很近的交通要道口。笼子周围是一圈琳琅满目的广告,彩色的美术体大字令人一看便知那里可以看到什么。要是观众在演出的休息时间涌向兽场去观看野兽的话,几乎都免不了要从饥饿艺术家面前经过,并在那里稍停片刻,他们庶几本来是要在那里多待一会儿,从从容容地观看一番的,只是由于通道狭窄,后面涌来的人不明究竟,奇怪前面的人为什么不赶紧去观看野兽,而要在这条通道上停留,使得大家不能从容观看他。这也就是为什么饥饿艺术家看到大家即将来参观(他以此为其生活目的,自然由衷欢迎)时,就又颤抖起来的原因。起初他急不可待地盼着演出的休息时间;后来当他看到潮水般的人群迎面滚滚而来,他欣喜若狂,但他很快就看出,那一次又一次涌来的观众,就其本意而言,大多数无例外地是专门来看兽畜的。即使是那种顽固不化、近乎自觉的自欺欺人的人也无法闭眼不看这一事实。可是看到那些从远处蜂拥而来的观众,对他来说总还是最高兴的事。因为,每当他们来到他的面前时,便立即在他周围吵嚷得震天价响,并且不断形成新的派别互相谩骂,其中一派想要悠闲自在地把他观赏一番,他们并不是出于对他有什么理解,而是出于心血来潮和对后面催他们快走的观众的赌气,这些人不久就变得使饥饿艺术家更加痛苦;而另一派呢,他们赶来的目的不过是想看看兽畜而已。等到大批人群过去,又有一些人姗姗来迟,他们只要有兴趣在饥饿艺术家跟前停留,是不会再有人妨碍他们的了,但这些人为了能及时看到兽畜,迈着大步,匆匆而过,几乎连瞥也不瞥他一眼。偶尔也有这种幸运的情形:一个家长领着他的孩子指着饥饿艺术家向孩子们详细讲解这是怎么一回事。他讲到较早的年代,那时他看过类似的,但盛况无与伦比的演出。孩子呢,由于他们缺乏足够的学历和生活阅历,总是理解不了——他们懂得什么叫饥饿吗？——然而在他们炯炯发光的探寻着的双眸里，流露出那属于未来的、更为仁慈的新时代的东西。饥饿艺术家后来有时暗自思忖：假如他所在的地点不是离兽笼这么近，说不定一切都会稍好一些。像现在这样，人们很容易就选择去看兽畜，更不用说兽场散发出的气味，牲畜们夜间的闹腾，给猛兽肩担生肉时来往脚步的响动，喂食料时牲畜的叫唤，这一切把他搅扰得多么不堪，使他老是郁郁不乐。可是他又不敢向马戏团当局去陈述意见；他得感谢这些兽类招徕了那么多的观众，其中时不时也有个把是为光顾他而来的，而如果要提醒人们注意还有他这么一个人存在，从而使人们想到，他——精确地说——不过是通往厩舍路上的一个障碍，那么谁知道人家会把他塞到哪里去呢。

自然是一个小小的障碍，一个变得越来越小的障碍。在现今的时代居然有人愿意为一个饥饿艺术家耗费注意力，对于这种怪事人们已经习以为常，而这种见怪不怪的态度也就是对饥饿艺术家的命运的宣判。让他去就其所能进行饥饿表演吧，他也已经那样做了，但是他无从得救了，人们从他身旁扬长而过，不屑一顾。试一试向谁讲讲饥饿艺术吧！一个人对饥饿没有亲身感受，别人就无法向他讲清楚饥饿艺术。笼子上漂亮的美术字变脏了，看不清楚了，它们被撕了下来，没有人想到要换上新的；记载饥饿表演日程的布告牌，起初是每天都要仔细地更换数字的，如今早已没有人更换了，每天总是那个数字，因为过了头几周以后，记的人自己对这项简单的工作也感到腻烦了；而饥饿艺术家却仍像他先前一度所梦想过的那样继续饿下去，而且像他当年预言过的那样，他长期进行饥饿表演毫不费劲。但是，没有人记天数，没有人，连饥饿艺术家自己都一点不知道他的成绩已经有多大，于是他的心变得沉重起来。假如有一天，来了一个游手好闲的家伙，他把布告牌上那个旧数字奚落一番，说这是骗人的玩意儿，那么，他这番话在这种意义上就是人们的冷漠和天生的恶意所能虚构的最愚蠢不过的谎言，因为饥饿艺术家诚恳地劳动，不是他诳骗别人，倒是世人骗取了他的工钱。

又过了许多天，表演也总算告终。一天，一个管事发现笼子，感到诧异，他问仆人们，这个里面铺着腐草的笼子好端端的还挺有用,为什么让它闲着。没有人回答得出来,直到一个人看见了记数字的牌儿,才想起了饥饿艺术家来。他们用一根竿儿挑起腐草,发现饥饿艺术家在里面。“你还一直不吃东西?”管事问,“你到底什么时候才停止呢?”“请诸位原谅。”饥饿艺术家细声细气地说;管事耳朵贴着栅栏,因此只有他才能听懂对方的话。“当然,当然。”管事一边回答,一边用手指摸了摸自己的额头,以此向仆人们暗示饥饿艺术家的状况不妙,“我们原谅你。”“我一直在希望你们能赞赏我的饥饿表演。”饥饿艺术家说。“我们也是赞赏的。”管事迁就地回答说。“但你们不应当赞赏。”饥饿艺术家说。“好,那我们就不赞赏,”管事说,“不过究竟为什么我们不应该赞赏呢?”“因为我只能挨饿,我没有别的办法。”饥饿艺术家说。“瞧,多怪啊!”管事说,“你到底为什么没有别的办法呢?”“因为我,”饥饿艺术家一边说,一边把小脑袋稍稍抬起一点,撮起嘴唇,直伸向管事的耳朵,像要去吻它似的,唯恐对方漏听了他一个字,“因为我找不到适合自己口味的食物。假如我找到这样的食物,请相信,我不会这样惊动视听,并像你和大家一样,吃得饱饱的。”这是他最后的几句话,但在他那瞳孔已经扩散的眼睛里,流露着虽然不再是骄傲,却仍然是坚定的信念:他要继续饿下去。

“好,归置归置吧!”管事说,于是人们把饥饿艺术家连同烂草一起给埋了。而笼子里换上了一只小豹,即使感觉最迟钝的人看到在弃置了如此长时间的笼子里,这只凶猛的野兽不停地蹦来跳去,他也会感到赏心悦目,心旷神怡。小豹什么也不缺。看守们用不着思考良久,就把它爱吃的食料送来,它似乎都没有因失去自由而惆怅;它那高贵的身躯,应有尽有,不仅具备着利爪,好像连自由也随身带着。它的自由好像就藏在牙齿中某个地方。它生命的欢乐是随着它喉咙发出如此强烈的吼声而产生,以致观众感到对它的欢乐很是受不了。但他们克制住自己,挤在笼子周围,舍不得离去。

叶廷芳 译

女歌手约瑟芬或耗子民族

我们的女歌手叫约瑟芬。谁没有听过她的歌唱，就不会懂得歌唱的魅力。我们无不为她的歌唱所吸引，由于我们民族总体上并不热爱音乐，这就更难能可贵了。静悄悄的安宁就是我们最热爱的音乐；我们的生活很艰辛，即使我们努力摆脱了所有的日常烦恼，也难以再提升到像音乐这样离我们的寻常生活如此渺茫的事物中。我们并不为此而长吁短叹；我们连这种程度都没到；我们认为自己最大的长处就是某种务实的精明，这当然也是我们所急需的，我们总是精明地微微一笑，就把一切都看开了，即便我们——当然，这并没有发生——有朝一日会渴求幸福，而这幸福可能源于音乐。只有约瑟芬是个例外;她热爱音乐并且懂得传播音乐;她是独一无二的;如果她谢世,音乐会随之从我们的生活中消失,谁知道会消失多久。

我常常思索,这种音乐究竟是怎么回事。我们根本没有音乐细胞;我们怎么会理解约瑟芬的歌唱,或者至少自以为——因为约瑟芬否认我们的理解——理解了。也许最简单的回答是,她的歌唱太美妙,振聋发聩。这个回答却并不圆满。假若果真如此,那我们听到这歌唱时,立即而且始终应当觉得不同凡响,觉得从她的歌喉里飘出的是我们闻所未闻也是我们根本没有能力听到的声音,只有约瑟芬——除了她谁也不行——使我们听到了。可我认为完全不是这样的,我没有这种感觉,也没有觉察到别的听众有这种感觉。我们私下里相互坦率地承认,约瑟芬的歌唱并无不同凡响之处。

这真算得上歌唱吗?我们虽然缺乏音乐细胞,却有流传下来的歌唱;我们民族的古老时期就有歌唱,传说讲述着它们,甚至歌曲也保存下来了,今天当然谁也不会唱这些歌了。因此,我们对什么是歌唱有了模糊的概念,而约瑟芬的艺术其实并不符合我们的概念。这真算得上歌唱吗？可能只是吹口哨？吹口哨我们当然都懂；这是我们民族真正的艺术本领，或者说得确切些，不是本领，而是独特的生活表达。我们全都吹口哨，自然谁也不会想到把它作为艺术来表演，我们吹口哨时漫不经心，毫无意识，许多同胞甚至根本不知道，吹口哨是我们的特征之一。假若约瑟芬真的不是在歌唱，只是在吹口哨，她可能——至少我这样觉得——并没有超出一般的吹口哨水平，甚至可能连一般的吹口哨的力气都不够，而一位普通的打地洞者能整天轻轻松松地一边干活一边吹口哨，如果真是这样，虽然驳斥了约瑟芬的所谓艺术家身份，但是，正因如此，更应解开她的深远影响之谜。

她发出的却不只是口哨声。倘若站在离她相当远的地方侧耳细听，或者更好是做一测试，让约瑟芬混在其他声音中歌唱，看能否从中辨别出她的声音，这样所听出来的，绝对只是平平常常的口哨声，充其量是由于纤细或柔弱而稍显特别。可是，如果站在她面前，就会觉得她不只是在吹口哨了；要理解她的艺术，不仅要听她唱，还要看她唱。

即便这不过是我们天天都在吹的口哨,它的不同寻常之处首先就在于,郑重其事地登台表演,做的却是最寻常的事。敲开核桃确实不是艺术,因此也就没有谁敢召集一群观众,在大家面前敲开核桃以供消遣。然而,假若谁真这样做,而且如愿以偿,这就不只是单纯的敲开核桃了。就算是敲开核桃吧,可这说明正因为我们开得得心应手,而忽略了这门艺术,正是这个敲开核桃的新手才向我们展现了这门艺术的真正内涵,而且,他如果开得还不如我们中的大多数熟练,这反倒能增强他的表演效果。

约瑟芬的歌唱可能与此类似;在她身上我们所欣赏的,正是我们在自己身上根本不会欣赏的;在后一点上,她与我们的看法完全一致。有一次我也在场,不知哪个提醒她——这自然时有发生——全民族都吹口哨,语气十分谦虚,约瑟芬却已受不了了。她露出那么狂妄自大的冷笑,这还是我从未见过的呢;她看上去无比纤弱,即便在我们民族为数众多的这类女性中也算是很突出的,当时却显得很粗鲁;生性敏感的约瑟芬可能自己也马上意识到了这一点,便连忙加以克制。总之,她否认她的艺术与吹口哨之间有任何关联。对于持相反意见者，她嗤之以鼻，可能还怀恨在心。这并非一般的虚荣心，因为反对派——我也算半个——对她的欣赏绝不亚于大多数听众，但约瑟芬不仅要大家欣赏她，还要大家完全按照她所规定的方式欣赏，对她来说，欣赏本身无关紧要。大家若是坐在她面前，就会理解她；只有离她很远时，才会持反对态度；坐在她面前就会明白：她所吹的口哨并非口哨。

由于吹口哨纯属我们不假思索的习惯，大家可能会以为，约瑟芬演出时，听众里也有吹口哨的；她的艺术使我们感到惬意，而我们感到惬意时，就会吹口哨；可她演出时，没有一位听众吹口哨，全场静悄悄，仿佛我们终于拥有了渴盼已久的安宁，至少我们自己的口哨声使我们得不到这份安宁，于是我们一声不响。使我们陶醉的，是她的歌唱呢，还是她的细弱声音四周的静穆？有一次，约瑟芬演唱时，一个傻乎乎的小家伙不小心也吹起了口哨。这口哨声怎么与我们从约瑟芬那儿听到的一模一样；台上的熟练表演吹得还是怯生生的，台下听众席里在陶然忘我地信口吹着；要指出这两者的区别,简直不可能;然而,我们马上发出嘘声,打着呼哨,将小捣蛋压了下去,尽管根本没有这个必要,因为小捣蛋又羞又怕,肯定已噤若寒蝉,这时,约瑟芬吹起了胜利的口哨,忘乎所以地张开双臂,脖子伸得不能再长了。

她一贯如此,任何小动静、小意外、小干扰,比如前排座位的嘎吱一声响,磨磨牙,灯光的一次故障,她认为都能增强她的歌唱效果;她认为自己是在对牛弹琴;听众不乏热情和掌声,可要说知音,她早就不指望了。因此,种种干扰很合她的心意;与她的纯净歌唱相对立的任何外界干扰都不堪一击;或者仅仅由于这种对立,就已不战而败了,这有助于唤醒听众,虽然不能教会他们理解,却能使他们学会肃然起敬。

小事对她尚且这么有利,更不用说大事了。我们的生活动荡不安,每天都会出现意外、惊恐、希望和震悚,如果不是随时——日日夜夜——都有同胞的支持,个体根本承受不了这一切;即便如此,也常常相当艰难;原本该由某一位独自承担的重负,有时压得成千个分担者的肩膀直颤悠。这时,约瑟芬觉得是她显身手的时候了。她便站出来,这个纤弱的同胞,胸部以下抖动得尤其厉害,似乎她在竭尽全力地歌唱,似乎她身上不直接服务于歌唱的一切都已力量殆尽,没有活路了,似乎她赤条条的,被牺牲,只有祈求善神的庇护,她就这样摆脱了一切,只与歌唱融为一体,似乎一丝冷风吹过,她就会一命归天。然而,见她这副模样时,我们这些所谓的反对派偏偏还爱自言自语:"她连吹口哨都不会呢;她非得费九牛二虎之力,才能发出几声谁都会吹的口哨声,而不是在歌唱——我们就别提歌唱了——。"我们就是这种感觉,不过,前面已经讲过,这种印象虽在所难免,却转瞬即逝。我们很快就已沉浸到了大众的感觉中,他们暖乎乎地身体挨着身体,大气不出地洗耳恭听。

我们民族几乎总在奔波,常常为了不很明确的目的东奔西跑,为了将大众招集起来,约瑟芬多半只需把头往后仰,嘴半张着,眼睛朝上翻,摆出一副即将歌唱的姿势。只要愿意,她随便在哪儿都可以这样做,不一定非是很显眼的场地,随她一时的兴致,任何一个偏僻的角落都行。她要歌唱的消息不胫而走,听众随即蜂拥而至。可是,有时候也会出现麻烦，约瑟芬偏偏喜欢在动荡时期歌唱，而这时候，忧虑重重，危机四伏，我们不得不分路而行，因此心有余而力不足，无法像约瑟芬所希望的那样迅速集合，这样，她摆着伟大的姿势站了好一会儿，听众可能还是寥寥无几，她自然就会大发雷霆，使劲跺脚，破口大骂，没点姑娘的样子，甚至咬起牙来。即使这样的行径也无损于她的名声；大家非但不遏制她的苛刻要求，反而极力迎合她；派出信差去招集听众；还把这事瞒着她；然后就可以看到，四面八方的道路上岗哨林立，以便向来者示意，让他们加快步伐；这一切不断进行着，直到听众的数目终于凑合过得去了。

我们民族为什么这样为约瑟芬出力呢？要回答这个问题，难度不亚于回答关于约瑟芬的歌唱的问题，而且，这两个问题紧密相关。如果可以断言，我们无条件地顺从她，是因为她的歌唱，那就可以划掉这个问题，将它与第二个问题合而为一。事实却并非如此；我们民族从来不会无条件地顺从；我们最喜欢的是无伤大雅的精明，毫无心机的交头接耳，一点不惹是生非的饶舌，只是活动活动嘴皮子而已。这样一个民族无论如何也不会无条件地顺从,约瑟芬大概也感觉到了这一点,她竭尽自己的细弱嗓音之所能,所要反对的也正是这一点。

这种泛泛而论自然得有个限度,我们民族还是顺从约瑟芬的,只不过不是无条件罢了。比方说,我们不能取笑约瑟芬。可以承认:约瑟芬有些地方惹我们发笑;我们平时总是动不动就笑;尽管我们的生活充满悲苦,微微一笑还是比较常见的;我们却不取笑约瑟芬。我有时觉得,我们民族是这样理解自己与约瑟芬的关系的,她弱不禁风,需要庇护,在某方面——她自己认为是在歌唱方面——出类拔萃,是被托付给我们民族的,我们必须好好照顾她;至于个中缘由,谁也不清楚,可事实上明摆着就是如此。谁也不会取笑托付给自己的事物;取笑它就是在违背义务;我们中最恶毒的分子有时会说:"我们一见约瑟芬就笑不起来了。"这就是对约瑟芬最恶毒的攻击了。

我们民族照顾着约瑟芬,就像父亲对孩子一般,孩子向父亲伸出小手,谁也说不清,这是请求呢,还是要求。大家会以为,我们民族不适于履行这种父亲的义务,其实它做得很出色,至少在照顾约瑟芬上是这样的；在这方面，民族作为整体所完成的事是任何个体都无法做到的。当然，民族与个体的力量有天壤之别，民族只需将受保护者拉近身边，让他感受到温暖，他就已受到充分的保护了。我们可不敢对约瑟芬说这些事。她会说："我才不稀罕你们的庇护呢。""对，对，你不稀罕。"我们这样想。当她闹别扭时，其实算不上反抗，不过是孩子气的做法和孩子气的感激，父亲的态度就是不把这当回事儿。

可是，随之而来的另一个问题就更难用民族与约瑟芬的这种关系来解释了，即约瑟芬的看法相反，她认为是她在保护我们民族，是她的歌唱把我们救出了恶劣的政治或经济境况，她功绩赫赫，她的歌唱即便不能消除不幸，至少给予了我们承受不幸的力量。她没有这样直说，也没有含沙射影地这样暗示，她平时就不多言语，在喋喋不休的同胞中间，她显得沉默寡言，但这话在她的双眸里闪烁，从她紧闭的双唇——我们很少有能闭嘴的，而她就能——流出。每当坏消息传来——有时候，坏消息接二连三地传来，其中混杂着假的和半真半假的——她就立即站起身来，伸长脖子，而她平时总是无精打采地躺倒在地,她想把同胞尽收眼底,就像牧羊人在暴风雨前察看羊群似的。诚然,孩子们也会凭着野性和任性提出类似的要求,不过,约瑟芬的要求并不像孩子们的那样毫无道理。当然啦,她没有挽救我们,也没有给予我们力量,以我们民族的救星自居是轻而易举的,因为我们民族吃惯了苦,不顾惜自己,当机立断,视死如归,只是由于时刻生活在好勇斗狠的气氛中,才显得很怯懦,而且,我们民族不仅勇敢,还繁衍旺盛——我的意思是说,事后以我们民族的救星自居是轻而易举的,因为我们民族总是又设法挽救了自己,即便也做出了牺牲,历史学家为这些牺牲感到触目惊心,而我们总体上根本不重视历史研究。确实如此,恰恰在危急时刻,我们比平时更专心地倾听约瑟芬的声音。迫在眉睫的威胁使我们更沉静、更谦虚,对约瑟芬更唯命是从;我们很乐意聚在一起,我们很乐意挤成一团,尤其因为这样做的缘由与折磨我们的关键问题毫无关系;我们仿佛是在战斗前夕匆匆地——是的,我们必须赶快,可惜约瑟芬老是忘了这一点——共饮一杯和平的佳酿。这与其说是一场歌唱演出,不如说是一次群众集会，在这个集会上，除了前台轻微的口哨声，鸦雀无声；这个时刻太庄严了，谁也不愿瞎聊着虚度。

这样的状况当然不能令约瑟芬满意。她由于自己的地位从不明朗，神经质地感到不快，却还是自视过高，看不到某些方面，而且，不必费大劲就能使她忽视更多的方面，从这个意义上说，也就是从有利于大家的意义上说，一群谄媚者一直在活动，——而如果仅仅是在群众集会的一个角落里歌唱，可有可无，不受重视，即使听众为数不少，她也绝不会一展歌喉。

其实她大可不必如此，因为她的艺术并非不受重视。虽然我们在心里琢磨着别的事，根本不单单是为了聆听歌唱才保持悄然无声，有的听众根本不抬头看台上，而是把脸埋进邻座的毛皮里，约瑟芬像是在台上白费力气，但她的口哨声——这是不可否认的——必定还是多多少少钻入了我们耳中。她的口哨声响起时，大家必须沉默，这口哨声仿佛民族向各成员发出的一个消息；当我们难以抉择时，约瑟芬那丝丝缕缕的口哨声宛如我们民族在敌对世界的风雨飘摇之中勉强维持的生存。约瑟芬挺住了,她的平庸嗓音和平庸歌唱挺住了,打动了我们;念及此,我们深感欣慰。在这种时期,假若我们中间出现了一位真正的歌唱艺术家,我们是绝对不能容忍的,我们会众口一词地拒绝这种荒唐的演出。但愿约瑟芬没有认识到,我们听她歌唱这个事实是对她的歌唱的反证。她对此恐怕依稀有所感,否则为什么极力否认我们在听她歌唱,尽管如此,她一次又一次歌唱,并不理会这种感觉。

不过,她总还能聊以自慰的是:我们某种程度上确实在听她歌唱,或许类似于倾听一位歌唱艺术家;她在我们这儿所取得的效果是一位歌唱艺术家无论如何也达不到的,而这种效果恰恰产生于歌唱技巧的欠缺。这恐怕主要与我们的生活方式有关。

我们民族的成员没有青少年时代,童年也微乎其微。尽管民族常常要求大家保证孩子们获得特殊自由、特殊爱护,承认孩子们有权利快活一些,东游西逛一下,玩耍一会儿,并帮助他们享受这些权利;民族提出这样的要求,大家差不多都赞成,没有比这更符合民意的事了,然而,在我们的现实生活中,也没有比这更无法兑现的事,大家赞成这些要求,努力按要求去做,随即却又一如往昔。我们的生活就是这样的,一个孩子,只要他稍稍能跑,稍稍能辨别周围环境,就必须像成年者一样照料自己;出于经济上的考虑,我们不得不分散而居,我们的地域太广,我们的敌人太多,我们的生活危机四伏,防不胜防,因此,我们不能让孩子们远离生存的斗争,否则他们会夭折。除了这些悲哀的原因,当然还有一个令我们振奋的原因:我们民族繁衍旺盛。每一代都为数众多,一代紧接着另一代,孩子们没有时间当孩子。而别的民族会精心照料孩子们,会为他们办起学校,孩子们天天拥出学校,他们是民族的未来,很长一段时间里,拥出校门的总是同一批孩子。我们没有学校,瞬息之间就从我们民族涌出成群结队的孩子,多得数不胜数,他们还不会吹口哨,便快乐地嘶嘶作声或尖叫着,他们还不会跑,便打着滚挤来挤去滚个不停,他们还什么都看不见,便一块儿笨拙地拽走一切,我们的孩子们啊!不像在那些学校里,总是同一批孩子,不,我们的孩子层出不穷,没有终结,没有间歇,一个孩子刚出世,就已不再是孩子了，他身后已挤满了新的孩子面孔，他们为数众多，难分彼此，匆匆忙忙，欢欢喜喜，浑身粉扑扑的。当然，这一切未尝不美好，别的民族可能还对我们羡慕不已呢，可是，我们无法给予孩子们一个真正的童年。这种状况的后果就在于，我们民族充满了某种无法泯灭、无法消除的孩子气；与我们的最大长处——我们可靠务实的思维方式——完全相悖，我们有时的行为愚蠢至极，像孩子干傻事一样，荒唐、挥霍、大手大脚、轻率，这样做常常只为了一时的高兴。我们自然不可能再像孩子那样心花怒放，但我们的快乐中绝对有孩子气的开心。从我们民族的孩子气中，约瑟芬一直获益匪浅。

我们民族不仅孩子气，在一定程度上还提前变老，童年和老年在我们这儿完全是另一种概念。我们没有青少年时期，一下子就变为成年者，而成年阶段又太长，因此普遍感到某种厌倦与绝望广泛侵入了我们这个总体上坚忍不拔、充满希望的民族。我们之所以缺乏音乐细胞，恐怕也与此有关；我们暮气沉沉，音乐不适合我们，音乐的激越和振奋与我们的老成持重格格不入，我们疲惫地挥手拒绝音乐；我们退而吹口哨；时不时地吹几声口哨,这就是我们所需要的。谁知道我们中间是否有音乐天才;即便有,我们这种性格的同胞也一定会把他的天才扼杀在摇篮中。约瑟芬却可以随心所欲地吹口哨或歌唱——随她怎么称——她的歌唱不干扰我们,很适合我们的需要,我们完全能受得了;其中即便有一丁点儿音乐,也是微乎其微的;这既维护了某种音乐传统,又没有使我们受任何累。

然而,约瑟芬给我们这个如此情绪的民族带来的,不止于此。在她的演唱会上,尤其是在非常时期,只有小毛孩们才对她这位女歌手感兴趣,只有他们惊讶地瞪大眼睛,瞧她怎样撅起嘴唇,从前排牙齿缝里吹出气来,在歌声中自我陶醉,当歌声逐渐消散时,她利用歌声的减弱,把歌唱推向越来越费解的新高潮,而真正的大众却——这是很明显的——只顾着忙自己的事去了。在斗争的匆促间歇里,全民族都在做梦,每位成员仿佛都瘫软了,就像一刻不停的奔波者终于能在民族的温暖大床上小憩片刻,尽情地舒展四肢。于是,约瑟芬的口哨声时不时地飘入梦中;她称之为珠落玉盘般滚入梦乡,我们称之为闯入梦乡;不管怎么说,音乐往往难逢其时,她的口哨声在这儿算是派上最好的用场了。口哨声中有辛酸而短暂的童年,一去不复返的幸福,却也有当前忙忙碌碌的生活,生活中难解难述、实实在在的小小活力。这一切确实不是高声表述出来的,而是轻声耳语的,口气亲切,嗓音有时还有些沙哑。当然是在吹口哨。怎么可能不是呢?吹口哨就是我们民族的语言,只不过,有些同胞吹了一辈子也不知道这一点,而约瑟芬所吹的口哨摆脱了日常生活的桎梏,也使我们得到了片刻解脱。我们绝对不愿错过这样的表演。

然而,这与约瑟芬所说的那种程度还差得远呢,她认为她在非常时期给予了我们新的力量云云。这当然是老百姓的看法,约瑟芬的谄媚者另当别论。"怎么可能不是这样?"——谄媚者厚颜无耻地说——"除了这,还能如何解释听众云集呢?尤其是有燃眉之急时,大家光是这样跑来跑去,有时就已妨碍了我们采取充分而及时的措施来消除危险。"最后这句话不幸言中了,可这不能算是约瑟芬的功勋,特别是有时候,这种集会遭到敌人的强行驱散,我们的一些同胞不得不丧了命。

这一切都应归咎于约瑟芬,甚至可能就是她的口哨声把敌人招引过来的,她却始终占据着最安全的位置,在随从的保护下,一声不响地头一个逃之夭夭。这其实是众所周知的,尽管如此,只要约瑟芬下一回随心所欲地挑个地点,挑个时间,站起身来歌唱,大家又会急急忙忙地奔向她。由此可能会产生这种看法,认为约瑟芬几乎置身法律之外,可以为所欲为,即便她的行为威胁着全民族的生存,仍会得到宽恕。倘若如此,约瑟芬的要求也就完全在情理中了,是的,在某种程度上,可以将民族给予她的这种自由,这份唯她独有、与法律相悖的特殊馈赠视为民族的坦白,民族承认自己——和约瑟芬自己的看法一样——理解不了约瑟芬,不知所措地为她的艺术而惊叹,感到自己不配欣赏她——这使她痛苦——,试图以近乎绝望的努力来补偿她的痛苦,正如她的艺术超出了民族的理解力,民族将她本人及其愿望也置于它的命令威力之外。根本不是这么回事,或许在个别情况下民族会轻易拜倒在约瑟芬的脚下,但从不无条件地对任何成员俯首帖耳,对她当然也不会这样。

很久以来,可能自从约瑟芬的艺术生涯开始,她就在斗争,希望民族考虑到她的歌唱,免去她的所有劳动;就是说,使她不必为一日三餐发愁,不必为与我们的生存斗争相关的一切而忧虑,这些恐怕应当交给全民族共同承担。易受鼓动者——确实有这样的同胞——单单从这个要求的特殊,从她能想出这种要求的精神状态,就会推断出这个要求内在的合理性。我们民族却得出了不同的结论,直截了当地拒绝了这个要求。民族也不大费力去反驳她提出这个要求的种种理由。比如,约瑟芬指出,劳动的辛苦会损害她的嗓音,虽然与歌唱时的艰辛相比,这点辛苦不值一提,可是这样的话,她在歌唱之后就不能好好休息,以便为下一次演唱养精蓄锐,等到下一次演唱时,她即便竭尽全力,仍然达不到最佳状态。民族听她陈述理由,然后置之不理。这个很容易被打动的民族,有时却心硬似铁。有时民族拒绝得斩钉截铁,就连约瑟芬也愣住了,她像是顺从了,乖乖地干着她那份活儿,尽其所能地歌唱,可这只持续了一小会儿,接着,她又抖擞起精神开始斗争了——只要是斗争,她似乎有使不完的劲儿。

显然,约瑟芬所真正谋求的并非她的要求本

身。她很理智,她不怕劳动,我们民族根本就没有好逸恶劳的成员,即使她的要求被批准,她的生活与先前肯定也没什么不同,劳动一点儿不会妨碍她的歌唱,她的歌唱当然也不会更美妙——她所谋求的,不过是民族对她的艺术的承认,这个承认应当是公开、明确、恒久,远远打破一切先例的。她在别的事上几乎都能如愿以偿,唯独这个要求碰壁了。或许从一开始,她就应当把矛头指向另一个方向,或许现在她自己也意识到了这个失策,可她已骑虎难下,退却意味着背叛自己,她已不得不与这个要求共存亡。

倘若如她所说,她真有敌人的话,敌人只需袖手旁观这场斗争,就会很开心了。但她并没有敌人,即便有的同胞对她时有微词,也不会有幸灾乐祸之感。因为在这场斗争中,民族显出严峻的法官姿态,这在平时是极其罕见的。即使有谁赞同民族在这件事上所采取的态度,一想到有朝一日,民族对他可能也会采取这种态度,也就高兴不起来了。与约瑟芬的要求类似,民族的拒绝也不在事情本身,而在于,民族竟能如此铁石心肠地拒绝一位成员,而且,民族平常越是慈父般地照顾这位成员，甚至不免低声下气，这时就越是铁石心肠。

拒绝者如果不是全民族，而是某一位同胞，大家可能会认为，这位同胞在约瑟芬接连不断的苛刻要求下一直在让步，终于必须结束他的让步了；他已超乎个体的力量，做出了许多让步，同时他也深信，让步无论如何还是会有限度的；是的，他做出不必要的让步，只是为了加快事情的进程，只是为了宠坏约瑟芬，促使她不断提出新愿望，直到她真的提出这最后一个要求；这时，他自然斩钉截铁地一口回绝，因为他早已严阵以待了。而民族绝对不会这样做，民族无需要这种手腕，而且，民族对约瑟芬的崇拜是真心诚意、久经考验的，是约瑟芬的要求实在太高了，这个要求会有怎样的结局，任何一个机灵的小孩都能告诉她；尽管如此，这种揣测掺杂在约瑟芬对这事的看法中，给她遭到拒绝的痛楚伤口上又撒了一把盐。

她虽然这样揣测，却并不因此就偃旗息鼓了。最近一段时间，她甚至斗争得更激烈了；迄今为止，她只进行舌战，现在却开始采取了别的手段，她自以为这些手段更有效，而我们认为，这对她更危险。

有些同胞认为,约瑟芬之所以变得如此咄咄逼人,就是因为她感觉自己正在变老,她的嗓音暴露出了衰弱,因此,她觉得已经到了紧急关头,必须为了得到承认而发动最后一场战斗。我却不这样认为。假若真是这样,约瑟芬就不成其为约瑟芬了。她不可能认为自己会变老,自己的嗓音会变得衰弱。她如果提出什么要求,不会是客观原因使然,而是出于内心的逻辑。她伸手去够挂在最高处的桂冠,不是因为桂冠这时候刚好挂得低了些,而是因为这是最高处的桂冠;假使让她来管桂冠,她还会把它挂得更高。

她虽然根本不在乎外界困难,对最不光彩的手段却照用不误。在她眼里,她的权利是天经地义的;至于权利是如何得来的,又有什么关系呢;尤其因为在这个世界上,正如她亲眼所见,恰恰是光明正大的手段肯定行不通。可能就是出于这个原因,她甚至将这场争取自身权利的战斗从歌唱领域转移到了另一个对她来说不很重要的领域。她的随从四处散布她的言论,说她自认为完全能凭自己的歌唱,让各阶层的民众,包括隐藏得最深的反对派,都感到真正的赏心悦目,这种赏心悦目并非民族所指的那种——民族认为听约瑟芬的演唱时,向来就有这种感觉——而是指符合约瑟芬的要求的赏心悦目。她却又加了一句,由于她不能以次充好,迎合低级趣味,所以只能一如既往地歌唱。然而,当她为摆脱劳动而斗争时,就不一样了,尽管这也是为她的歌唱而进行的斗争,但她并没有直接以歌唱这个珍贵武器来要挟,这样说起来,她所使用的任何手段都够正当了。

比如流传着这样的谣言:如果不对约瑟芬让步,她就打算减少花腔。我对花腔一窍不通,从没听出她的歌唱里有什么花腔。约瑟芬却想减少花腔,暂时还不完全去掉,只是减少而已。据说她已经照她的威胁做了,可我没听出这与她以往的歌唱有任何区别。全民族都和往常一样听了她的歌唱,没有对花腔发表意见,也没有改变对约瑟芬的要求所持的态度。约瑟芬的念头有时就像她的身体一样不乏优雅。比如,那次演唱之后,她似乎觉得关于花腔的决定对于民族来说太严厉或太突兀了,便宣布下次又会完整地唱花腔。可是,下一次演唱之后,她又改变了主意:辉煌的花腔就这样永远消失了，除非民族做出对约瑟芬有利的决定，否则花腔一去不复返。民族把她的所有声明、决定以及出尔反尔只当耳旁风，就像陷入沉思的成年人对孩子的闲话充耳不闻，虽然态度和蔼，却一句也没听进去。

可是，约瑟芬不肯罢休。比如，她最近声称，劳动时脚受伤了，她要站着歌唱就很困难；但她非得站着才能歌唱，因此不得不缩短歌唱时间。虽然她走得一瘸一拐，让随从搀扶着，谁也不相信她真的受伤了。即便我们承认她弱不禁风，我们毕竟是个劳动的民族，约瑟芬也是其中一员；要是我们擦破点皮就一瘸一拐，那全民族都跛个没完了。她尽可以像跛子一样让随从搀扶着走，她尽可以更频繁地摆出这副可怜相，民族照样倾听她的歌唱，心存感激，和以前一样为之陶醉，并没有为演唱时间的缩短而大惊小怪。

她毕竟不能老跛着，于是想出了新花招，她提出诸如累了，心情不好，身体虚弱等借口。这样，我们在演唱会上还有一出戏可看。我们看见在约瑟芬身后，她的随从如何恳求她歌唱。她很想唱，却唱不了。随从们安慰她，围着她说奉承话，几乎是把她抬到已选好的演唱地点。她不知为何眼泪汪汪，终于让步了，当她显然下定最后的决心，就要开始歌唱时，她的身子却虚弱无力，双臂不是像往常那样前伸，而是有气无力地低垂着，看上去仿佛短了一截——她刚要开始歌唱，却又不行了，她生气地一摆头，就瘫倒在我们面前了。可她紧接着又挣扎着站起来歌唱，我认为她唱得与平时没多大不同，如果谁听觉灵敏，能分辨出最细微的差异，或许会从中听出超乎寻常的激动，而这只会使她的歌声更动听。唱到末了，她甚至没有先前那么累了，步伐稳健地——如果可以这样形容她的一溜小跑——走远了，不要随从的任何帮助，用冷冷的目光审视着对她充满崇敬、为她让道的大众。

这都是不久前的事了，最新情况是，有一次该她演唱时，她却销声匿迹了。不仅她的随从在找她，许多同胞也投入到寻觅工作中，但全都白费工夫；约瑟芬销声匿迹了，她不愿歌唱，甚至不愿大家请她歌唱，她这次是彻底离开我们了。

真奇怪，聪明的约瑟芬竟打错了算盘，错得一塌糊涂，让大家简直以为她毫无心计，只是听凭命运的摆布,而在我们的世界里,她的命运只会十分悲惨。是她自己不唱歌了,是她自己毁掉了她征服民心而赢得的权力。她如此不了解民心,居然还赢得过这份权力!她躲起来,不唱歌,民族却安之若素,无比威严,一个圆满自适的群体,其实——即使表面上不是如此——只会馈赠,从不接受任何馈赠,包括约瑟芬的,我们民族继续走自己的路。

而约瑟芬只会每况愈下。过不了多久,她将吹出最后一声口哨,然后就悄无声息了。她是我们民族的永恒历史中的一个小插曲,民族将弥补这一损失。对我们来说,这不会是件容易事;集会怎能鸦雀无声呢?当然,以前有约瑟芬的集会不也是沉默的吗?难道她那时的口哨声比回忆中的响亮得多,生动得多?在她的有生之年,这不就是一个淡淡的回忆?民族不就是因为约瑟芬的歌唱在这一点上不可或缺,才明智地把她捧得那么高?

我们可能根本不会有多大损失,而约瑟芬摆脱了尘世的烦恼——她认为,只有出类拔萃者才会承受烦恼——,跻身于我们民族的无数英雄中,将会快乐地消失,由于我们不撰写历史,她很快就会像她的所有兄弟一样,在更高的解脱中被忘却。

杨劲 译

布鲁姆费尔德,一个上了年纪的单身汉

一天晚上,布鲁姆费尔德,一个上了年纪的单身汉,上楼到他的住处去,这是一件费力的事,因为他住在七层。爬楼的时候他想——近来他经常这样想——,这种完全孤独的生活真是难受,现在,他简直是得偷偷爬上这七层楼,为的是到达他那空无一人的房间,然后在那里,又简直是偷偷穿上睡袍,叼上烟斗,看几眼那份他几年来一直订阅的法文杂志,边看边饮着一杯他自己酿制的樱桃酒,最后,半小时之后上床睡觉,之前还一定要把被子彻底重新铺一遍,那个怎么教也不改的女佣总是随心所欲地把被子往床上一扔。如果随便有个人能陪他或看他干这事,布鲁姆费尔德会非常欢迎的。他已经考虑过,是否该买只小狗。这种动物总能让人高兴,最主要的是知恩图报和忠实可靠;布鲁姆费尔德的一个同事有这么一条狗,除了它的主人,它谁也不跟,要是它一会儿没见到主人,再见到时,就会大声叫着来迎接他,显然,它想以此来表达它重又找到主人——那位极其慈善的人的喜悦。不过,狗也有坏处。就算注意使它保持清洁,它也会把房间弄脏的。这是不可避免的,因为不可能每次带它进房间前,都给它洗个热水澡,而且,狗的身体也经不住这么折腾。但是,房间里的不干净又是布鲁姆费尔德无法忍受的,对他来说,房间的干净是不可缺少的,每个星期,他都要跟在这一点上可惜不很讲究的女佣吵好几次。因为她耳背,所以他通常都拉着她的胳膊,把她拽到房间里他认为不太干净的那些地方去。通过这种严格要求,他才使房间里的整洁程度大致符合他的愿望。要是来一条狗,那他就恰恰把迄今为止一直小心翼翼地抵御的肮脏自愿引进自己房间里来了。跳蚤,那些狗的随身伴侣,也会随之而来。要是有了跳蚤,那么,离布鲁姆费尔德把自己舒适的房间让给狗,自己再另找一间房的时刻也就不远了。而不干净只不过是狗的缺点之一。狗还会生病，而狗的疾病实际上没人懂。那时，这个畜生就会蜷缩在一个角落里，或者一瘸一拐地走来走去，哀鸣，不断轻咳，因某种疼痛而干呕，你用一条毯子裹住它，对它吹口哨，把牛奶推到它面前，简而言之，照顾它，希望它得的是很快会痊愈的病，这也是可能的，但是，这也可能是一种严重的、讨厌的传染病。即使那狗一直不生病，那它以后总会变老，而你又没能做出决定，把这忠实的畜生及时送人，那么会有一天，从泪汪汪的狗眼里盯着你看的，就是你自己的衰老。这时，你就不得不和这个眼睛半瞎、肺部虚弱、胖得几乎不能动弹的畜生一起受罪，以此为这条狗以前带给你的快乐而付出昂贵的代价。不管布鲁姆费尔德现在多么想有一条狗，他还是宁愿独自爬三十年的楼梯，也不愿意以后受这么一条老狗的纠缠，那条狗会在他身边艰难地一阶一阶往上爬，呻吟喘气声比他还大。

这样，布鲁姆费尔德还将继续独自生活，他倒是没有老处女常有的那些要求，老处女要身边有一个隶属于她的活物，她可以保护它，对它温柔，希望一直伺候它,所以,一只猫,一只金丝鸟或者就连金鱼都能满足她。如果不能这样,那么,在窗前养些花,也能让她满意。但是,布鲁姆费尔德只想要个伴儿,一个动物,一个用不着他操太多心去照顾的动物,偶尔踢它一脚也没有关系,必要时,它也可以在胡同里过夜,而在布鲁姆费尔德需要它的时候,它就应该马上又叫又跳,舔着主人的手,听候使唤。布鲁姆费尔德想要这么一个东西,可是他看出来,不承受巨大的弊端是不可能有这么个东西的,所以就放弃了,可是,由于他天性细致,所以还会不时涌起同样的念头,比如今天晚上。

当他站在楼上自己的房门前,从兜里掏钥匙时,房间里传出的一种声音引起了他的注意。这是一种奇怪的、啪嗒啪嗒的声音,不过很有力,很有规律。因为布鲁姆费尔德刚才正在想狗,所以这种声音让他联想起狗的爪子交替拍打地面发出的声音。可是狗爪子不会有啪嗒啪嗒的声音,这不是爪子。他急忙打开门,扭亮电灯。眼前的景象是他没想到的。这简直是魔术,两个白底蓝条的赛璐珞小球并排在木地板上上下跳着;一个球着地，另一个就跳到高处，它们就这样不知疲倦地继续着它们的游戏。上中学时，有一次做一个著名的电学实验，布鲁姆费尔德曾看见一些小球这样跳过，可是，这两个球相比来说很大，在一个空房间里跳着，这可不是做电学实验。布鲁姆费尔德朝它们俯下身去，想看个清楚。毫无疑问，它们是普通的球，也许球里面还有几个更小的球，是它发出的啪嗒啪嗒声。布鲁姆费尔德朝空中抓去，看看它们是否吊在什么线绳上，没有，它们完全是在独立运动。可惜，布鲁姆费尔德不是小孩子，否则这两个球对他来说会是个惊喜，而现在，这一切却给他一个不愉快的印象。作为一个不引人注目的单身汉秘密地生活着，这并非毫无价值，现在有人，不管他是谁，揭开了这个秘密，给他送来了这两个奇怪的球。

他想抓住一个，但它们躲开他，向后退去，并引诱他跟在它们后面在房间里跑。“这样跟在球后面跑来跑去，”他想道，“真是太笨了。”于是他停下来，看着它们，由于好像没有了追赶，它们也停在原地不跑了。“我还是得设法抓住它们。”他又想，于是又去追它们。它们立刻逃开，可是，布鲁姆费尔德叉开双腿把它们逼进一个墙角,在墙角那个箱子前面,他终于抓住了一个球。这是一个凉凉的小球,在他的手里旋转着,显然是极力想逃脱。另一个球仿佛看到了同伴的困境,跳得比先前更高了,放慢了跳跃的节奏,直至它碰到了布鲁姆费尔德的手。它撞击着那只手,以越来越快的跳跃撞击着,并改变着撞击点,由于它对那只把另一个球握在手心里的手无可奈何,于是就跳得更高了,可能是想够着布鲁姆费尔德的脸。布鲁姆费尔德本来也能抓住这个球,把两个球都关在什么地方,但是此刻,他觉得对两个小球采取这样的措施太丢脸。而且,有这么两个球也挺有意思的,过不了一会儿,它们也会累得够呛,滚到一个柜子底下安静下来。尽管这样想着,布鲁姆费尔德还是恼火地将那个球往地上一摔,奇怪的是,那脆弱的、几乎透明的赛璐珞壳居然没有碎。立刻,那两个球又开始了先前那种低低的、相互协调的跳跃。

布鲁姆费尔德平静地脱衣服,整理柜子里的衣服,他习惯了每次都仔细检查,女佣是否把一切都收拾整齐了。他回头看了那两个球一两次,它们现在没有受到追踪,反过来倒好像是追踪他了,它们已经靠近他,紧跟在他身后跳着。布鲁姆费尔德穿上睡袍,想到对面的墙那里去拿一只烟斗,他的烟斗都挂在那儿的一个架子上。转身之前,他不由自主地往后踢了一脚,可那两个球却知道躲开,没被踢到。当他去取烟斗时,那两个球马上跟了上来,他趿拉着拖鞋,故意迈着节奏混乱的步子,可是,他每迈出一步,球就立刻跳跃一下,它们跟他步调一致。布鲁姆费尔德突然转过身来,他想看看这两个球是怎样做到这一点的。可是,他刚转过身,两个球就划了个半圆,又到了他身后;不论他何时转身,球都重复这样做。它们就像他手下的陪同一样,尽量避免在布鲁姆费尔德面前停留。到现在为止,它们似乎只是为了作自我介绍,才斗胆到过他面前,而现在,它们已经上任了。

在此之前,每当遇到自身力量不足以控制局面的特殊情况,布鲁姆费尔德总是采取装聋作哑的办法。这种办法常常奏效,多数情况下,至少会使局面好转。他现在也采取这种态度,站在烟斗架前,撅着嘴,挑选出一只烟斗,仔仔细细地从准备好的烟袋里取出烟丝装到烟斗中,无动于衷地任那两个球在身后跳跃。只是要走到桌子跟前去时,他犹豫了,听到球的跳跃声和自己的脚步合成一拍,这几乎使他痛苦。所以他站着不动,不必要地拖长装烟的时间,估算着他与桌子之间的距离。终于,他战胜了自己的软弱,使劲跺着脚走完了那段路,以便让自己丝毫听不见球的跳跃声。他坐下后,它们就又在他的椅子后跳跃,声音像刚才一样清晰可闻。

桌子上方的墙上,在伸手可及的地方安了一块木板,上面放着那瓶樱桃酒,周围是几个小杯子。酒瓶旁边有一摞法国杂志。布鲁姆费尔德并没有把他所需要的东西都拿下来,而是静静地坐着,看着那一直没点燃的烟斗。他在暗暗等待时机,突然,他猛地一下不再发愣,连同椅子一起转过身去。但是,那两个球也保持着相应的警觉,或者说,它们是不假思索地遵循着支配它们的法则,在布鲁姆费尔德转身的同时,它们也改变了自己的位置,藏到他身后。这样,布鲁姆费尔德就背朝桌子坐着,手里拿着那冰凉的烟斗。那两个球现在在桌子底下跳跃,因为那里有一块地毯,所以它们的声音很小。这是个很大的好处;现在只有非常微弱而低沉的响声,得非常注意才听得见它们。布鲁姆费尔德当然非常注意,所以听得很清楚。不过,这只不过是现在才这样,过一会儿,他可能就根本听不到它们了。这两个球会在地毯上发不出什么声响,这在布鲁姆费尔德看来,是它们的一大弱点。只要把一块,或者更好些,把两块地毯垫到它们底下,它们就几乎无能为力了。当然这只不过是一段时间之内,此外,它们的存在本身就意味着某种力量。

现在,布鲁姆费尔德倒是需要一条狗,这么一个年轻的、野性的动物很快就会制服那两个球的;他想象着那狗怎样追逐着用前爪抓它们,怎样用爪子驱赶它们,怎样追得它们满屋子乱跑,最后终于用牙咬住它们。布鲁姆费尔德很可能不久之后就会买一条狗。

不过目前,那两个球只需害怕布鲁姆费尔德,而他现在没有兴趣毁掉它们,或许他也是下不了决心。他晚上下班回家,疲惫不堪,正需要安静的时候,竟出其不意地来了这么一件事。他现在才感觉到,他其实有多么累。他肯定会毁掉那两个球的,而且很快,不过眼下还不,也许明天再说。

如果不带成见地看这整个事情,那么,那两个球的举止其实是够谦逊的。比如说,它们完全可以不时地跳出来,露露面,再退回去,或者,它们可以跳得更高些,撞击到桌面下方,以补偿被地毯压低的声响。但它们没有这样做,它们不想不必要地惹布鲁姆费尔德生气,它们显然只限于做必不可少的事。

不过,这必不可少的事也足以败坏布鲁姆费尔德坐在桌边的兴致了。他刚在那儿坐了几分钟,就想去睡觉了。这样做的原因之一是,他在这儿不能抽烟,因为他把火柴放在床头柜上了。这样,他就得去取火柴,可是,他既然已经到了床头柜那儿了,那么肯定是最好就待在那儿,躺下。这里,他内心还有一个想法,他认为,那两个球会盲目地一直跟在他身后,最后跳到床上去,这样,他一旦躺下来,不管有意还是无意,都会把它们压碎。他不接受球的碎片也还会跳跃的说法。就算是不同寻常的事,那也得有个限度。整个的球本来就会跳跃,尽管不是不停地跳,而球的碎片从来就不会跳跃,所以在这里也不会跳。

“起来!”他这么想着,于是几乎变得故意地喊起来,然后跺着脚,带着身后的球走到床前。他的希望似乎得到了证实;当他故意靠床很近时,一个球立刻跳到床上。而未曾料想到的是,另一个球钻到床底下去了。布鲁姆费尔德根本没想到过球也有可能会在床底下跳。他对那个球非常恼火,尽管他也感到这是不公平的,因为那个球在床底下跳,也许会比床上的那个能更好地完成它的任务。现在,一切都取决于那两个球决定选择哪个地方了,因为布鲁姆费尔德不相信它们会长时间分开工作。果然,不一会儿,床下那个球也跳到床上来了。“现在我可抓住它们了。”布鲁姆费尔德想道,他兴奋得有些燥热,一把扯下身上的睡袍,准备躺到床上。但是,那个球偏偏又跳到床下去了。布鲁姆费尔德极度失望,简直是瘫倒到床上。那个球可能只是在上面看了看,觉得不喜欢。于是,另一个球也跟着它跳下去,当然就待在下面了,因为下面更好些。“这下我整夜都得听这两个鼓手了。”布鲁姆费尔德想着,他咬紧嘴唇,点点头。

他闷闷不乐,其实他并不知道,那两个小球在夜里会怎样损害他。他的睡眠极好,这点小小的声响他会很容易克服。为了有充分的把握,根据已获得的经验,他给它们下面塞了两块地毯。就好像他有一只小狗,他正给它铺一个软和的床。而那两个球仿佛也累了,困了,它们的跳跃比先前低了,也慢了。当布鲁姆费尔德跪在床前,用床头灯往下照时,他有时就以为,那两个球会永远待在地毯上不动,它们软弱无力地落到地上,慢悠悠地滚动一小段。当然,它们随后又尽职地跳起来。如果布鲁姆费尔德早上往床下看时,很可能会发现两个安静听话的儿童玩具球。

但是,那两个球看来都不能坚持跳到第二天早上了,因为当布鲁姆费尔德躺到床上时,就已经听不见它们的声响了。他竭力想听到些什么,从床上探出身子去倾听,——毫无声息。地毯不可能有这么大的作用,唯一的解释是,那两个球不跳了,它们要么是在柔软的地毯上得不到足够的反弹力,因而暂时停止了跳动,要么,更有可能的是,它们永远不会再跳了。布鲁姆费尔德本可以起来看看到底是怎么回事,但他对终于安静下来了感到满意,所以宁愿躺着不动,他连用目光去触动那两个安静下来的球都不愿意。他甚至乐意放弃抽烟,翻了个身,很快便睡着了。

然而,他并非不受干扰;和往常一样,这次他也没做梦,但他睡得很不安稳。夜里,他无数次被惊醒,误以为有人在敲门。他自己也肯定地知道没人敲门;谁会在深更半夜敲门呢,而且是敲他这么个孤独的单身汉的门。尽管他清楚地知道这一点,但他还是会每次都惊起来,紧张地盯着门看一会儿,张着嘴,睁大着眼,几缕头发在汗湿的额头上抖动。他试着数出被惊醒了几次,但是,得出的数字巨大,把他弄得晕晕乎乎,又睡了过去。他觉得自己知道那敲击声是从哪里发出来的,不是敲在门上,完全是别的地方,可是他睡得稀里糊涂,想不起他是根据什么这样推测的。他只知道,有许多细小而讨厌的拍打声聚集在一起,汇成了强大的敲击声。不过,要是能避免这敲击声,他愿意忍受那细小拍打声的所有讨厌之处,但是,出于某种原因,现在已经晚了,他不能进行干预,时机错过了,他连话都说不出来,只是张开嘴,无声地打着哈欠,他感到气愤,猛地把脸埋进枕头里。夜就这么过去了。

清晨,女佣的敲门声唤醒了他,他以一种解脱般的叹息欢迎这轻柔的敲门声，而以往，他总是抱怨敲门声小得听不见。他刚要喊“进来”，这时，他又听到还有另外一种轻快的，虽然微弱，但却像打仗般的敲打声。这是床下那两个球。它们醒了？难道它们和他相反，经过一夜又积聚了新的力量吗？“马上就好。”布鲁姆费尔德冲女佣喊道，同时从床上跳下来，他非常谨慎，以便让球待在他背后，然后，他始终以背对着球，猛地倒在地上，扭头去看那两个球——这一看，让他差点儿骂出来。就像孩子在夜里踢掉了讨厌的被子一样，那两个球很可能是通过整夜不停地轻微拱动，把地毯从床下拱出来一大截，所以它们下面又露出了光地板，它们又可以发出声响了。“回到地毯上去。”布鲁姆费尔德阴沉着脸说。当那两个球由于地毯的作用重又安静下来后，他才叫女佣进来。当女佣，一个迟钝的、总僵直着身子走路的胖女人，把早餐摆到桌上，并做一些必要的事情时，布鲁姆费尔德穿着睡袍，一动不动地站在他的床边，好让那两个球待在床下。他的目光紧跟着女佣，想看她是否发觉了什么。这是不大可能的，因为她耳背，布鲁姆费尔德觉得他看见女佣有时还是停下来,扶住某一件家具,扬起眉毛偷听,他把这归结于由于睡眠不好而引起的神经过敏。如果他能让女佣稍微快一点干活,他会很高兴的,但是她几乎比平时还要慢。她笨手笨脚地抱起布鲁姆费尔德的衣服和靴子,拿到走廊去,好长时间没进来,她在外面拍打衣服的声音单调而零星地传进来。这段时间里,布鲁姆费尔德不得不守在床上,一动不能动,如果他不想把身下的球引出来的话,他不得不眼睁睁地看着咖啡变凉,而他本来是最愿意喝热咖啡的,他没有别的事情可做,只好盯着垂下的窗帘,窗帘后面,渐渐放亮的天色阴沉沉的。女佣终于干完了,道过一声早安,就想走了。但是,她最终离开之前,还在门口停了一会儿,嘴唇动了动,盯着布鲁姆费尔德看了半天。布鲁姆费尔德已经想问她怎么回事了,她却走了。布鲁姆费尔德真想拉开门冲她喊,她是个愚蠢迟钝的老女人。可是,当他考虑她究竟有什么可指责时,他只不过觉得,她无疑什么都没发觉,却想做出发觉了什么的样子,这很荒谬。他的思想多么混乱啊!而这只不过是因为一夜没睡好觉!他为没睡好觉找到了一个小小的原因,那就是他昨晚没按自己的习惯去做,没抽烟也没喝酒。“我一旦不抽烟不喝酒,就会睡不好。”这是他思考的最后结论。

从现在起,他将更多地注意自己的身体,并且他立即就从挂在床头柜上方的药箱里拿出药棉,把两个棉球塞进耳朵里。然后,他站起来,试着走了一步。那两个球虽然还跟着他,但他几乎听不见它们了,他再塞了些药棉,就完全听不见了。布鲁姆费尔德又走了几步,没觉得有什么特别不舒服。布鲁姆费尔德和那两个球,各自都自成一体,虽然他们相互联系在一起,但互不干扰。只有一次,布鲁姆费尔德转身转得比较快,而有一个球向相反方向的运动不够快,布鲁姆费尔德的膝盖碰到了它。这是唯一的意外事件,其他时候,布鲁姆费尔德平静地喝着咖啡,他饿了,好像这一夜他不是在睡觉,而是走了很长的路,他用能很快让人清醒的凉水洗了洗,然后穿上衣服。在此之前,他没有把窗帘拉开,而是出于谨慎宁愿待在昏暗中,他不希望陌生人的眼睛看见这两个球。但是,他现在准备出门了,他得想个什么办法,防备那两个球万一胆敢——这一点他不相信——跟着他上街。

他想出了一个好主意,他打开大衣柜,背朝它站着。那两个球好像预感到他的打算,便非常留神不到柜子里去,它们充分利用布鲁姆费尔德与它们之间的每一个小空隙,实在没别的办法时,就跳到柜子里去待一小会儿,随即,又因里面太暗而立刻逃出来,根本没法把它们弄进柜子里去,它们甚至宁愿违背它们的义务,几乎跑到了布鲁姆费尔德的身体侧面。但是,它们的小伎俩根本无济于事,因为布鲁姆费尔德现在自己倒退着进到衣柜里了,这样,它们就不得不跟进去。于是,它们的下场也就决定了,因为衣柜的底板上放着各种小东西,比如靴子、盒子、小箱子,这些东西虽然全都——布鲁姆费尔德现在为此感到惋惜——放得整整齐齐,但它们还是妨碍了那两个球。布鲁姆费尔德这时已经几乎把柜门拉上了,他以多年来未曾有过的大步跳出柜子,关紧柜门,转动钥匙,把两个球锁在了里面。“成功了。”布鲁姆费尔德想着,擦掉脸上的汗。那两个球在柜子里发出多么大的声响啊!给人的印象是,它们好像要拼命了。布鲁姆费尔德却很满意。他离开房间,就连空荡荡的走廊都让他感到愉快。他取出耳朵里的棉球,正在醒来的楼里发出的许多声响让他欣喜。只是还看不见什么人,时间还很早。

楼下过道里,通往女佣所住的地下室那扇低矮的门前,站着女佣那十岁的小男孩。他跟他妈妈长得一模一样,大人的所有丑陋都无一遗漏地再现在这孩子的脸上。他弯着两条罗圈腿,双手插在裤兜里,站在那儿呼哧呼哧地喘气,因为他小小年纪就得了甲状腺肿,呼吸困难。往常,布鲁姆费尔德要是在路上碰见这孩子,都会加快脚步,尽量避免看到这一幕,而今天,他几乎想在他身边停下来。即使这个男孩是那个女人生的,带着他母体的所有标记,但他目前还是个孩子,在这颗奇形怪状的脑袋里还是些孩子的想法。要是人们好好跟他说话,问他点儿什么,那他很可能用清脆而天真的声音恭敬地回答,而人们经过一番思想斗争后,也会伸手摸摸他的脸颊。布鲁姆费尔德这么想着,但还是从那孩子身边走过去了。到了街上,他发现,天气比他在房间里时想象得好。晨雾正散去,劲风吹过,天空露出一块块湛蓝色。布鲁姆费尔德今天出门比往常早很多,这多亏了那两个球,他甚至把报纸也放在桌上忘了看,不管怎么说，他因此而赢得了许多时间，现在可以慢慢走。奇怪的是，自从甩掉那两个球后，他很少为它们操心。只要它们跟在他身后，就会被看成是属于他的某种东西，那么，在评判他这个人时，就必须把它们也考虑在内，而现在，它们只是家中衣柜里的玩具。这时，布鲁姆费尔德突然想到，让那两个球发挥它们本应有的作用，这样也许才能不把它们损坏。那个男孩还站在那儿的过道里，布鲁姆费尔德要把球送给他，不是借，而是真的赠送，不过这也就跟下命令消灭它们的意思差不多。而且，就算它们会完好无损，但它们在那孩子手里，比待在柜子里还没有意义，整个楼里的人都会看到，那男孩是怎样跟那两个球玩的，其他孩子也会参与进来玩，一般人都会认为，那是两个玩具球，不是什么布鲁姆费尔德的生活伴侣，这种看法是无法动摇、不可抗拒的。布鲁姆费尔德又跑回楼里。那个男孩刚走下地下室楼梯，正要打开下面的门。布鲁姆费尔德必须叫住那孩子，叫出他的名字，那名字跟一切与这孩子有关的东西一样可笑。布鲁姆费尔德喊那孩子。“阿尔弗雷德，阿尔弗雷德。”他喊道。那男孩迟疑了很久。“过来呀，”布鲁姆费尔德喊道,“我给你点儿东西。”房管员的两个小女儿从对面的门里跑出来,好奇地站到布鲁姆费尔德左右。她们比那男孩明白得快得多,她们搞不懂,他为什么不马上过来。她们朝他招手,同时眼睛一刻也不离开布鲁姆费尔德,但是她们猜不透,阿尔弗雷德会得到一件什么礼物。好奇心折磨着她们,她们双脚交替地跳着。布鲁姆费尔德既笑她们,也笑那个男孩。那男孩看来终于弄明白了这一切,正僵硬而艰难地上楼梯。就连走路的姿势他都跟他妈妈一模一样,她这时也已经出现在地下室门口了。布鲁姆费尔德故意放大声音,好让女佣也能听清,而且如果必要的话,还能监督他做这件事。“在我楼上的房间里,”布鲁姆费尔德说,“有两个漂亮的球。你想要吗?”那男孩只是无声地撇了撇嘴,他不知道应该采取什么态度,他转过身,带着询问的目光看着下面的妈妈。那两个女孩却立刻开始围着布鲁姆费尔德又蹦又跳,请求他把球给她们。“你们也可以玩球。”布鲁姆费尔德对她们说,却在等着男孩的回答。他本来可以立刻把球送给女孩,但他觉得她们太轻率,他现在更信任那男孩。与此同时,男孩虽然没跟妈妈说话，就已经从她那儿讨到了主意，当布鲁姆费尔德再次问他时，他便同意地点了点头。“那你就注意听着，”布鲁姆费尔德说，他很乐意地忽视了，他不会因为送了礼物而得到感谢，“你妈妈有我的房间钥匙，你得从她那儿借出来，我现在把我的衣柜钥匙给你，那两个球就在衣柜里。然后，你要把衣柜和房门再好好锁上。那两个球，你愿意怎么玩就怎么玩，不用再送回来。你听明白了吗？”遗憾的是，那男孩没听明白。布鲁姆费尔德本来是想给这个无比迟钝的榆木脑袋把一切都解释得清清楚楚，但正因为如此，他才重复得太多，颠来倒去地说钥匙、房间和衣柜，所以，那男孩盯着他看，不像是看一个做好事的人，倒像看一个诱骗者。而那两个女孩却立刻就全明白了，她们拥到布鲁姆费尔德面前，伸出手要钥匙。“等等。”布鲁姆费尔德说，他已经对她们都感到恼火了。时间也渐渐过去，他不能再久呆了。要是那女佣能说，她明白了他的意思，会替男孩把一切弄好的，那该多好啊。然而，她仍旧站在底下的门边，像个难为情的重听者那样不自然地微笑着，她可能以为，布鲁姆费尔德在上面突然喜欢上了她的儿子,正听他背诵乘法口诀表呢。而布鲁姆费尔德又不能跑下地下室楼梯,对着女佣的耳朵大声喊出他的请求,愿她的儿子看在上帝慈悲的分上,让他摆脱那两个球吧。他愿意一整天把自己的衣柜钥匙交给这一家人,就已经够克制自己的了。他在这里把钥匙交给那男孩,而不亲自带他上楼,在那里把球给他,这并不是因为爱惜自己的身体。但他总不能先在楼上把球给出去,然后,又从男孩那里夺走吧,因为可以预料到,那两个球会跟在他身后走的。布鲁姆费尔德又开始重新解释,但立刻被那男孩空洞的目光打断了。"你没听懂我的意思?"布鲁姆费尔德几乎是悲伤地问。如此空洞的目光能使人毫无抵御能力。它能诱使一个人说出比想说的更多的话,因为人们想用理智去填满这空洞。

"我们去帮他把球拿来。"那两个女孩喊道。她们很机灵,已经看出,只能通过这个男孩做中介才能拿到球,而且她们必须自己使这个中介起作用。房管员的房间里传出时钟敲响的声音,提醒布鲁姆费尔德要快点儿了。"那你们就拿着钥匙吧。"布鲁姆费尔德说,那钥匙与其说是他递出去的，不如说是从他手中夺走的。要是把钥匙交给那男孩，就会保险多了。“房间钥匙到下面那位太太那里去拿，”布鲁姆费尔德还在说，“你们拿了球回来，必须把两把钥匙都交给她。”“知道了，知道了。”两个女孩喊着跑下楼梯去了。她们什么都知道，真是一切都知道，布鲁姆费尔德好像是传染上了那男孩的理解迟钝，现在他自己倒不明白，她们怎么会这么快就从他的解释中弄清楚了一切。

现在，她们已经在下面拉扯着女佣的裙子，但是，不管这一幕多么诱人，布鲁姆费尔德也不能再继续看，她们是怎么完成任务的了，这倒并不完全是因为时间已经晚了，而是因为，球被放出来时，他不想在场。他甚至想在女孩们刚打开楼上他的房门时，就已经走出几条巷子去了。他根本不知道，那两个球还会怎么样！于是，他在今天早上第二次来到外面。他还看见那女佣简直是在竭力抵抗着两个女孩，男孩则挪动着罗圈腿去帮他妈妈。布鲁姆费尔德不理解，为什么像女佣这样的人要在这个世界上生长繁衍。

在去他工作的那家内衣厂的路上，对工作的

思考逐渐压倒一切,占了上风。他加快了脚步,尽管那男孩耽误了他的时间,他还是第一个到了办公室。这是一个用玻璃隔开的房间,里面有一张供布鲁姆费尔德用的写字台和两张供他手下的两个实习生用的立式斜面桌。尽管斜面桌又小又窄,像是给小学生用的,办公室里还是非常挤,所以实习生们不许坐下来,否则布鲁姆费尔德的椅子就没地方放了。所以,他们就整天懒洋洋地靠着斜面桌站着。这对他们来说当然很不舒服,而且,也使布鲁姆费尔德很难观察他们。他们常常急切地凑到桌边,但不是为了工作,而是为了相互窃窃私语,有时甚至是为了打瞌睡。布鲁姆费尔德常跟他们生气,在摊派给布鲁姆费尔德承担的大量工作中,他们对他的支持远远不够。他的工作是负责处理与在家干活的女工们的所有货款往来,这些女工是工厂雇来制作某些比较高级的产品的。要评判这项工作的工作量,就必须对整个情况有一个比较深入的了解。但是,自布鲁姆费尔德的顶头上司几年前去世以来,就没有人再了解这一情况了,所以,布鲁姆费尔德也就不能赋予任何人评判他的工作的权力。比如工厂主奥托玛先生就显然低估了布鲁姆费尔德的工作，他当然也肯定布鲁姆费尔德在厂里二十年来所做出的成绩，他这样做不是因为他必须如此，而是因为他尊重布鲁姆费尔德是个忠诚的、值得信赖的人；但他还是低估了布鲁姆费尔德的工作，他认为，这项工作可以比布鲁姆费尔德现在做得更简单些，因而在各个方面带来更多的益处。大家都说，奥托玛之所以很少来布鲁姆费尔德的科室，就是为了免得看见布鲁姆费尔德的工作方法而生气。被人如此误解肯定使布鲁姆费尔德很难过，但也没别的办法，因为他总不能强迫奥托玛连续在自己的科室待上一个月，让他好好研究一下这里所要完成的各种各样的工作，并运用奥托玛自己认为所谓更好的方法，这种做法的后果必然是使科里的工作瘫痪，这时再让奥托玛相信布鲁姆费尔德是对的。因此，布鲁姆费尔德坚定不移地同以往一样完成他的工作，如果隔了很长时间，奥托玛突然来一次，在略感吃惊之余，布鲁姆费尔德仍会本着下级人员的责任感稍微试着给奥托玛讲解这个或那个设备，后者则默默地点点头，低着眼睛继续走他的路，另外，使布鲁姆费尔德难过的倒不是受到这种误解，而是他想到，要是一旦他不得不离开这个岗位，立刻就会出现任何人都应付不了的混乱局面，因为他不知道厂里有谁能代替他，能接替他的职位，使厂子能连续几个月哪怕仅仅避免最严重的生产停滞。要是上司低估某个人，那么其他职员当然就会做得更甚。因此，每个人都看不起布鲁姆费尔德的工作，没有人认为在自己的培训中有必要到他的科室去工作一段时间，如果新招聘了职员，也没有人会自愿要求分到布鲁姆费尔德那里去。所以布鲁姆费尔德的科室后继乏人。此前，科里只有布鲁姆费尔德一个人，还有一个勤杂工相助，所有事情都要自己干，而当他要求雇一名实习生时，竟苦苦论争了几个星期。布鲁姆费尔德几乎每天都去奥托玛的办公室，心平气和地详细给他解释，为什么他那个科室需要一个实习生。需要一个实习生，并不是布鲁姆费尔德自己想偷闲，布鲁姆费尔德不想偷闲，他干着他那份繁重的工作，并不打算停止不干，但是奥托玛先生该想一想，工厂的业务随着时间的推移增加了许多，所有部门都相应地扩大了，只有布鲁姆费尔德的科室总是被遗忘。而恰恰是那里的工作增加了那么多！布鲁姆费尔德刚来的时候，奥托玛先生肯定记不起那个年代了，这个科室只管十个左右的女工，而现在有五六十个了。这种工作量是需要人手的，布鲁姆费尔德可以保证全身心地投入到工作中去，但是，从现在起，他不能再保证全部完成自己的工作。奥托玛先生是从不直截了当地拒绝布鲁姆费尔德的请求的，他不能对一个老雇员这样做，但是，他那根本不认真听的态度，把正在请求的布鲁姆费尔德搁在一边去和别人说话，含含糊糊地答应了，几天后又全都忘了，——这种态度是相当伤人的。其实布鲁姆费尔德倒无所谓，布鲁姆费尔德不是幻想家，不管荣誉和赞扬有多好，他可以不要，无论如何，只要还有一点儿可能性，他就会坚持自己的立场，不管怎么说，他是有理的，而有理最终就会得到承认，哪怕有时需要很长时间。就这样，布鲁姆费尔德最后真的得到了两名实习生，可这是两名什么样的实习生啊。人们简直可以认为，奥托玛已经看出来，他通过答应提供实习生能比拒绝提供实习生更清楚地表示他对布鲁姆费尔德那个科室的蔑视。甚至，奥托玛之所以那么长时间敷衍布鲁姆费尔德，很可能是因为他在找两名这样的实习生，而可以想象，他很长时间找不到这样的人。布鲁姆费尔德现在没法抱怨了，他能料到老板会怎么回答他，他不是得到了两个实习生嘛，尽管他只要求一个；奥托玛把这一切做得如此巧妙。当然布鲁姆费尔德还是在抱怨，但那是被他所处的困境逼的，并不是因为他还需要帮手。他也不是使劲抱怨，只不过是有合适的机会时顺便提一下。尽管如此，在那些怀有恶意的同事中间，不久就流传开这样一个谣言，说有人问过奥托玛，布鲁姆费尔德现在有了这么非同寻常的帮手却还在不停地抱怨，是真的吗。奥托玛回答说，是的，布鲁姆费尔德还在不停地抱怨，但他抱怨得有理。他，奥托玛，终于认识到了这一点，并打算逐步做到，每有一个缝纫女工就给布鲁姆费尔德配备一个实习生，也就是说，总共配备六十个左右。如果这样还不够，他还将派更多的人去，他会一直派下去，直到那所精神病院彻底变成精神病院为止，几年来，布鲁姆费尔德的那个科室已经正在变成一所精神病院。而且说这番话时，奥托玛的说话语气被模仿得惟妙惟肖，但是，奥托玛本人是绝对不会以这种方式谈论布鲁姆费尔德的，哪怕只是相似的方式也不会用，对此，布鲁姆费尔德毫不怀疑。这一切都是二层那帮懒蛋们编造出来的，布鲁姆费尔德对此置之不理，他要是对那两个实习生的存在也能如此平静地视而不见就好了。但是，他们站在那儿，再也赶不走了。他们是脸色苍白、身体孱弱的孩子。根据他们的档案材料，他们已经到了中学毕业的年龄，而实际上，这根本无法让人相信。人们甚至都不愿意把他们托付给老师，他们显然还离不开妈妈。他们还不会正确地活动身体，尤其是刚开始的时候，长时间的站立使他们疲惫不堪。一会儿不注意他们，他们就会因身体虚弱而站不住，斜着身子，弯着背，站在一个角落里。布鲁姆费尔德试图让他们明白，要是他们老是这么贪图舒服，那他们就会落下终身身体畸形。让实习生去办点儿事，是要冒风险的，有一次，一个实习生只需走几步路，但他却过于热心地跑了起来，结果在斜面桌上把膝盖撞伤了。当时房间里满是缝纫女工，斜面桌上堆满了衣服，但布鲁姆费尔德却不得不把一切工作都放在一边，带那个哭哭啼啼的实习生到办公室里简单包扎一下。然而，实习生的这份热情也只是表面现象,他们像真正的孩子一样,有时想出出风头,但更多的时候,或者他们几乎总是想迷惑上司的注意力,欺骗他。有一次,工作最繁忙的时候,布鲁姆费尔德汗水淋漓地从他们身边匆匆走过,发现他们正躲在一包包衣服中间交换邮票。他真想举起拳头给他们的脑袋几下,对他们这种行为,这是唯一可行的惩罚,但他们是孩子,布鲁姆费尔德可不能把孩子打死。于是,他继续忍受着他们带给他的折磨。他本来设想,实习生可以在具体的工作中帮他一把,比如现在正分发活计,这非常费力,而且需要留神。他曾想,他可以站在中间,斜面桌后面,始终可以统观全局,负责登记,那两个实习生则根据他的指示来回奔走,分发活计。他的设想是,在如此拥挤的情况下,不管他的监督多么严格,也还是不够的,那么,实习生们的留心便可以弥补他的疏忽,而他们也可以逐渐积累经验,不用每件小事都得依赖他的指示,最终学会区分出缝纫女工们在活计需求量和可信赖程度上的不同。但是,就这两个实习生而言,这些希望完全落空了,布鲁姆费尔德不久就看出,他根本就不能让他们跟缝纫女工说话。从一开始,他们就不到某些女工跟前去,因为他们讨厌或是害怕她们,而对另一些他们偏爱的女工,他们则常常迎过去,一直到门口。她们想要什么,他们就给送过去,用一种偷偷摸摸的方式塞到她们手里,哪怕那些女工有权接受这些东西,他们在一个空架子上为他们偏爱的女工们搜集各种碎布头和无用的边角料,但也有有用的小东西,他们在布鲁姆费尔德的背后欣喜地挥动着这些东西,大老远地就冲她们示意,他们为此得到的回报是,女工们给他们嘴里塞糖吃。布鲁姆费尔德不久就结束了他们这种胡闹,女工们一来,他就把他们哄进小隔间里。但是,他们一直认为这是一种极大的不公正,他们反抗,故意弄断钢笔,虽然不敢抬起头来,但他们却不时大声敲打玻璃窗,以便让女工们注意到他们的恶劣待遇,他们认为,是布鲁姆费尔德让他们遭受这种待遇的。

而他们自己做的无理之事,这一点他们却不明白。比如,他们到办公室总是迟到。布鲁姆费尔德,他们的上司,从青少年时代起就认为,比上班时间至少早到半个小时是理所当然的,——促使他这样做的不是向上爬的野心,也不是过分的责任感,而是对规矩的某种感觉——多数情况下,布鲁姆费尔德得等一个多小时,他的实习生们才来。通常,他都是一边啃着早餐小面包,一边站在斜面桌后对女工们小账本里的账目进行结算。不一会儿,他便专心致志地埋头于工作,其他什么都不想了。这时,他会被突然吓一跳,惊得连手里的笔都抖动好一会儿。一个实习生闯了进来,他好像要跌倒似的,一只手紧紧扶住什么东西,另一只手捂住胸口剧烈地喘气——但这一切无非表示,他在为他的迟到而道歉,而这道歉是如此可笑,布鲁姆费尔德只得装听不见,因为如果他不这样做的话,他就非得揍这小伙子一顿不可。所以,他只是盯着那家伙看了一会儿,然后伸手指了指隔间,就又扭头去忙他的工作了。这时,人们以为那实习生会看出上司的好意,赶紧走到自己的位置上去。可是不,他不着急,他踮着脚尖,一脚前一脚后,像跳舞似的挪动着。他是想嘲笑他的上司吗?也不是。这只不过又是畏惧和自我满足这两种感觉的混合心理,对此,人们毫无办法。否则,下面的事该怎么解释呢,今天布鲁姆费尔德自己就比平常到办公室晚了,在等了很长时间之后——他没有兴趣去查账——,透过那个愚蠢的勤杂工用扫帚在他面前扬起的灰尘,他看见那两个实习生正从小巷里慢慢悠悠走来。他们紧紧搂抱在一起,好像在讲述什么重要的事,而那些事即便和厂里的生意有关,肯定顶多也是一种不合法的关系。越靠近玻璃门,他们的脚步越慢。终于,其中一人握住了门把手,但并不往下压,而是继续讲述着,倾听着,笑着。“给我们的先生们把门打开。”布鲁姆费尔德举起双手冲勤杂工喊道。但是,实习生们走进来后,布鲁姆费尔德却不想跟他们吵架了,他没有回答他们的问候,便走到自己的写字台前。他开始算账,偶尔抬起头来,看看那两个实习生在干什么。其中一个似乎很疲倦,边打哈欠边揉眼睛;他把外套挂到衣钩上时,还利用这个机会在墙上靠了一会儿,在巷子里时他还精神抖擞,但一开始工作他就疲惫不堪。另一个实习生倒是有兴趣工作,但只是对某些工作感兴趣。比如他一直希望能扫地。但是这不是他该干的活儿,扫地是勤杂工的工作;实习生要扫地,本来布鲁姆费尔德也没什么好反对的,就算他扫地,也不会比勤杂工干得更差,但是,如果实习生想扫地,那他就得早来,在勤杂工开始打扫之前来,不许用处理办公室事务的时间来扫地。如果这个小伙子已经不能进行任何理智的思考了,那么那个勤杂工,那个除了在布鲁姆费尔德的科室,不会被老板安排在其他任何部门的,仅仅靠上帝和老板的恩赐活着的半瞎老头儿,他至少会好说话,让这小伙子拿一会儿扫帚,但这小伙子笨手笨脚的,一会儿就会失去对扫地的兴趣,于是就会拿着扫帚去追勤杂工,劝他再去扫地。而事实上,那勤杂工似乎恰恰对扫地特别尽职尽责,能看出来,那小伙子刚一接近他,他就用颤抖的双手把笤帚握得更紧了,他情愿站着不动,以便让所有人都注意到,笤帚是在他手中。那个实习生不是用语言去请求,因为他害怕表面上正在算账的布鲁姆费尔德,而且,一般的语言也没有用,只有大声喊叫,勤杂工才能听见。于是,实习生先是拽勤杂工的衣袖。勤杂工当然知道是怎么回事,他阴沉着脸看着实习生,边摇头边把笤帚往自己身边移,一直移到胸前。实习生又双手合十请求。他当然也不指望能通过请求达到什么目的,他只是觉得这样请求挺好玩,所以才请求。另一个实习生一直观察着这整个过程,边看边轻声地笑，他显然以为布鲁姆费尔德听不见他，尽管他这么以为是令人费解的。请求对勤杂工丝毫不起作用，他转过身，以为现在又可以安全地使用笤帚扫地了。但是，那实习生踮着脚尖在他身边跳来跳去，恳切地搓着双手又到这边来请求他了。勤杂工又转身，实习生又跟着跳，这样重复了好几次。终于，勤杂工觉得四处都被堵住了，他发觉，这样下去，他会比实习生先累的，其实，这一点，他只要稍微用点儿脑子，一开始就该发觉。于是，他就寻求别人的帮助，用手指指着布鲁姆费尔德威胁实习生，要是实习生再纠缠下去，他就去告状。实习生现在看出，他要是想得到笤帚，就得赶紧下手了。于是，他粗暴地伸手去夺笤帚。另一个实习生下意识的尖叫预示了他做出的决定。这一次，勤杂工尽管后退一步，把笤帚往后移了一下，保住了笤帚。但是，实习生不再让步了，他张着嘴，两眼冒光，冲上前来，勤杂工想跑，但他那两条老腿直抖，根本跑不动，实习生抓到了笤帚，尽管他也没抓到手里，但他使笤帚掉到了地上，这就等于勤杂工把笤帚丢了。但是，实习生看来也丢掉了笤帚，因为笤帚掉到地上时，三个人，两个实习生和勤杂工，都一下子惊呆了，因为他们想，布鲁姆费尔德现在肯定什么都看见了。的确，布鲁姆费尔德抬头从观察口看出来，好像他现在才注意到这事，他用严厉、审视的目光打量着每一个人，连掉到地上的笤帚都没放过。也许是沉默的时间太长了，也许是那惹祸的实习生抑制不住自己想扫地的愿望，总之，那实习生弯下腰，当然是极其小心翼翼地拿起笤帚，好像他拿的不是笤帚，而是一只动物，他用笤帚轻掠地面，但是，当布鲁姆费尔德跳起来，从隔间走出来时，他立刻惊恐地扔掉了。“两个人都去干活，不许再胡闹了。”布鲁姆费尔德吼道，一边伸手指着路，让那两个实习生到他们的斜面桌那里去。他们马上就听从了，但不是惭愧地低着头，而是直挺挺地旋转着身子从布鲁姆费尔德身边走过，死死盯着他的眼睛，仿佛想以此来阻止布鲁姆费尔德打他们。然而，凭经验他们完全可以知道，布鲁姆费尔德从来不打人。但是他们过于害怕了，因而没有任何温情，总是试图维护他们那些真实或虚假的权利。

任卫东 译

中国长城建造时

中国长城的最北端已经竣工。修城工程当时是同时从东南和西南方向此地一路伸展过来的，最后连为一体。这种分段修城的方式也体现在东西两路劳动大军的具体施工当中。做法是这样的，大约二十个民工组成一个修城小分队，每一个小分队负责承修约五百米长的一段城墙，相邻的一个小分队则在相对的方向修建一段同样长的城墙。可是在两段城墙合龙之后，不是在这一千米城墙的末端再接着修下去，民工们相反被派往全不相干的地方。这样自然就留下了许多大的缺口，这些缺口只能逐渐地慢慢地填补起来，有些甚至是在整个工程宣告完工以后才补上。而且据说有些缺口根本就没有再被堵塞起来，当然这只是一种说法，很可能属于那类围绕着长城而产生的各种传说，由于长城工程的漫长，这些传说至少对我们每一个人来说是无法用自己的眼睛和标准去证实的。

人们或许一开始就会相信，无论从哪方面看，连成一体的修城方式或者至少在两大主要部分内连成一体来修要有利得多。按一般流行和众所周知的说法，修长城是为了防御北方民族。一个不连贯的长城又怎么能起到防御作用呢？当然不能，一个这样的长城非但不能防御，修城工程本身就处在不断的危险之中。那一段段孤零零立在荒凉地带的城墙会很容易一再遭到游牧民族的破坏，尤其是当时这些游牧民族出于对长城工程的恐惧，以令人不可思议的速度像蝗虫般地改换他们的住地，所以对工程的进度也许比我们这些修墙的人了解得还要清楚。尽管如此长城大概非这样修不可。要想明白这一点，就得考虑下面这一事实：长城应当为今后几百年乃至上千年提供防御，所以最精心的施工、利用所有以往时代和民族的建筑智慧以及修城工人始终怀有的个人责任感,是整个工程必不可少的前提。虽然可以从民间调用一些没有知识的民工来从事一些下等的工作,比如那些愿意为了较好的报酬出来工作的男人、妇女和儿童;然而,仅是指挥四个民工就需要一个有头脑、学过建筑业的人;这个人要能够对整个工程的关键所在心领神会。责任越大,要求也就越高。而这样的人还真找得到,即使没有长城工程本应需要的那么多,数量却也相当可观。

人们不是轻率地就动手修建长城的。工程开始五十年前,那时已决定修墙将整个中国围起来,在全国,建筑艺术,特别是泥瓦匠手艺就被宣布为最重要的科学,而一切其他领域只有在与其有关的情况下才被予以承认。我还很清楚地记得,当我们还是小孩子的时候,连站都还站不稳,我们是如何不得不立在老师的小花园里用小石子堆砌一种墙,而老师又是怎样提起长袍,跑着冲向那墙,当然把那墙全撞翻了,尔后他又是怎样为了我们的墙修得不好而狠狠地责备我们,以至于我们号哭着四散奔去找我们的父母。一件极小的事情,可是却很典型地表现了当时的时代精神。

我很幸运,当我二十岁通过小学毕业考试时,长城工程刚好开始。我说幸运,是因为从前许多人达到了他们所能享受到的最高教育后,多少年学无所用,脑子里幻想着最宏伟的筑城计划,却无所事事,四处闲逛,大批人就此潦倒一生。而那些终于以领队的身份加入修城大军的人,哪怕是最低级别的,也确实是当之无愧。那是些对修城进行过许多思考,而且从不停止思考的泥瓦匠,在让民工把第一块石头埋入土中时,他们就感到同工程融为一体了。当然这些泥瓦匠的动力除了一丝不苟工作的欲望外,还有那盼望有朝一日能看到整个长城完工后的全貌的迫切心情。民工们是没有这种迫不及待的心情的,他们的动力只是工钱。级别高的领队们,就是那些中等级别的领队们,对多方面进展的工程也能够有足够的了解,从而得到精神上的支持。可是对那些级别低、精神上远高于他们表面从事的工作的民工们,则必须采取另外的预防措施。譬如不能让他们在一个远离他们家乡几百里的荒凉山区几个月,乃至几年之久一块接一块地堆砌城砖。这种艰辛的,然而就是劳累一生也无望达到目标的工作会使他们绝望,而且首先是会使他们对所从事的工作变得渐无价值。所以选择了分段修建的方式。五百米城墙大约可以在五年中修成,那时,在一般情况下队长们自然已是精力衰竭了,失去了所有对自己、对长城、对世界的信任。所以当他们还处在欢庆一千米城墙合龙的高昂激情中时,就把他们派往很远很远的地方。旅途中他们不时在这里或那里看到耸起一段段已经完工的城墙,他们经过级别更高的领队们的驻地,接受向他们馈赠的荣誉勋章,他们听到从内地省份涌来的新的劳动大军的欢呼,看到大片森林被砍伐用来做修墙的脚手架,看到一座又一座山被凿成城砖,他们在神圣的宗教场所听到虔诚的信徒咏唱,祈祷长城的完工。经历了这一切,他们的焦躁心情渐渐平息下来。他们在家乡住上一段时间,那里安静的生活使他们恢复了体力。所有修城工人享有的威望,人们聆听他们报告时所表现出来的笃信和恭敬,普通安分的百姓对长城终会完工怀有的信任,所有这一切又绷紧了他们的心灵之弦。于是,像永远希冀着的孩子那样,他们向故乡告别,重新投身全民工程的心情已是急不可待。他们假期未满便提前返回,半个村子的乡亲远远地送他们上路。一路上到处都是人群、彩旗。在这之前他们从未看到过他们的国家是这样的辽阔、富饶、美丽和可爱。每一个同胞都是兄弟,修一道防御的长城就是为了他们,而他们则尽其所有,以自己的全身心终生感谢。统一!统一!胸贴胸,跳起民众的轮舞,热血不再被禁锢在每个人微不足道的躯壳内,而是甜甜地奔流着,却又是反反复复地循环在广阔无垠的中国大地。

也就是说这样来看的话,分段修建方式是可以理解的,不过大概还是有其他的原因。我在这个问题上耽搁这么久也不足为怪,这是整个长城工程的核心问题,虽然乍看起来它似乎无关紧要。如果我想介绍一下那个时代人们的想法和经历,而且又要讲得明白,恰恰是在这个问题上我怎么深究都不为过。

首先我们大概还是得承认,当时人们所付出的努力不逊色于修建巴别塔的时候,然而在敬神方面的表现,至少按一般人的看法,却恰恰与那次建筑时相反。我之所以提到这一点,是因为在长城工程的开始阶段有一位学者写过一本书,书中他很详细地做了这样的比较。他试图证明,巴别塔绝不是由于一般公认的原因而未能竣工,或者至少在这些已知的原因中没有包含最重要的原因。他的证明材料不仅仅有文献和报告,而且他还自称实地做过调查,调查中发现,塔的建造失败在,也必然失败在地基太弱上。在这一方面我们的时代当然要比那早已逝去的时代优越得多。几乎每一个受过教育的人都学过泥瓦匠,在打地基问题上是内行。可是那位学者想说明的并不是这一点,他断言,只有长城才会在人类历史上第一次为一座新的巴别塔创造一个坚实的基础。也就是说先修长城,然后再建塔。这本书当时广为流传,可是我承认,直到今天我还不大明白,他是怎样设想那塔楼的建造的。本身连个圆都不是,而只是一种四分之一或半圆的长城,能成为一座塔楼的基础吗?这恐怕只能是指精神方面。可是那又为什么要修长城呢?它是实实在在的东西,是几十万人劳瘁和生命的结果。为什么要在书中绘出修造塔楼的,当然是模模糊糊的草图,做出那些详细入微的建议,即该怎样在庞大的新工程中把民众的力量汇集到一起呢?

当时——这本书只是一个例子——人们的头

脑十分混乱,或许正是因为这么多人试图为了尽可能达到一个目的而聚集在一起。人的本性是轻率的,天生就像飞扬的灰尘,忍受不了束缚;如果是自己给自己戴上了枷锁,他就会马上开始疯狂地扯动锁链,把城墙、锁链和自己撕碎,抛向四面八方。

有可能这些同修建长城甚至相悖的想法领导层在决定分段修建时也是考虑到了的。我们——我在这里大概是以许多人的名义说——实际上是在揣摩最高层领导的指示时才认识了我们自己,才发现,如果没有领导,我们的学问和见识都不足以使我们胜任我们在整个伟大工程中所承担的渺小的职务。在领导的工作间里——这工作间在哪儿,谁坐在那里,我所问过的人中,过去没有,现在也没有一个人知道——旋转着大概所有人类的思想和愿望,在相反的方向则旋转着所有人类的目标和满足。而透过窗户,神灵世界的光辉返射在领导人正描着图的手上。

所以,对于不囿于成见的旁观者来说不能想象,领导人们若是真心愿意的话,会克服不了修建一座连在一起的长城可能出现的困难。那么就只能得出这样的结论了:领导们是有意决定分段修建的。可是分段修建只是一种应急措施,很不实际。再余下的结论便是:领导们想要的就是一种不实际的东西。奇怪的结论!显然是的,但是这一结论从另一方面看却又有些道理。人们今天可以谈起这些也许不至于冒什么风险。而当时许多人,甚至是最优秀的人的秘密原则是,尽己所能来理解上边的指示,但是只能到一定的程度,然后就得停止思考。一个很明智的原则,这个原则还可以通过一个后来常被人引用的比喻得到进一步的解释:不是因为会对你有害而让你停止思考,而且也完全不能肯定就会对你有害。这里根本谈不上有害还是无害。等待着你的就像那春天的河流。河水涨起来,水面变得越来越宽,更有力地滋养着长长两岸的土地,它保留着自己的本性继续流向海洋,变得同海洋越来越接近,越来越受到海洋的欢迎。——对领导指示的思考就到此为止。——但是随后河水就会漫过堤岸,失去它的轮廓和形状,减缓向下游的流速,并试图违反自身的规律在内陆续形成许多小湖,损坏成片的田野,可是河水却也不能长久地维持着这种泛滥的状况,而是又重新流回堤岸，甚至在接下来的炎热季节可怜地枯竭。——对领导指示的思考不要到这个程度。

这个比喻在修建长城的时候可能非常贴切，可是对我现在的论述它的准确性就很有限了。我所做的不过只是一种历史性的调查；早已消散了的乌云中不再有电闪雷击，所以我可以就分段修建来寻找一个解释，一个要比当时所能令人满意的更进一步的解释。我思维能力的范围已是相当狭窄，而这里要涉及的领域却是漫无边际的。

修长城是为了防御谁呢？是为了防御北方民族。我的家乡在中国的东南部。没有北方民族能在那里威胁我们。我们是从古人的书中了解到有关他们的情况的。读到他们那些由天性所决定的残暴行为，我们会禁不住在自己安静的花园小屋里大声叹息。在艺术家逼真的画卷上我们可以看到那些可诅咒的脸，看到那大张着的嘴、龇露着的长牙，那细眯着的眼睛，好像已在瞟视着猎物，就待用嘴来碾碎撕烂了。如果孩子们不听话，我们就拿出这些画来给他们看，而他们就会马上哭泣着扑向我们的怀抱。可是关于这些北方民族的情况，更多的我们也就不知道了。我们没有见过他们，而且如果我们一直待在村子里，也就会永远见不到他们，就算他们骑着野马径直向我们扑来，追逐我们。——国土无垠，他们到不了我们这里，他们将四处奔逐，直至烟消云散。

情况既然是这样，那我们为什么还要离开家乡，离开那里的河流和桥梁，离开母亲和父亲，离开哭泣着的妻子、需要教导的孩子，到远处的城里去上学，而我们的思想则已飞到了更远的北方的长城呢？为什么呢？去问领导吧。他们了解我们。他们，满怀忧虑，知道我们的情况，知道我们的小本经营，看见我们大家一起坐在低矮的茅屋里，父亲晚上带领家人做的祷告有时令他们满意，有时也会引起他们的反感。如果允许我这样来想我们的领导人的话，那我就得说，我认为我们的领导层早就存在着了，它的产生不是像那些朝廷的高级官员，这些人会在一个清晨美梦的感召下，匆匆忙忙召集开会，匆匆忙忙做出决议，当天晚上就把老百姓从床上敲起来去执行这些决议，哪怕只是为了举行一个灯会来纪念一位昨天向他们显灵的神，而在第二天早上，灯刚一灭，就在一个黑暗的角落里殴打他们。事实是领导层大概是自古以来就有，修长城的决定也是如此。无辜的北方民族以为修城是因了他们的缘故，可敬无辜的皇帝，他以为修城是他的旨意。我们修城的人知道不是这样，可是我们缄口不言。

早在修长城的时候，后来直至今天我几乎只在潜心研究比较民族史——有些问题只有用这种方法才能触及实质——，研究中我发现，我们中国人有着某些机构异常清楚的民间及国家设施，另外有一些又是异常模糊。探究其中的原因，特别是这第二种情况，一向就是我的兴趣所在，现在依然如此，而这些问题也在很大的程度上涉及长城的修建。

无论从哪方面看，帝国制度就属于我们那些最不明确的机构。当然在北京，乃至宫廷官僚当中对这个问题人们多少还是有些明白的，即使这种明白与其说是真的还不如说是表面上的。高等学堂的国家法和历史老师们也声称，对这方面的事情了如指掌，能把这些知识继续传授给学生。学校的级别越低，不言而喻人们对自己知识的怀疑也就越小，围绕着几百年来留传下来的很少几句名言泛滥着山一样高的浅薄和无知，这些至理名言虽然没有失去它们永恒的真实性,然而在这迷雾的包围中也就永远不会被人真正发现。

可是在我看来恰恰是就帝国本身应该问一下老百姓。因为帝国的最后支柱正是他们。这里我当然又是只能谈谈我的家乡。除了土地神以及一年四季为了供奉它们而进行的种种丰富多彩的祭祀仪式外,我们的思想就只围绕着皇帝转。但不是当今的皇上;或者更确切地说,如果我们能认识他或者知道一些有关他的事情的话,我们会想到当今的皇上。我们当然——这是我们心中唯一的好奇——一直在试图打听到任何一些这样的事情,可是,虽然听起来奇怪,却几乎没有可能去了解到什么,从香客那儿打听不到,尽管他们云游四方,在远近的村庄打听不到,向船夫也打听不到,虽然他们不仅在我们家乡的小河上航行,而且也在神圣的大江上来往。我们虽然听到很多事情,可是从中却得不出什么结论。

我们的国家是如此幅员辽阔,没有一个童话故事能涉及它,就是天空也几乎遮不住它,——而北京不过只是一个点,皇宫不过是点中之点。皇帝本人当然又因为是居于世界大厦的顶层而高大。可是那活着的皇帝,像我们一样的人,却跟我们一样躺在一张沙发榻上歇息,这床榻虽然算是相当宽绰,可是毕竟可能还是又窄又短。像我们一样,他有时伸伸懒腰,如果他很累,他就张着那线条柔和的嘴打呵欠。然而我们——在几千里之外的南方——怎么会知道这一切呢,我们住的地方差不多已与西藏高原接壤。另外,就算每一个消息能传到我们这儿,可等到了这里也已是太晚、早就过时了的。皇帝的周围拥满了服饰华丽却内心阴暗的侍臣——侍从和朋友的外衣之下隐藏着恶毒和敌意——,这是些同帝国相抗衡的力量,总是在企图用毒箭把皇帝从权力的天平上射下来。帝国是不朽的,可是每一个皇帝都会陨落、倒台,甚至整个朝代会最终灭亡,会挣扎着咽下最后一口气。这些明争暗斗和痛苦老百姓永远也不会知道,他们就像来迟了的人、像乡下佬一样站在挤满了人的小巷巷尾,静静地嚼着带来的干粮,而在市场中央,在远靠前面的地方,对他们的君主的处决正在进行。

有一个传说很能表达出这一关系。传说皇上给你个人,你这可悲的臣民,你这渺小的、在皇上的阳光照耀下逃到了最远的远方去的影子，恰恰皇上在临终前从他的卧榻上给你下了一道谕旨。他让使者在榻前跪下，好把这旨令悄悄地说给他。这旨令对他来说是如此要紧，以至于他让使者在耳边再重复给他听。他点点头，表示使者所说的是正确的。临死前他当着全体朝臣的面——一切有碍视线的墙壁被拆毁，在宽阔的、高高向上延伸的露天玉阶上帝国的大人物们围成一个圈——当着所有这些人的面他遣走了使者。使者随即就上了路，这是一个强壮的、不知疲倦的人；他一会儿伸出这条胳膊，一会儿伸出另一条胳膊，在人群中为自己开路；遇到了抵抗，他就指指胸前那有着太阳标志的地方；他快步向前，比任何一个人都容易。可是人是这样多；他们的住宅一间接一间，望不到边际。要是敞开一块空地，他将会怎样的健步如飞，而你就会马上听到他的拳头敲打你的门的美妙声音。可是事实正相反，他是多么白费力气，他依旧还在试图挤出最里层皇宫的房舍；他永远也征服不了它们；就算他成功了，也无济于事，他还得挤下台阶；就算他成功了，也无济于事，还得穿过众多的庭院；而出了庭院则是第二层宫阙；

随后又是台阶和庭院；又是一层宫阙；就这样几千年地延续下去；就算他终于冲出了最外面的宫门——然而这永远永远也不会发生——，横亘在他面前的还有整个的京城，这世界的中心，密密麻麻地居住着社会最底层的沉渣。没有一个人能从这儿冲得出去，更不用说还揣着一个死者的旨令。——可是，每当傍晚降临的时候，你却坐在你的窗前，梦想着这个谕旨。

我们的人民正是这样看待皇帝，这样的毫无希望而又充满希望。他们不知道正在当朝的是哪个皇帝，甚至对朝代的名称也存在着怀疑。学校里学生们按前后顺序学习着许多有关这些朝代的知识，但是人们普遍对此感到没把握，以至于连最好的学生都受到了影响。早已死去了的皇帝在我们的各个村庄里被认为还在当朝，而那个仅仅活在歌谣中的皇帝不久前却发来了一道诏书，由牧师在祭坛上宣读。我们最古老历史上的某些战役现在刚刚打响，邻居满脸兴奋地带着这个消息冲进你的家里。皇妃们倚靠在丝枕上，在狡诈侍从的诱惑下忘掉了贵族的礼仪，她们统治欲膨胀，贪婪粗暴，荒淫无度，她们无休止地一再干着坏事。

时间过去得越久，她们的种种恶行在人们的眼里就越显得可怕。终于有一天，当村民们听到一个皇后是如何在几千年以前大口地吮吸她丈夫的血时，才不由得大放悲声。

人民就是这样对待过去的统治者，却把当今的君主们同死人混在一起。假如人的一生中能遇到过那么一次，一个在省里巡视的钦差大臣偶然来到我们的村庄，以执政者的名义提出一些要求，审查税单，在学校里听课，并向牧师询问我们的作为，然后在登轿之前将所有这一切归纳进他的长篇训话，向被赶拢来的村民们宣读。那时大家的脸上便掠过一丝微笑，人们偷偷地相互看看，或者向孩子们俯下身去，为了不让那钦差大臣看见自己。他们在想，他怎么谈到一个死人像在谈一个活人一样，那个皇上不是早就死去了吗，那个朝代也是早就灭亡了的，这位大臣先生在笑话我们，可是我们得装得好像什么都没发现，好别得罪了他。我们真正服从的只有我们眼前的君主，因为若不这样的话，我们就会犯罪。在那钦差大臣匆匆离去的轿子后面，人们随便从一个早已腐烂了的骨灰盒里扶起来的一位，跺跺脚就晋升为一村之主。

与此相似,我们那儿的人在一般情况下也很少受到国家变革、各个时代战争的影响。这里我想起了发生在我青年时代的一件事情。在一个邻近的,可当然还是相当远的省份爆发了一次起义。原因我记不起来了,在这里也不重要,起义的原因那个地方每天都会产生,那是一群好激动的民众。一次,一个途经那个省的乞丐把起义者的一份传单带到了我父亲的家。那天正是一个节日,我们家里坐满了客人,牧师坐在房间的正中央,仔细地看那传单。忽然大家都笑了起来,那一纸传单在喧闹中被撕得粉碎,那个乞丐,当然已得到了丰厚的馈赠,被推搡着赶出门外,大家四散开来,各去安排自己轻松愉快的一天。为什么呢?邻省的方言同我们的区别很大,而这也表现在书面语言的某些形式上,在我们听来就有点古文的味道。牧师还没读完两页,人们的结论就已经下了。老掉牙的东西,早就听说过了,那些痛苦早就不再放在心上了。虽然——我现在回忆起来好像是这样——乞丐的身上明明白白地显示着那可怕的生活,人们却笑着摇摇头,什么也不想再听。在我们那儿人们就是这样情愿忘掉现实。

如果有人想根据这些现象得出结论,我们实际上根本没有皇帝,那他离真情也就不太远了。我必须一再声明:或许没有比我们南方的百姓更忠实于皇帝的了,可是这忠诚没给皇帝带来什么好处。虽然在村口的小柱子上盘踞着一条神龙,有史以来就朝着北京的方向喷吐火焰,表示忠心,可是北京本身对村民们来说要比来生来世还陌生得多。真有那么一个村庄,那里的房屋鳞次栉比,一望无际,比站在我们村里的小山上望得到的还要远,街上昼夜人头攒动吗?对我们来说与其想象一座这样的城市,还不如相信,北京和皇帝是一回事,就像一片云,在阳光下随世纪的更迭静静地浮游。

这类看法的结果则是一种某种程度上的自由和无约束的生活。绝不是放荡不羁,在我众多的旅行中我还几乎从来没见到过像我们家乡那样纯洁的道德风尚。——然而这却是一种不受任何一条当今法律制约的生活,只信服从古代流传下来的训诫和铭文。

我不想一概而论地断言说,在我们省一万个

村庄里,甚至在中国所有五百个省情况都是这样。可是或许我可以根据我就这一题目读过的许多文章及我自己的观察——特别是在修建长城的时候,人这种原材料使敏感的观察者有机会在几乎一切省份人们的心灵中遨游——根据所有这一切我或许可以说,关于皇帝存在着的看法各处同我们家乡的总是有着某种共同的特征。我绝不是认为持有这种看法就是一种美德,正相反。虽然产生这种看法主要应由政府自己负责,它至今都未能在地球上最古老的国家或者是因了别的事情疏忽了就帝国的机构建立起一个明确的体系,从而也能使帝国最遥远的边疆处于其直接的和不间断的控制之下。另一方面这里也存在着人民在想象力和信仰力方面的弱点,他们未能把帝国从北京的梦幻中活生生地、真实地拉到自己臣民的胸前,虽然臣民们梦寐以求的就是哪怕只感觉一次这种接触,沉醉于这一幸福之中。

也就是说这种看法算不上一种美德。然而更为奇特的是,恰恰这一弱点却似乎是统一我们人民最重要的手段之一,是的,如果允许我这样大胆地说的话,这种看法恰恰是我们赖以生存的土壤。

在这一点上详加论述,批评责难,那不是在向我们的良心呼吁,而是要糟糕得多,那是在摇撼我们立足的根基。所以我在调查这个问题时暂时不想再深究下去。

薛思亮 译

一只杂交动物

我养了一只奇怪的动物，半像小猫，半像羔羊。它是我从父亲手里继承来的，然而它可是在我手里才长成这个样子。以前它更多是羔羊而不是小猫，现在二者却不相上下。它长着小猫的脑袋和爪子，大小和身材却像羔羊。那对闪烁而温顺的眼睛，那身柔软而紧绷的毛皮，那一个个既像蹦蹦跳跳又似缓慢爬行的动作，二者平分秋色。在阳光照耀的窗户上，它蜷缩成一团，呼噜呼噜地叫着；而一到草地上，它便发疯似的活蹦乱跳，让人难以捉住；它一见猫就躲开，而看到羔羊就想突袭；月夜里，屋檐是它最喜欢走的道，它却不会喵喵叫，见了老鼠就恶心；它会在鸡舍旁一直埋伏好几个钟头，然而它从来还没有利用过一次谋杀的机会。我喂它甜蜜的牛奶，那是它最可口的食物。它大口大口地吮吸着，牛奶穿过它那食肉动物的牙齿流进肚里。当然喽，它是孩子们十分宠爱的观赏物。每逢星期六上午是观赏的时刻，我就把这小动物抱在怀里，左邻右舍的孩子们都来围着我。这时，他们便会提出各种各样稀奇古怪的问题，叫谁也无法答得上来。我也不去费那份心思，而是知道多少就说多少，一点也不多说。有时候，孩子们会带着小猫来，有一次甚至带来了两只羔羊。然而出乎他们意料的是，它们之间没有出现相互识别的情形；它们用动物的眼睛相安无事地打量着。显而易见，它们相互承认对方的存在是天经地义的事实。

在我的怀抱里，这小动物既不知道什么是害怕，也没有兴趣去扑捉。它偎依在我的怀里，觉得再舒心不过了。哪家养大了它，它就守着那家不舍。这肯定不是随便一种非凡的忠诚，而是一个动物真正的天性。它在这地球上虽说有无数的亲缘，但也许找不到一个亲近的血亲，因此，它在我们这里找到的庇护对它来说便是神圣的。有时候，见它围着我嗅来嗅去，一点儿也离不开我的样子，我就不由得笑起来。可它并不满足于当小猫和羔羊，几乎还想当狗。因此，我当真也相信有相似的地方。它的心里存在着两种不安，有小猫的不安，有羔羊的不安，二者是那样的迥然不同。所以，它觉得自己的皮绷得太紧了。对动物来说，也许屠夫的刀是一种解救，但作为一个遗产，我肯定不同意这样来解救它。

韩瑞祥 译

一条狗的研究

我的生活发生了怎样的变化啊,可从根本上看又没什么变化!现在回首往事,怀想我还生活在狗类中的时光,那时我忧他们之所忧,是他们中的一员,现在细细观察却发现,这从一开始就有些不对头,就有一个小小的断痕,当我置身于最可尊敬的狗民族的活动中时,总有些不自在,有时甚至在很熟悉的圈子里,不,不是有时,而是经常,我只要看见一位可爱的狗同胞,仅仅是看见,只要发现他有什么新鲜之处,就觉得难堪、惊骇、手足无措,甚至感到绝望。我做了一些努力来宽慰自己,听我吐露过这心事的朋友们也帮助我,于是岁月过得安宁些了。——其中虽然不乏意外,但我较从容地面对他们,较从容地将之纳入生活,他们可能使我感到忧伤疲惫,另一方面却使我挺了过来,表明我有些冷漠、拘谨、胆怯、精打细算,总体上看却是条不折不扣的狗。假若没有这些休养间隙,我怎么可能活到这把年纪,安享天年?我怎么可能最终达到这种安宁,以这种平静的态度观察我年轻时的恐惧并承受我年老时的恐惧?我怎么可能从我自己所承认的不幸或者——说得谨慎些——不很幸运的天性中得出结论,并几乎完全依据这些结论生活?我离群索居,形影相吊,只从事我的毫无希望却不可或缺的小研究,我就这样生活着,但并没有因为相距遥远而失去对本民族的宏观把握,经常有消息传到我这儿来,我也时不时地让他们听到我的消息。大家对我很尊敬,不理解我的生活方式,却并不介意,就连我偶尔看见的远远跑过的小狗们也毕恭毕敬地向我问好,他们是新的一代,我一点儿也想不起他们小时候的样子。可别忘了,我虽然有种种怪异之处,却并没有完全脱离狗类。我细加琢磨——我有时间、兴致和能力这样做——,发现狗类真奇妙。除了我们狗之外,周围还有多种多样的生物,可怜的、微小的、闷声不响的、只会叫几声的生物，我们中有许多狗研究他们，给他们命了名，试图帮助他们、优化他们等等。我对他们则漠不关心，只要他们不试图打搅我，我分不清他们，看也不看他们一眼。有一点却很显眼，就连我也注意到了：与我们狗类相比，他们太不团结了，彼此形同陌路，既没有高级也没有低级利益将他们联系起来，任何利益反倒使他们互相之间比在通常的平静状态更疏远。我们狗类则相反！可以说，我们确实全都抱成一团，不管岁月所造成的无数深刻差异使我们之间怎样千差万别。全都抱成一团！我们都往一处挤，什么也阻止不了，我们的所有法律和机构，不管是我还记得的少数几个，还是我已忘记的无数个，都源于我们所能达到的这一最高幸福、这种温暖的聚集一处。这却有其对立面。据我所知，没有任何生物像我们狗一样生活得如此分散，没有任何生物在等级、种类和职业上有如此众多、不可胜数的差别，我们想抱成一团——不管怎样，激情澎湃时我们屡次达到了这种状态——却偏偏生活得遥遥相隔，我们各自所从事的职业就连比邻而居的同胞也常常无法理解，我们所恪守的规章并非狗类的规章，甚至与之相悖。这是多么麻烦的情形，大家宁愿避而不谈——我也理解这种观点，甚于理解我自己的观点——可我已完全沉迷其中了。我为什么不像别的狗一样，与民族和谐共处，对有损和谐的事悄然接纳，视之为大计算中的小错而忽略不计，始终着眼于将我们幸福地联系在一起的事，而不是不可阻挡地把我们拽出民族圈的事？我想起了少年时的一件事，我当时处于那种莫名而飘飘然的兴奋状态，大家小时候恐怕都经历过这种激动，任何事我都喜欢，任何事都与我有关，我觉得身边正发生着大事，我是这些事的指挥者，必须为之摇旗呐喊，我若不为之奔走，不为之晃动身躯，他们必定会可怜巴巴地匍匐在地，哎，这些孩子的幻想随着岁月的流逝而烟消云散，当时却十分强烈，把我完全迷住了，当然也确有非同寻常的事发生，似乎印证了这种疯狂的期待。其实事情本身并无异常之处，类似的，甚至比这更奇怪的事我后来屡见不鲜，当时却对我触动很大，给我留下了头一个深刻、不可磨灭、对许多接踵而来的事具有指导意义的印象。我当时遇到一小群狗，说得确切些，不是我遇到他们，而是他们朝我走来。我当时在黑暗中跑了许久，怀着对大事的预感——这种预感当然很容易落空，因为我老有这种预感——我在晦暗中漫无目的地跑了许久，完全被朦胧的渴求所驱使，我突然停住脚步，觉得就是在这儿，抬头一看，天已大亮，只是有些雾蒙蒙的，我乱吠几声问候清晨，就在这时——仿佛是我的叫声召来的——随着一阵可怕的喧闹声，不知从哪个黑暗之处走出来七条狗。若不是我已看清他们是狗，已听出是他们发出了这喧闹声——尽管我并不知道他们是怎样发出这声音的——肯定撒腿就跑了。于是，我待着没动。我当时对狗类所特有的音乐天赋还几乎一无所知，我的观察力尚处于萌芽阶段，没有注意到这一点，大家只是试图对我暗示过，因此对我来说，这七位伟大的音乐艺术家的出现更为意外，简直惊心动魄。他们不说，不唱，全都像是憋足了劲保持沉默，却从这空荡荡的地方幻化出了音乐。一切都是音乐，他们的抬脚落脚，头部的某些转动，他们的奔跑与止步，他们相互间摆出的姿势，他们轮舞般的相互交错，一位把前爪搭在另一位的背上，所有七位依次这样做，第一位就肩负着所有其他各位的重量；或者他们伏地而行的身体交相缠绕，他们从不会出错，就连最后一位也不会，尽管他还有些拿不准，不是总能马上跟上其他几位，旋律响起时有时有些摇晃，这也只是相对于另几位高超的万无一失而言，即便他很拿不准，甚至一点儿也拿不准，也于事无损，因为另几位大师牢牢地掌握着节奏。然而我几乎看不见他们，看不见他们中的任何一位。他们走了出来，我打心眼里把他们当作同胞来问候，尽管伴随他们而来的喧闹声把我弄糊涂了，但他们确实是狗，和你我一样的狗，我习惯性地观察他们，就像观察路上碰到的狗，想接近他们，与他们互致问候，他们也的确近在咫尺。他们虽然比我年长许多，不是像我这种毛茸茸的长毛狗，但对他们的个子和体形我倒也不很陌生，甚至相当熟悉，我见过不少这种或类似的狗。但是，当我还这样左思右想时，音乐愈来愈势不可挡，紧紧抓住了我，把我从这些实实在在的小狗身边拽开，我不情愿地拼命反抗，号叫，仿佛疼痛难忍，却无可奈何，只能沉浸在音乐里，音乐从四面八方铺天盖地般涌来，把听众置于中心，向他倾泻，向他压来，将他压垮之后，还从那已远得不大听得见的地方传来号角声。

我重新获释，因为我已被彻底击垮，精疲力竭，虚弱不堪，什么也听不了，我重新获释，看这七条小狗的列队表演，看他们蹦跳，不管他们看上去怎样不乐意，我还是想跟他们搭话，向他们请教，问他们究竟在这儿做什么——我是个孩子，以为任何时候都可以向任何一条狗发问——但我刚要开口，刚要感觉到与这七位之间亲密美好的同胞关系，他们的音乐又响了起来，使我不知不觉地兜着圈子，仿佛我自己也是乐师之一，而我其实不过是他们的牺牲品，不论我怎样求饶，音乐还是把我抛来甩去，终于将我推进一团乱糟糟的树丛中，使我摆脱了它的淫威。我这才注意到，这一带遍布着这种树丛，我此时身陷其中，耷拉着脑袋，虽然那边空地上音乐还震天响，我毕竟有了片刻的喘息之机。说真的，使我感到惊异的，不仅是他们的艺术——这种艺术是我无法理解也无法推想的，它完全超出了我的能力——更是他们的勇气，他们敢于堂而皇之地摆出自己的创作，还有他们的力量，他们能泰然承受自己的创作而不被它压垮。当然，当我这时从藏身之处更仔细地观察一番，却发现他们的表演与其说是泰然，不如说是极度紧张。乍一看,他们的腿运动得十分稳健,其实每走一步都不住地颤抖着,战战兢兢地抽搐着,他们用近乎绝望的目光彼此呆望着,一再被收回嘴里的舌头旋即又耷拉出来了。使他们如此紧张不安的,不可能是对成败的担心;谁要是敢于这样做并且做到了,就没什么可担心的,究竟还有什么可担心的呢?到底谁在强迫他们现在这样做?我再也忍不住了,尤其因为我不知怎的觉得他们这时需要帮助,于是我不顾所有的喧闹声,大声质问他们。他们却——不可思议!不可思议!——不回答,仿佛我根本不存在,而狗对同胞的问题置之不理,这是与良好风俗相悖的行径,不管是在什么情况下,无论是最小的还是最大的狗这样做,都不会得到原谅的。难道他们不是狗?但他们怎么可能不是狗呢?我更仔细地倾听,甚至听到了他们在轻声呼喊,以此相互加油,提醒注意困难,告诫别犯错误,这些话大多是针对最后那条小狗的,我看见他不时地瞟我几眼,似乎很想回答我的问题,却又竭力忍住,因为回答是不允许的。然而为什么不允许呢?我们的法律一贯要求无条件做到的事,这次为什么不允许呢?我怒火中烧,几乎忘记了音乐,这些狗触犯了法律。不管他们是多么了不起的魔术师,也必须遵守法律,这是我这个小孩也很清楚的道理。从树林里望出去,我看到了更多。假如他们是出于负罪感而沉默,那他们确实应该沉默。我之前完全沉溺在音乐中,一直没注意他们的表演,这些可怜的家伙全然不顾羞耻,做出了最可笑而且最不正经的举动,用后腿直立行走。呸,见鬼去吧!他们赤裸裸的,还炫耀自己的裸体;他们对此洋洋自得,一旦某一刹那在良好的天性驱使下放下前腿,就大为惊骇,仿佛犯了错,仿佛天性是个错误,他们立刻抬起前腿,目光似乎在请求原谅,原谅他们暂时中断造孽。世界颠倒了吗?到底是怎么回事?虑及自身的处境,我不能再犹豫了,我从团团围住我的灌木丛里一跃而起,朝那些狗跑去。我这个小学生必须当老师了,必须让他们明白自己在干什么,必须阻止他们继续造孽。"这些老狗!这些老狗!"我不停地说着。但我刚刚离开树丛,离他们只有两三跳远时,喧闹声又把我制服了。我原本可能甚至挡住这我已熟悉的喧闹声,它虽然充盈在天地之间,很可怕,也许却是可被战胜的。然而,穿过这铺天盖地的喧闹声,从远方传来一种清晰、严厉、均衡、一成不变的声音,或许是这喧闹声中的真正旋律,它迫使我屈服。哎,这些狗的音乐多么令我着迷！我无能为力,再也不想教训他们了,随他们叉开双腿造孽,随他们诱惑别的狗犯下静观的罪孽吧！我是条微不足道的小狗,谁能要求我承担如此艰巨的任务呢？我哀鸣着,使自己显得更微不足道,倘若他们这时征求我的意见,我也许会说他们做得对,不一会儿他们就带着所有的喧闹声和光亮重新消失在黑暗中了。

我刚才已说过,整个事件并无奇特之处,在漫长的生命历程中,谁都会遇到一些事,如果把这些事孤立起来并从孩子的眼光来看,更会觉得不可思议。另外,像对所有事一样,大家当然可以把这件事"说走样"——这个词切中要害——,说成这样的:七位音乐家聚在一起,想在静谧的清晨演奏音乐,一条小狗瞎闯进来,他们试图用特别可怕和庄严的音乐赶走这名讨厌的听众,却是枉然。他用一个又一个问题打扰他们,音乐家们对这位不速之客的出现就已很厌烦了,难道还应当烦上加烦回答他的问题吗？尽管法律规定对每条狗都应有问必答，但这条瞎闯进来的小不点儿也算是一条值得认真对待的狗吗？而且，他提问时口齿不清，相当费解，他们可能根本就没听懂。也可能他们听懂了他的问题，并克制自己做了回答，但这个小不点儿，这个音盲，无法将他们的回答从音乐声中分辨出来。至于后腿嘛，或许他们那天确实破天荒地只用后腿行走。这是罪孽，没错！但他们私下聚会，又是朋友关系，就像在自己家里一样，就像独处一样，因为朋友并非公众，既然没有公众，一条四处乱跑的好奇的小狗也算不上公众，这不就跟什么事也没发生一样吗？并非完全如此，却也差不多。另外，做父母的应当教育孩子少在外面乱跑，遇到这种事最好保持沉默，尊敬长辈。

如果到这个地步，这件事也就解决了。当然，在大狗们看来已解决的事，对小狗来说还没有。我四处奔走，讲述，询问，控诉，研究，遇到一条狗就想把他带到事发地点，指给他看我当时站在哪儿，那七位又在什么位置，他们是怎样跳舞奏乐的，如果有谁跟我过来，我为了描述清楚，兴许会不惜牺牲我的纯洁，也试着用后腿直立行走，但他们无一例外地甩掉我，嘲笑我。大家虽然对孩子所做的一切都看不惯,最终却会原谅他。而我一直这样天真未泯,就这样步入了老年。对这件事,我现在当然已不觉得那么了不得了,那时我没完没了地高声谈论,分析它的各部分,衡量当事者,丝毫不顾及我所处的社会,一天到晚就忙这事,我对它的厌烦程度丝毫不亚于其他同胞,但正因如此,我——这便是区别所在——试图通过研究弄个水落石出,以便有朝一日又能把目光转向普通、宁静、幸福的日常生活。那以后,尽管工作方式少了些孩子气——不过区别并不很大——我始终像当时那样工作,到现在仍然如此。

事情是从那场音乐会开始的。对此我并无怨言,我的天性在此起了作用,即使没有那场音乐会,它肯定也会找到另一个突破之机的。只不过事情来得太快了,这时常令我感到遗憾,因为它夺走了我的大部分童年时光,小狗的幸福生活,有些同胞能使之持续数年之久,我却只有短短几个月。这倒也罢了!世上还有比童年更重要的东西。说不定我在老年时——这是艰辛生活的结果——会迎来更多的童年幸福,并且我有力量承受这种幸福,而一个真正的儿童则缺少这种承受力。

我那时是从最简单的东西开始我的研究的，材料并不匮乏，可惜，材料的浩繁使我上下求索时陷入了绝望。我首先研究狗类以什么为食。大家会说，这当然不是一个简单的问题。从远古时代起，我们一直在研究它，它是我们思考的主要对象，我们在这一领域所做的观察、试验以及所持的观点，可谓不计其数，它成了一门科学，其规模之宏大，不仅超出了个体的理解力，而且超出了全体学者的理解力之总和，最终只能由整个狗类来承担，即便整个狗类也承担得唉声叹气，不能完全胜任；这笔早已被占据的古老财富里不断出现纰漏，狗类不得不吃力地修修补补，至于新研究所面临的困难以及难以具备的前提条件，就更不用提了。大家无需以此来反对我的研究，这一切我都知道，和任何一条正常的狗一样。我无意涉足真正的科学，我对它怀着应有的尊敬，却缺乏为之添砖加瓦所需的学识、勤奋、安宁和胃口，后者最近几年尤其缺乏。我找到食物就一口吃进肚子里，没觉得吃之前值得做一些有条理的农业观察。在这方面，我认为掌握一切科学的精髓就够了，就像母亲让孩子断奶走入生活时所说的小规则："尽你所能,把一切弄湿。"一切不都尽在其中了吗? 从我们的远祖就已开始的研究,对此做过什么举足轻重的补充呢? 细节,细节,这一切多么靠不住! 而只要我们仍然是狗,这个规则就颠扑不破。它涉及我们的主食;诚然,我们还有别的辅助食物,但在危急关头以及年景不太糟时,我们可以以主食为生,我们在土地上觅食,土地则需要我们的水,它以此为生,只有我们付出这一代价,土地才给予我们食物,还有一点不可忘记,我们可以通过某些咒语、歌唱和动作来加速食物的出现。我认为这就是全部了,从这方面对这个问题没有什么根本性的东西可说了。在这一点上,我与大多数狗看法一致,任何与此相左的异端邪说,我都严加排斥。说实在的,我并不想独树一帜或强词夺理,能与同胞们看法一致,我深感欣慰,在这个问题上就是这样的。但我自己的研究走的是另外一条路。从现象可以看出,如果按科学规则来浇灌和耕作土地,土地就能提供食物,并且在质量、数量、方式、地点和时间上符合那些完全或部分由科学所确定的法则。这一点我承认,但我要问的是:"土地从哪儿得来这些食物?"对这个问题,大家往往佯装听不懂，顶多回答一句："你要是不够吃，我们可以分给你一些。"这个回答值得注意。我知道：把到手的食物分给同胞，这并非我们狗类的美德。生活艰难，土地贫瘠，科学中充满了丰富的认识，却缺乏实际成果；谁有食物，就留着自己享用；这并非自私，恰恰相反，这是狗类的法则，是民众的一致决定，它源于对私欲的克服，因为拥有食物者总是少数。所以，"你要是不够吃，我们可以分给你一些"这个回答是句口头禅，一句玩笑话、打趣话。我没有忘记这一点。对我来说意义更为重大的是，当我满世界询问时，大家并没有跟我开玩笑；尽管他们总是没东西给我吃，——话说回来，他们上哪儿去弄食物呢？即使他们恰好有可吃的，自然因为饥肠辘辘而顾不上考虑同胞了，但他们说这话是真心诚意的，我要是抢得快，有时还真能得到点小东西。他们为什么对我这样特别，这样爱护我、优待我呢？难道是因为我瘦骨嶙峋，营养不良，很少为食物操心？但营养不良的狗到处都是，他们哪怕有一丁点可怜的食物，也会被从嘴边抢走，这并非出于贪婪，而往往是出于原则。不，他们是在优待我，我虽然难以举出实例，却有这种确凿的印象。这么说是因为我的问题？是因为我的问题使他们感到高兴，他们认为我的问题特别聪明？不，他们并不高兴，认为一切问题都是愚蠢的。尽管如此，引起他们注意我，只可能是我的问题。似乎他们宁愿做出难以置信的事，拿食物堵住我的嘴——他们没有这样做，但他们有这种意图——也不愿忍受我的问题。不过如果真是这样，他们尽可以把我赶走，禁止我提问题，这岂不更省事。不，他们不想这样做，虽然不愿听见我的问题，却也恰恰因为我的这些问题而不想把我赶走。尽管他们对我百般嘲弄，把我当作一头愚蠢的小动物来对待，将我推来搡去，那段时间却是我声望鼎盛之时，之后再也没有出现类似情形，那时我可以到处随意出入，不受任何阻拦，他们表面上对我很粗暴，其实是在对我溜须拍马。而这一切都只是因为我的问题，我的急躁和我的研究欲。他们是不是想以此麻痹我，不用动武，以近乎慈爱的方式使我迷途知返，而他们又不能完全确信我走的是歧路，因此不敢使用暴力，而且，一定的尊敬和畏惧也阻止他们这样做。我那时已有这种感觉，现在则是一清二楚，比那时这样对待我的狗更清楚，不错，他们想把我从我的道路上引开。他们没有成功，结果适得其反，我的注意力更集中了。我甚至发现，是我想引诱他们，而且我的引诱在某种程度上还真取得了成功。多亏狗类的帮助，我才开始明白我自己的问题。比如，当我问“土地从哪儿取得食物”时，我是在——看起来可能是这样的——关心土地吗？关心土地的烦忧吗？根本不是。我很快就认识到，土地与我毫不相干，我关心的只是狗，别的什么也不关心。因为除了狗还有什么呢？在这茫茫无边的世界上，除了狗我还能呼唤谁呢？一切知识，所有问题和答案的总和，都蕴含在狗之中。倘若能使这些知识产生效用，将其展示出来，倘若他们所知道的并不比他们承认并对自己承认的多得多，那该有多好！就连最健谈的狗也比美味佳肴通常所在之处更难接近。他们围着别的狗转悠，欲火中烧，用尾巴打着自己的身子，询问，请求，号叫，撕咬，得到的却是不费吹灰之力就能得到的：深情的聆听，友好的触摸，毕恭毕敬的嗅闻，热烈的拥抱，我的号叫与你的号叫混成一片，一切都是为了在迷醉中找到忘却，然而最想得到的还是得不到：承认知识。无论这个请求是无声还是大声提出来的，如果诱惑已达极限，它所得到的回答充其量不过是麻木的表情、乜斜的目光、低垂无神的眼睛。这跟我小时候呼唤那些音乐狗，他们却沉默不语的情形差不多。可能大家会说："你责怪你的同胞，责怪他们在关键问题上保持沉默，你声称，他们知道的比他们承认的多，比他们想运用到生活中的多，他们的缄默——对其原因和秘密，他们当然也保持缄默——毒化了生活，让你无法忍受，你要么改变要么放弃这种生活，你说的可能也对，但你自己也是条狗，同样拥有狗的知识，那你就说出来吧，不仅以提问方式，还要做出回答。你要是把它说出来，谁会阻拦你？众狗会齐声附和，仿佛他们期待已久。这样你不就得到了真理、明确性、承认？想要多少就有多少。你所深恶痛绝的这种低贱悲惨生活的屋顶就会敞开，我们所有的狗都将一条接一条升上自由的天空。即使这最后一点没能实现，即使情况比先前更糟，即使全部真理比部分真理更不堪忍受，即使事实证明，沉默者作为生活的维护者做得对，即使我们现存的一线希望将变成彻底的绝望，试试把话说出来还是值得的，既然你不愿过这种你可以过的生活。总之,你为什么指责别的狗沉默不语,自己却保持缄默呢?”回答很简单:因为我是狗。我在本质上与别的狗一模一样,也三缄其口,抗拒自己的问题,由于恐惧而态度生硬。我向狗类提问——确切地说,至少从成年时起——难道是为了得到回答吗?我会存有如此愚蠢的希望吗?难道我一边目睹着我们生活的根基,感觉到根基之深厚,看见劳动者在建造,在忙着晦暗不明的活儿,一边仍希冀这一切随着我的问题而被终止、毁灭、摈弃吗?不,我确实不再这样希冀了。我的问题只会让我自己忙个不停,我想用沉默这个我从周围得到的唯一回答给自己以鼓劲。倘若你的研究使你越来越清楚地意识到,狗类缄默并将永远缄默,你将忍受多长时间呢?你将忍受多长时间,这就是我的超越于所有个别问题之上的真正的生命之问;它只是对我自己提出的,不烦扰任何别的狗。可惜,对此我回答起来比个别问题更容易:我将忍受到我寿终正寝之日,老年的安宁会越来越抗拒不安宁的问题。我大概会在沉默的包围中沉默安详地死去,我会从容地面对死亡。仿佛是命运的恶意安排,我们狗类天生就有一颗强壮的心脏，一对不过早衰竭的肺，我们抗拒一切问题，包括我们自己的问题，沉默的堡垒就是我们自己。

最近一段时间，我越来越频繁地思考我的生活，试图找出我可能犯下的那个贻害无穷的关键错误，却又找不到。我一定犯过这样的错误，因为倘若我没犯过这种错误，我这长长一生的辛勤工作还是没能使我得到我所想得到的，那就说明我想要的东西是可望而不可即的，结果就会导致彻底的绝望。看看你毕生的事业吧！最初是研究“土地从哪儿为我们取得食物”这一问题。一条年轻的狗，心底里自然十分渴望享受生活，却放弃一切享受，避开所有娱乐，遇到诱惑就把头埋在两腿之间，一心扑在工作上。我的工作无论就学识、方法还是意图而言，都不是学者的工作。这大概就是错误所在，但这不可能起过关键作用。我学识浅薄，因为我早早就离开了母亲，很快就习惯了自立，过着独立的生活，而过早的自立是不利于系统地学习的。可我耳闻目睹了不少，与各种各样、各行各业的狗交谈过，自以为对所有事的悟性还不算差，能把个别观察有机地联系起来，稍稍弥补了学识的欠缺。另外,独立性虽然不利于学习,对独自的研究却大有裨益;它对我来说尤为重要,因为我没有研究科学的正规方法可遵循,既利用前辈的成果并与当代的研究者取得联系。我自力更生,白手起家,时刻意识到,有一天我将偶然画上的句号必定是最终的句号,这种意识在年轻时使我振奋,到了老年却令我沮丧。我真的这样单枪匹马地在从事我的研究吗?现在和以往一直如此?既是又不是。无论过去还是现在,偶尔总有个别的狗处于我的境地,不可能不是这样的。我的境况还不至于糟到这种地步。我丝毫没有脱离狗的天性。每条狗都和我一样爱提问,我和每条狗一样爱沉默。每条狗都爱提问。否则我的问题不会引起一丝涟漪的。目睹我所引起的震动,我常常感到迷醉和飘飘然的喜悦。至于我爱沉默,可惜这一点无需特别的证明。我与任何别的狗本质上并无二致,因此,不管我们之间有多少意见分歧,存在着多深的反感,大家其实都会承认我,我对他们各位也会如此。我们的不同只是因为元素的混合千差万别,这对个体来说是重大区别,对整个狗类而言则无关紧要。如果这些始终存在的元素的混合从古至今从未产生过与我相似的情形，而且我的混合堪称不幸，这样一来不就更不幸了吗？这似乎与所有别的经验相悖。我们狗所从事的职业千奇百怪，要不是消息极为可靠，谁也不会相信的。说到这儿，我最喜欢举的例子就是空狗。当我第一次听说有这样的狗时，不禁哈哈大笑，怎么也不肯相信。这是什么样的狗呢？据说这种狗个子极小，比我的脑袋大不了多少，到了老年也不会变大，他自然身体虚弱，看上去像造出来的玩意儿，发育不完全，皮毛梳理得过分精细，像样地跳一下也不会，据说他通常在高空活动，却并不从事看得见的劳动，而是安歇。不，要让我相信这种无稽之谈，我觉得简直是在滥用小狗的天真烂漫。然而没多久，我又从别处听到了有关另一条空狗的传闻。莫非大家串通好了来捉弄我？可我接着就碰见了那些音乐狗，从此我便相信，一切都是可能的，我的理解力不再受任何偏见的局囿，再荒诞的谣言我也竖起耳朵听，穷追不舍，我觉得在这荒诞的生活中，最荒诞的事比最有意义的事更有可能发生，并且对我的研究特别有启发。空狗也是如此。我听到了许多有关他们的传闻，虽然至今未能亲眼见到一条,但对他们的存在我早已深信不疑,他们在我对世界的想象中占有重要位置。就像在大多数情况下一样,这里最引我深思的当然也不是艺术。谁也不能否认,这些狗能飘浮在空中,这真是不可思议,我和狗类一样对此惊讶不已。但我觉得更不可思议的是这种存在物的荒诞,缄默的荒诞。总体上大家并没有探究这种荒诞,他们飘浮在空中,仅此而已,生活一如既往地按其规律继续,大家偶尔说起艺术和艺术家,仅此而已。可是天性善良的狗类,这些狗为什么只飘浮在空中?他们的职业有什么意义呢?为什么得不到对他们的任何解释?他们为什么飘浮在空中,让四条腿——这是狗类的骄傲——萎缩?他们为什么脱离滋养他们的土地,不劳而获,据说甚至靠狗类养着,吃得特别好?我深感荣幸的是,我的问题引起了一些反应。大家开始论证,开始收集理由,他们开始做了,仅此而已。不管怎样,毕竟有所行动了。他们虽然没有揭示出真理——这是永远不可能达到的——却揭示了谎言的某些深刻根基。我们生活中的所有荒诞现象,尤其是最荒诞的现象,均可得到解释。当然不是全部——

这是天大的笑话——却也足以应付难堪的问题了。不妨再举空狗为例。他们并不像大家起初可能认为的那样高傲,反倒特别依赖同胞,只要设身处地地想想他们的处境,就会明白这一点。他们不能坦言——这会违反缄默义务——就不得不以某种别的方式为自己的生活方式寻求谅解,或者至少分散大家对这种生活方式的注意,使之被忘却,据说他们的做法是使大家难以忍受的喋喋不休。他们滔滔不绝,一会儿大谈自己的哲学思考——由于完全放弃了体力劳动,他们得以持续不断地从事哲学思考——一会儿大谈他们在高空的观察所得。尽管他们的智力不很出众——这是游手好闲的生活的必然结果——而且他们的哲学和他们的观察一样毫无价值,对于科学毫无可取之处,况且科学并不依赖这点可怜的帮助,尽管如此,你若问起空狗究竟是干什么的,得到的回答总是:他们在为科学做出巨大贡献。你若再说一句:“不错,但他们的贡献毫无价值,很讨厌。”得到的回答就是耸肩、转移话题、满脸愠怒或哈哈一笑,你若过会儿再问,回答仍然是他们在为科学做贡献,最后当你自己被问到时,稍不留神也会给出同样的回答。或许还是少些固执、多些让步为好，既然不承认业已存在的空狗的生存权——承认是不可能的——姑且容忍他们吧。但不能提出更高的要求，否则就太过分了。然而大家还不肯罢休，要求容忍不断涌现的新空狗。大家根本不清楚这些狗来自何方。他们是通过繁殖来增加成员的吗？难道他们还有繁殖的能力？他们不过是张漂亮的毛皮，怎么可能繁殖呢？纵然不可能的事也可能发生，这是在什么时候发生的呢？大家总是看见他们独自待在空中，怡然自得，即使偶尔下到地面，也只是短短一会儿时间，装模作样地跑几步，他们总是独来独往，沉浸在思索——他们自称竭尽全力也无法摆脱——之中。然而如果他们不繁殖，会有狗甘愿放弃平地上的生活，甘愿变成空狗，牺牲舒适和某种技能，选择空中垫子上的那种荒凉生活吗？这是不可想象的，无论繁殖还是自愿加入都是不可想象的。而明摆着的事实是，新的空狗层出不穷；由此可见：即使存在着我们理智所认为无法逾越的障碍，一种业已存在的狗，不管他有多古怪，都不会灭绝，至少不会轻易灭绝，至少在任何一类狗中都不乏长期成功地对抗灭绝的因素。既然像空狗这样古怪、荒诞、奇形怪状、缺乏生活能力的狗类尚且如此，我这类狗不也应这样吗？何况我长得一点儿也不古怪，一副普普通通的样子，至少在这一带很常见，既无特别出众之处，也无特别可鄙之处，在我的青少年时期以及壮年的某些时期，我只要修修边幅，多活动活动，甚至称得上一条相当漂亮的狗呢，特别是我的正面形象备受赞赏，修长的腿、优美的头部姿态，就连我那身灰白黄三色相间、顶端微微卷曲的皮毛也很受喜爱，这一切并不古怪，古怪的只是我的性格，不过它也扎根于狗类的普遍性格，这是不容忽视的。既然空狗都不是独一无二的，在狗的大千世界中时不时地找得到这种狗，他们甚至无中生有地不断产生新的后代，那我也可以坚信，我不是孤孤单单的。当然，我的同类一定有着特殊的命运，仅仅因为我几乎认不出他们，他们的生存永远不可能助我一臂之力。我们是被沉默压得喘不过气来的狗，出于对空气的渴望，我们想打破沉默，别的狗却似乎对他们的沉默感到很满意。即便这只是表面现象，就像那些音乐狗，他们看上去是在镇定自若地奏乐，其实心里紧张不安，但这种表面印象十分强烈,我试图克服它,它则对一切攻击加以嘲讽。那我的同类是怎样自救的呢?他们为了生活做着怎样的努力呢?做法可能各种各样,我年轻时就一直以我的问题在做努力。或许我可以看准那些频频提问者,将他们认定为我的同类。有一阵子,我确实克制自己努力这样做了,之所以克制自己,因为我最关心的是那些应当回答问题者,而那些老用问题——我大多答不上来——来烦我的提问者是我所讨厌的。再说了,谁年轻时不爱提问题呀,我该如何从众多提问者中找出同类呢?所有问题听起来都差不多,关键在于其意图,而意图总是深藏不露的,往往连提问者自己都不清楚。说穿了,提问是狗类的一大特征,众狗七嘴八舌地都在提问,似乎这样就抹去了真正的提问者的蛛丝马迹。不,在提问者、年轻的狗中,我找不到同类,而在沉默者、年老的狗中——我现在也属此列了——我同样找不到。那我的问题还有什么用呢?我的问题以失败而告终。我的同类大概比我聪明得多,采取了截然不同的手段来忍受这种生活,这些手段——我按亲身体会补充一句——在危急时刻对他们可能有所帮助,起到镇定、麻醉、变异的作用，但总的来说，这些手段同我的一样无济于事，因为我四处观望，也没有看到一点成效。我担心，要认出我的同类，从其他任何方面倒比从成效上更容易些。我的同类究竟在哪儿呢？是的，这的确是我的悲哀。他们在哪儿呢？无所不在，无处可寻。也许那位与我只有三步之遥的邻居就是，我们经常互相打招呼，他有时还来拜访我，我却没去过他那儿。他是我的同类吗？不知道，从他身上我看不出这种迹象，但可能性是存在的。然而没有比这更不可能的事了；当他在远处时，我可以尽想象力之所能，在他身上找出某些惺惺相惜之处，一旦他站在我面前，我的所有臆造就显得十分可笑了。他是一条老狗，个子比中等身材的我还小，棕色短毛，无精打采地耷拉着脑袋，步子拖拖拉拉，左后腿因有疾患而一瘸一拐的。我已很久没有跟谁走得这么近了，我很高兴自己还能勉强忍受他，每当他离开时，我就在他身后对他大声说些最友好的话，当然不是出于爱，而是在生自己的气，因为当我目送他走远时，看他拖着那条病腿、吊着屁股蹒跚离去，又只会觉得他很恶心。有时我觉得，脑子里有认他作同类的念头，简直是在嘲弄自己。在我们的交谈中,他也从未显露出某种同类性,虽然他很聪明,而且在我们这儿算是很有学问了,我本可以从他那儿学到很多东西,但我所寻找的难道是聪明和学问吗?我们通常谈论的是地方上的问题,我惊异地发现——孤身独处使我在这方面观察得更敏锐了——哪怕是一条普普通通的狗,哪怕是在不太恶劣的一般情况下,为了维持生存,为了在司空见惯的巨大危险面前保全自己,也得具备多少智慧啊!科学给出了规则,但光是粗略地理解这些规则就已不易,即便理解了,真正的困难却才开始,即把规则运用到地方的情况中去是很困难的,在这方面谁也帮不上忙,几乎每小时都会出现新任务,每一寸新土地都有其特殊的任务;谁也不能断言,他已做好了长期的安排,可以听凭生活自行运转,就连我这样的清心寡欲者也不能这样断言。所有这些无穷无尽的努力究竟目的何在?只是为了使自己在沉默中越陷越深,永远不被拽出来。大家常常津津乐道狗类随着时代的发展所取得的普遍进步,大概主要是指科学的进步,这是不可阻挡的,它甚至在加速进步,突飞猛进,可这有什么可夸赞的呢?这就像夸赞某条狗,就因为他随着年岁的增加越来越老,也就越来越快地接近死亡了。这是一个自然而且丑陋的过程,我觉得没什么可夸赞的。我从中只看到了衰落,但这并不是说,我们的前辈本质上比我们好,他们只是年轻一些而已,这是他们的长处,他们的记忆还没有像我们现在这样负荷过重,要让他们说话还比较容易,尽管谁也没有成功过,可能性毕竟要大些,正是这较大的可能性使我们倾听那些古老而幼稚的故事时激动不已。我们时不时地听到一句暗示,简直要欢呼雀跃,不再感觉到几个世纪的重压。不,尽管我对我的时代颇有微词,上几代并不比年轻的几代好,是的,在某种意义上比年轻的几代差得多、弱得多。那时候,奇迹当然也并非遍布街头、俯拾可得的,但那时的狗还不像现在这么——我找不出别的词来表达——狗性十足,狗类的组织还比较松散,真话还能起作用,还能对事物加以确定、修改、随意改动、使其转向反面,那时真话还在,至少近在咫尺,就在嘴边上,谁都能知道它,现在它到哪儿去了呢?就是搜索枯肠也找不到它。我们这一代可能完了,但我们比那一代更无辜。我们这一代的犹豫我能理解，其实根本不再是犹豫，而是忘却一个梦，这梦一千夜前做过，已被忘记一千次了，谁会偏偏因为这第一千次忘却而生我们的气呢？我想我也能理解我们祖先的犹豫，我们要是处在他们的位置，恐怕也会这样做，我几乎想说，我们真幸运，无需把罪责加在自己头上，可以在这个已被别的同胞弄得乌烟瘴气的世界里，带着近乎沉默的无辜，奔向死亡。我们的祖先走上歧路时，大概没有想到这是一条永无尽头的迷途，他们还真看见了十字路口，随时都可以轻而易举地返回，他们犹豫不决是否返回，只是因为还想享受片刻的狗类生活——那时还没有真正的狗类生活，可这种生活已令他们心醉神迷了，以后，至少片刻之后，这种生活一定会更美好——于是他们继续迷途。他们不知道我们观察历史进程时所能感觉到的：心灵的变化先于生活的变化，当他们开始喜欢狗类生活时，一定已经有了老狗的心灵，离出发点已经根本不像他们所感觉的或他们沉浸在狗之喜悦中的眼睛让自己所相信的那么近。今天谁还能说起青少年时代？那时他们是真正年轻的狗，可惜他们的唯一抱负就是变成老狗，他们当然不会失败，这不仅为随后几代所证明,而且我们这最后一代是最好的证明。——所有这些我当然不会与我的邻居谈起,但每当我坐在他这条典型的老狗对面或把嘴埋进他的皮毛(他的皮毛散发出剥下来的皮毛的那种气味)时,常常不由得想到这些。本来谈这些事就毫无意义,不光是跟他谈,跟任何别的狗也是如此。我知道这样的谈话会是什么样子的。他会间或提出几个小小的异议,最终还是会表示赞同——赞同是最好的武器——这样就算盖棺论定了,与其这样,何必费劲把它从坟墓中挖出来呢?尽管如此,我与我的邻居之间也许有一种超越单纯言辞的深刻共性。我不停地这样宣称,尽管我并无证据,或许这只是一个简单的错觉,因为他是我很久以来唯一的交往对象,我不得不抓牢他。"你可能真是我的同类吧?按你自己的方式?你是因为一事无成而感到羞愧吗?瞧,我也和你一样。当我孤身独处时,我常为此号啕大哭,来吧,两条狗在一起毕竟要甜蜜些。"有时我一边这样想,一边目不转睛地望着他。他并不垂下目光,从他的目光中却看不出任何东西,他木然地看着我,奇怪我为什么突然沉默了,为什么停住不说话了。也许这种目光正是他提问的方式，而我令他失望了，就像他令我失望一样。倘若我还年轻，倘若我不觉得别的问题更重要并且过得自得其乐，可能就大声问他了，并将得到一个有气无力的赞同，也就是说，还不如现在他的沉默。但大家不都在沉默吗？我为何不相信大家都是我的同类？我不仅时不时地有过从事研究的同行，他们随着微薄的成果而被埋没和遗忘，而由于以往时代的黑暗或当代的拥挤，我无法再找到他们，我宁愿相信，大家一直就是我的同类，他们全都以各自的方式做着努力，都以各自的方式毫无成效，都以各自的方式保持沉默或狡辩不休，这是这种无望的研究所导致的。既然如此，我也根本不必离群索居，尽可以安心地置身于狗群之中，不必像个淘气的孩子一样从成年者的行列里往外挤，成年者也想往外挤，理智——这是他们身上唯一令我感到困惑的地方——却告诫他们谁也挤不出去，一切往外挤的行动都是愚蠢的。

这些想法显然受了我的邻居的影响，他使我迷惘，令我忧郁；他自己却很快活，至少我听到他在自己的领地里喊叫和歌唱，这很惹我烦。最好把这最后一点交往也放弃掉，不再沉湎于模糊的梦想——不管大家自以为多么久经风雨，狗与狗的交往难免会导致这种梦想——，把我仅存的短暂时光全都用于我的研究。如果他再来，我就躲起来装睡，一再这样做，直到他不再来找我。

我的研究中也出现了混乱，我没那么干劲十足了，动不动就觉得累，不再像以前那样精神抖擞地奔跑，而是机械地慢慢走着。我回想起开始研究"土地从哪儿取得我们的食物"这一问题的时候。那时我当然生活在民众之中，哪儿狗最密集就往哪儿钻，一心想让大家都成为我的工作的见证者，这种见证对我来说甚至比工作本身更重要，因为我还期望产生某种公众效应。从中我当然大受鼓舞，而这对于现在离群索居的我来说，已成过眼云烟。那时我却敢作敢为，做过一些闻所未闻、与狗类的所有原则相悖的事，每位当时的见证者肯定都把它们当作可怕的事来回忆。科学总是追求永无止境的专业化，可我发现，科学在某一点上有值得寻味的简单化倾向。科学告诉我们，主要是土地为我们提供食物，确定了这一前提之后，它又告诉我们获取各种精美丰富的食物的方法。土地为我们提供食物,这当然是对的,这一点毋庸置疑,但也并非通常所说的那么简单,无须做进一步的研究了。就拿天天重复发生的最显而易见的事来说吧,我们如果无所事事——我现在差不多已经是这样了——,草草耕作土地之后,就蜷成一团、静候结果,那么还是——前提是真有结果出现——会在土地上找到食物的。但通常情况并非如此。只要头脑还没有完全为科学所束缚——这样的同胞当然为数不多,因为科学所占的地盘日益扩大——即便不进行任何特殊观察,也会很容易发现,土地上的食物大多是从天而降的,好在我们身手敏捷、垂涎欲滴,甚至在食物落地之前就已抓住了其中的大部分。我这样说并不是与科学作对,食物当然仍是土地提供的,至于土地是否从自身中取出一部分,从天上唤下来另一部分,这也许并非本质区别,科学既然已经断定两者都需耕作土地,恐怕就不必研究这种差别了,常言道:"口中有食,问题全消。"不过我觉得,科学以隐蔽的形式至少在对这些事进行局部的研究,因为它知道获取食物的两种主要方法,即真正的土地耕作和补充性的精耕细作,后者表现为咒语、舞蹈和歌唱。这种区分不够全面，却很清晰，我认为它与我所做的区分是一致的。在我看来，土地耕作是为了获取这两种食物，因而永远不可或缺，咒语、舞蹈和歌唱则不大涉及狭义的土地耕作，主要是为了从天上拽下食物来。传统使我更坚信这种看法。在传统中，民众似乎在不知不觉地纠正科学，科学并不敢与之对抗。如果按照科学所说，那些仪式完全是为土地而举行的，以便它有力量从天上获取食物，那么这些仪式理应只在地面举行，理应对土地低语、舞蹈和歌唱。据我所知，科学大概也正是这样要求的。然而奇怪的是，民众的所有仪式都是朝天而行的。这并不违背科学，科学对此并未加以禁止，在这方面给予农民完全的自由，它在创立学说时只考虑土地，只要农民贯彻它的有关土地的学说，它就心满意足了，但我认为按照它的思路，它本应提出更多的要求。我对科学一向知之甚浅，根本无法想象学者们怎能容忍我们富于激情的民众朝天呼喊咒语，向苍天哀唱我们的古老民歌，跳跃着舞蹈，仿佛要把土地抛在脑后，一心只想永远向上飞腾。我以强调这些矛盾为出发点，每当按照科学学说收获季节来临时，我就把自己完全局限于土地，一边跳舞一边刨地；我还扭歪了头，以便尽可能靠近土地，后来我挖了一个坑，以便把嘴凑近坑里歌唱，这样只有土地能听到，我身旁和上边的狗都听不见。我的研究成果甚微。有时我得不到食物，正想为自己的发现而欢呼，食物却又出现了，仿佛大家起初被我的古怪表演弄糊涂了，后来却认识到了这表演的益处，乐于舍弃我的喊叫和跳跃，由此而来的食物常常比先前丰盛，接着却又杳无踪影了。我以年轻的狗前所未有的勤奋，精确地列出了我做过的所有试验，刚以为在某处已找到了引我走向深入的蛛丝马迹，这踪迹却又变得模糊了。在这里，我在科学上的准备不足无疑也是一大障碍。我从哪儿能得到确切的证实，比如说，食物之所以不出现并非由于我的试验，而是因为不科学的土地耕作？如果真是这样，那我的所有结论都站不住脚了。假如我完全不进行土地耕作，只靠朝天的仪式让食物从天而降，然后只靠地面仪式使食物不出现，那我就在一定条件下完成了一项相当精确的试验。我也曾做过这种尝试，却缺乏坚定的信念和完善的试验条件，因为我坚信至少一定的土地耕作始终是必要的，即便对此不以为然的异端邪说者有道理，他们也无法加以证明，因为土地浇灌是不由自主的，在一定程度上是不可避免的。我的另一项试验有些怪僻，要顺利些，引起了一些轰动。既然大家通常都是从空中抓取食物，我决定不仅不让食物落下，而且食物从天而降时也不去抓它。于是，每当食物落下时，我就往上轻轻一跃，这一跃算得刚好够不着；食物往往扑通一声落在地上，我怒气冲冲地扑向它，这怒气不仅因为饥饿，而且出于失望。不过，个别情况下也出现另外一种现象，一件很奇怪的事：食物并不落地，而是随我一起往上跳，食物追随着饥饿者。追随距离并不长，只是一小段，接着食物落地或消失得无影无踪，或者——这是最常见的情形——我在食欲的驱使下提前终止了试验，把食物一口吞下了。不管怎样，当时我觉得很幸福，我的周围在窃窃私语了，大家开始感到不安，开始注意我了，我发现认识我的同胞们比以前能够接受我的问题了，他们眼中闪烁着某种求助的光芒，即便这只是我自己的目光的反射，我别无所求，心满意足。直到我后来得知——别的狗也与我一起得知——这种试验在科学上早已有过记载，而且比我所做的成功得多，虽然因为它所要求的自制力太高，已经很久未做了，但由于它在科学上被视为毫无意义，也就没有重复的必要了。它只不过证明了众所周知的事，即土地从天上拽下食物不仅呈直线、斜线，甚至还呈螺旋形。这就是我当时的研究状况，不过我并不气馁，因为我还年轻，这反倒鼓励我去取得我一生中也许最大的成就。我不相信科学对我的试验的贬低，但关键并不在于相信与否，而在于证据，我想提出证据，使这项当初有些怪僻的试验完全展现出来，并使之成为研究的中心。我想证明，当我避开食物时，不是土地斜着往下拽食物，而是我吸引着它跟在我身后。但我当然无法将这试验引向深入，一边瞧着眼前的食物一边做科学试验，这是难以持之以恒的。可我想另辟蹊径，尽我所能彻底绝食，这期间当然也要避免看见任何食物，避开各种诱惑。如果我就这样深居简出，日日夜夜闭目养神，既不从地上捡食，也不从天上抓食，我不敢断言，但我暗暗希望，不采取任何别的措施，只是靠在所难免、不假思索的土地浇灌以及默念咒语和歌曲（为了不消耗体力，舞蹈我就不跳了），食物就会从天而降，而且丝毫不理会土地，径直敲敲我的牙齿要求入口，倘若发生这事，尽管科学不会被驳倒，因为它对例外和个别情况有足够的伸缩性，但是民众——好在没那么大的伸缩性——会说什么呢？这毕竟不同于历史上流传下来的例外情况，比如某条狗由于疾病缠身或性情忧郁而拒绝准备、寻找和接受食物，狗类便会联合起来齐声念咒，使食物偏离通常的路线，直接落入生病者口中。而我精力充沛、身体健康、食欲旺盛，以至于整天不想别的只想着胃口，不管大家信不信，我是自愿绝食的，我自己有能力获取食物，并且想这样做，所以无需狗类的帮助，甚至严禁他们帮助我。我在一片偏僻的灌木丛里找了一个安身之处，这里听不到谈吃谈喝，听不到吧嗒吧嗒的咀嚼声和啃骨头的声音，我再次饱餐一顿，便在这里躺了下来。我想尽量一直闭着眼睛度过这段时间；只要食物不出现，对我来说就是漫漫长夜，不管这会持续几天还是几周。我当然只可以小睡一会儿，最好根本不睡，这实属不易，因为我不仅得念咒语让食物从天而降，还得留心，以免睡过了食物到来的时刻；另一方面，我又巴不得睡觉，因为我睡着能比醒着饿得更久。由于这些原因,我决定慎重安排时间,多睡觉,但每次只睡一小会儿。为此,我想出了一个办法:睡觉时把头靠在一根细弱的树枝上,树枝过不多久就会折断,这样我就醒了。我就这样躺着,时睡时醒,时而做梦,时而低吟浅唱。起初没发生什么事,也许食物的来源地尚未察觉我在对抗食物的正常运转,因而一切太平。唯一干扰我的努力的是,我担心众狗会发现我的失踪,会很快找到我,采取对付我的措施。我还担心,尽管科学表明这是块不毛之地,但仅仅因为土地浇灌也会产生出所谓的意外食物,食物的气味会诱惑我。幸而目前尚未发生这种事,我可以继续绝食。除了这些担心,起初那段时间我感到前所未有的安宁。尽管我其实是在从事扬弃科学的工作,但我心里充满了惬意,感到近乎科学工作者的那种有口皆碑的安宁。我梦见自己取得了科学的谅解,我的研究在科学中占了一席之地,我的耳畔回响着这样的话:无论我的研究多么成功,而且成功时尤其如此,我决不会被逐出狗类的生活,科学对我抱着友好的态度,将亲自阐释我的研究成果,这一许诺本身即已意味着它的实现,这些话让我深感欣慰,之前我内心最深处一直觉得受排斥,像只无头苍蝇一样直往民众的墙壁上撞,而现在,我将很体面地被民众所接纳,浑身洋溢着我渴盼已久的那种众狗聚在一起散发出的温暖,我将在民众的肩膀上摇晃,备受赞赏。这是绝食初期造成的奇特效果。我觉得自己成绩斐然,出于感动和自怜,不禁在那安静的灌木丛里哭了起来,这当然有些费解,因为,如果我期望得到这应得的报偿,那我为何哭泣呢?大概只是由于惬意。我从来就不喜欢我哭。我总是在感到惬意时——这种时候相当少——才会哭。当然好景不长。随着饥饿的日益加剧,美梦逐渐消逝,没多久,当一切幻想和所有感动都匆匆远去后,就只有烧灼肺腑的饥饿与我为伴了。"这就是饥饿。"我当时无数次地这样自言自语,仿佛想让自己相信,饥饿与我仍是两回事,我可以像甩掉一个讨厌的情侣一样甩掉它,然而我俩其实已极为痛楚地融为一体了,当我向自己解释"这就是饥饿"时,实际上是饥饿在说话,是它在嘲笑我。那真是一段不堪回首的时光!我一回想起来就不寒而栗,这当然不仅仅因为我那时所遭受的痛苦,而主要是由于我那时尚未大功告成，我若想有所收获，还得再次饱尝这种痛苦，因为我至今仍把绝食视为我的研究的最后和最有力的手段。路是绝食踏出来的，假如最高真理是可以达到的，那也只有通过最大的成就才能达到，而最大的成就便是自愿绝食。当我仔细琢磨那段岁月——我在其中翻捡，乐此不疲——时，也就是在思考迫在眉睫的岁月。要从这样一项实验中恢复过来，几乎要耗尽一生，从那次绝食到现在，我已走完了整个壮年时期，却仍未恢复过来。下次我若再绝食，可能会比以前坚决，因为我的经验更丰富了，更认识到了这种试验的必要性，但我的力量由于那次已减弱，至少一想到那熟悉的恐怖即将来临，我就感到瘫软无力了。我的食欲减退也无济于事，只会稍许减少试验的价值，很可能会迫使我饿得比那次所需的时间更长。对于这些和其他前提，我想我很清楚，在那时至今的这段漫长的间隔期里，不乏试验准备，我咬紧牙关开始绝食的次数也够多了，但我缺乏挺到极限的力量，青少年时期那种无拘无束的攻击欲当然一去不复返了。它在我那次绝食期间就已渐渐消逝。好几种想法折磨着我。我觉得我们的祖先是一种威胁。我虽然认为——尽管不敢公之于众——他们是这一切的始作俑者,是狗类生活的罪魁祸首,对他们的威胁我尽可以以牙还牙,对他们的知识却肃然起敬,这些知识的来源我们已无从知晓,因此,不管我多么迫不及待地要与他们斗争,我永远不会明目张胆地违反他们的法则,而只是凭着特殊的嗅觉,钻这些法则的空子。说到绝食,我引用一次著名的谈话,在谈话中,我们的智者之一主张禁止绝食,另一位智者用一个问题劝阻了他:“究竟谁会绝食呢?”第一位被说服了,收回了禁令。然而又出现了一个问题:“绝食不是本来就被禁止了吗?”对此,大多数评论者给出了否定的回答,认为绝食是允许的,他们与第二位智者的意见一致,所以并不担心错误的评论会导致严重后果。这一点我在绝食前就已深信不疑。但现在,当我饿得缩成一团,精神已经有些错乱,不停地求助于后腿,绝望地舔着、咬着、吮吸着,一直到肛门时,这才发现对那次谈话的通常阐释是完全错误的,我诅咒评论这门科学,诅咒我自己,因为我竟为它所迷惑,连小孩都能——当然是嗷嗷待哺的小孩——看出,那次谈话不仅是对绝食的唯一禁令,第一位智者想禁止绝食,而一位智者所想做的就是已经发生的事,也就是说,绝食已被禁止,第二位智者不仅表示赞同,甚至认为绝食是不可能做到的,这就在第一道禁令上又加了一道,即禁止狗的天性,第一位智者对此表示认可,收回了那道明确的禁令,也就是说,他要求众狗按照对这一切的阐释,豁然醒悟,自己禁止绝食。这就成了三重禁令,而不是通常所理解的一道,而我触犯了它。尽管为时已晚,我现在仍可以听从禁令,停止绝食,可这痛苦之中贯穿着一种继续绝食的诱惑,我贪婪地跟随着它,仿佛跟随一条陌生的狗。我欲罢不能,或许也是由于我已精疲力竭,无法站起身,走到有狗居住的地方拯救自己。我在灌木丛的落叶上翻来滚去,再也无法入睡,听见到处都是喧闹声,在我以前的生活中一直沉睡着的世界似乎由于我的绝食醒了过来,我简直觉得自己再也不可能进食了,因为我只要吃东西,就必须使这刚刚获得解放的喧闹世界重归沉寂,而我没这么大能耐。当然,我听到的最大喧闹声来自我的肚子,我常把耳朵贴在肚子上听,听得目瞪口呆,因为我几乎不敢相信我所听到的。这时我饿得很凶了,我的天性似乎也变得迷迷糊糊了，徒劳地试图拯救，我开始嗅食物，我已很久不知其味的精美食物，我童年的欢乐，我闻到了母乳的芬芳；我忘了抗拒气味的决心，或者说得确切些，我并未忘记，而是下定决心——仿佛它与先前的决心是一回事——到处爬，老是爬几步就嗅一嗅，似乎我寻寻觅觅只是为了敬而远之。我当然一无所获，可我并不失望，食物是有的，只不过还在几步之外，而我的腿走不了那么远。同时我也知道，根本就没有食物，我之所以稍稍活动活动，不过是因为担心自己会倒在这儿，永远也不会离开。最后的希望、最后的诱惑渐渐消逝，我将在此悲惨地走向毁灭，我的研究有何用？我的来自童年般幸福时期的天真努力有何用？此时此地，形势严峻，我的研究的价值本应得到证明，然而研究在哪儿呢？这里只有一条无助地四处空咬的狗，尽管他还在不由自主、动作痉挛般迅急地不停浇灌土地，但在他的记忆中，从乱糟糟的咒语里再也翻腾不出一字半句，就连新生儿念叨着钻到母亲腹下的小诗也找不出来了。我觉得，我与同胞之间并非只有一箭之遥，而是遥相阻隔的，我其实根本不是死于饥饿，而是死于孤独。显然,没有谁关心我,地下没有,地上没有,空中也没有,他们的无动于衷使我走向毁灭,这种无动于衷说:他死就死了呗。我不是也这样认为吗?我不是也这样说吗?我不是就想要这种孤寂吗?不错,你们这些狗,但我不是为了就这样了此一生,而是为了抵达真理的彼岸,走出这个谎言的世界,在这个世界上,从谁那儿都无法获知真理,从我这儿也无法获知,因为我是谎言之国土生土长的公民。也许真理并不十分遥远,只是对于我这个失败者和死亡者来说显得遥不可及。也许它并不十分遥远,我也并不像我所想象的那么孤寂,并没有被大家所抛弃,只是自己抛弃了自己。神经紧张的我觉得自己那时就要一命呜呼了,可我并没有死得那么快,只是晕过去了,当我苏醒过来时,睁开双眼,看见一条陌生的狗站在我面前。我并不觉得饿,只觉得浑身是劲,关节充满活力,尽管我并未站起来试试。我定睛看着,与往常没什么两样,一条漂亮、不太异常的狗站在我面前,我看到的就是这些,没有别的,但我觉得从他身上看到的比往常多。我的身下是血,起初我还以为是食物,可我马上看清那是自己吐的血。我把目光从血上移开,投向那条陌生的狗。他很瘦,长长的腿,棕色皮毛里夹杂着白斑,探究的目光美丽而有神。“你在这儿干什么?”他说,“你必须离开这儿。”“我现在不能离开。”我说,没有做进一步的解释,因为我该如何向他解释这一切呢?而且他看上去急匆匆的。“请你离开!”他说着,不安地抬抬这条腿又抬抬那条腿。“别管我,”我说,“你走吧,别管我,别的狗不是也不管我吗!”“我是为你好才请你离开的。”他说。“不管你出于什么原因请我走,”我说,“我就是想走也走不了。”“这不成问题,”他微笑着说,“你走得了。正因为你看起来很虚弱,我才请你现在慢慢走开,你要是还犹豫不决,到时候你就不得不跑了。”“这是我的事,你就别操这心了。”我说。“我要操这心。”他说,并为我的固执感到难过,显然已准备让我暂时待在这儿,却又想借此机会跟我套近乎。要是换个时候,我会乐于容忍一条漂亮狗的这种做法,当时却莫名其妙地感到恐慌。“走开。”我喊道,由于没有别的自卫方法,喊的声音就更大了。“那就随你的便吧,”他一边说一边慢慢后退,“你真古怪,你难道不喜欢我吗?”“你要是走开，让我安安静静地待着，我就会喜欢你。”我说，但不再像我想让他相信的那样肯定。我的感官由于饥饿而变得敏锐起来，从他身上看到或听到了某种东西，这种东西刚刚萌生，逐渐滋长，向我靠近，我知道了：这条狗有力量把你赶走，尽管你现在还无法想象自己怎么可能站起来。他对我的粗暴回答只是微微摇了摇头，我注视着他，心中的渴望越来越强烈。“你是谁？”我问道。“我是一名猎手。”他说。“你为什么不让我待在这儿？”我问道。“你妨碍我，”他说，“你在这儿，我就没法打猎。”“你试试看，”我说，“说不定你还能打猎。”“不，”他说，“很抱歉，你必须离开。”“那你今天就别打猎了！”我请求道。“不，”他说，“我必须打猎。”“我必须离开，你必须打猎，”我说，“全都是必须。你明白我们为什么必须吗？”“不明白，”他说，“这也没什么好明白的，这是不言而喻、理所当然的事。”“未必吧，”我说，“你为必须把我赶走感到抱歉，却还是这样做了。”“就是这么回事。”他说。“就是这么回事，”我恼火地重复道，“这可不是回答。对你来说，放弃哪一个容易些？是放弃打猎还是放弃赶我走？”“放弃打猎。”他毫不犹豫地回答。“既然如此，”我说，“这就是个矛盾了。”“到底什么矛盾？”他问道，“我亲爱的小狗，你难道真不明白我必须这样吗？你难道连理所当然的事都不明白吗？”我不再吭声，因为我发现——与此同时，一种新的生命，一种由恐惧而生的生命涌遍我全身——从难以理解的细节中（可能除我之外，谁也不会注意到这些细节）我发现，这条狗正做深呼吸准备歌唱。“你要唱歌了。”我说。“是的，”他严肃地说，“我要唱歌了，马上就唱，但现在还没唱。”“你已经开始唱了。”我说。“没有，”他说，“还没有。不过你做好听的准备吧。”“尽管你否认，但我已听到你在歌唱了。”我颤抖着说。他沉默了。当时，我觉得认识到了以前谁也未曾知晓的事，至少历史记载中对此只字未提，我感到无比恐惧和羞愧，急忙把脸埋进面前的那摊血中。我觉得我认识到的是，这条狗已经开始唱歌，他自己却还不知道，尤有甚者，歌曲的旋律与他相分离，按自己的法则在空中飘荡，掠过他的头顶，仿佛与他毫不相干，飘向我，完全是冲我而来的。今天我当然否认这一切认识，将之归咎于我当时的神经过敏，不过，这虽然是个谬见，却有伟大之处,即便这只是假象而已,毕竟是我从绝食时期救到这个世界里来的唯一的实在物,它至少表明,我们在完全失态的状态下会达到什么地步。我那时确实完全失态了。从正常情况来看,我已身患重病,动弹不得,可我无法抗拒这旋律,那条狗似乎随即就认定这是他自己的旋律。旋律越来越强;也许在无休止地增强,震耳欲聋。然而最糟糕的是,它仿佛只是为我而出现的,这庄严之声使森林悄无声息,只是为我而出现的,我是谁?胆敢一直待在这儿,大模大样地躺在污秽与血泊中聆听这声音?我颤抖着站起身,低头瞧了瞧自己,"这样可走不了路。"我还这样想着,身子已在旋律的驱赶下,无比轻快地蹦蹦跳跳飞跑而去了。对我的朋友们我只字未提,刚回来时我本来很可能向他们和盘托出,但那时我太虚弱,后来又觉得难以启齿。我禁不住做出的暗示毫无声息地消失在谈话中了。另外,我的身体几个小时就恢复了,精神上却至今仍有后遗症。

我把我的研究扩展到了狗类的音乐上。即使在这一领域,科学也绝非无所建树的,据我所知,音乐科学可能比食物科学更包罗万象,至少基础更坚实。这是因为与食物科学领域相比,在这一领域更能从容冷静地进行研究,它更多地涉及纯粹的观察和系统化,而在那一领域主要是要得出实际结论。因此,音乐科学比食物科学更受尊重,但前者永远不可能像后者那样深入民众。就我来说,在听到森林里的声音之前,我对音乐科学比对其他任何科学都更陌生。虽然与音乐狗的相遇使我注意到了音乐科学,但我那时还太年轻,而且,这是一门特别艰深的科学,单单略窥门径已非易事,要入其堂奥就是难上加难了。那些狗最先引起我注意的是他们的音乐,但我觉得,比音乐更重要的是他们的缄默性格,他们的音乐之可怕,可能很难找到能与之相比的,我干脆不去注意它,但从那时起,我无论在哪儿遇到的狗都有这种性格。在我看来,要探究狗的本性,最合适而且最直截了当的做法就是研究食物。也许我的看法错了。而这两门科学的边缘领域当时就已引起了我的怀疑,这就是关于使食物从天而降的歌唱的学说。这里又很妨碍我的是,我对音乐科学也从未认真研究过,在这方面甚至远不如那些向来为科学所特别鄙视的半吊子。这一点我必须牢记。在学者面前,我——可惜我有证据——连最简单的科学考试也很难通过。撇开已经提到的生活状况不谈,原因当然首先是我在科学上的无能,缺乏思维能力,记忆力差,尤其是不能时刻铭记科学的目标。这一切我都毫不讳言,甚至乐于承认。因为我觉得,我在科学上无能的更深刻原因在于一种本能,而且那确实不是太差的本能。我要是想自夸,就可以说,正是这种本能毁掉了我的科学能力,因为面对日常生活的一般事物——这些事绝非最简单的——时,我所表现出的理解力也还过得去,而且最重要的是,尽管我不谙科学,却十分理解学者们,这可以从我的研究结果来加以检验,而我居然从一开始就没有能力,连科学的最低一级台阶都踏不上去,这至少是个很奇怪的现象。或许正是为了科学——一种与大家今天从事的科学不同的科学,一种最终的科学——,本能使我把自由看得高于一切。自由!当然我们今天所能获得的自由,是个发育不全的新生物。但它毕竟是自由,毕竟是一笔财富。

王炳钧 译

地　洞

我造好了一个地洞,似乎还蛮不错。从外面看去,它只露出一个大洞,其实这个洞跟哪里也不相通,走不了几步,便碰到坚硬的天然岩石。我不敢自夸这是有意搞的一种计策。不妨说,这是多次尝试失败后仅留的一部分残余。但我总觉得不要把这个洞孔堵塞为好。当然,有的计策过于周密,结果反而毁了自己,对此我比任何人都知道得更清楚。而由于这口洞孔引起人们的注意,发觉这里可能有某种值得探索的东西,这也确是勇敢的表现。但如果谁以为,我是怯懦者,仅仅因为胆怯才营造了这个地洞,这就看错我了。离这个洞口约千把步远的地方,有一处上面覆盖着一层可移动的苔藓,那才是通往洞内的真正入口处。它搞得这样万无一失,世界上所能做到的安全措施也莫过于此了。诚然,也可能有什么人踩到那层苔藓,或者把它踩塌,那么我的地洞就暴露了。倘若谁有兴趣,也可能闯将进去——请格外注意,非有精于此道的稀有本领不可——把里面的一切进行永久性的破坏。这我是明白得很的。我现在正处于我的生命途程的顶点,就是在这样的时候,也几乎得不到一个完全安宁的时刻。在盖着苔藓的那个幽暗的地方,正是我的致命之所在。我经常梦见野兽用鼻子在那里贪婪地来回嗅个不停,也许有人会认为,我满可以把洞口堵死,上面覆以一层薄薄的硬土,下面填上松软的浮土,这样我就用不着费多大气力,每次进出,只要挖一次洞口就行了。但那是不可能的事。为了防备万一,我必须具备随时一跃而出的可能性,为了谨慎行事,我必须随时准备冒生命的风险,可惜这样的风险太频繁了。这一切都得煞费苦心,而神机妙算的欢乐有时是促使人们继续开动脑筋的唯一原因。我必须做好随时能够冲出去的准备，有了高度的警惕性，难道我就不会受到完全突如其来的袭击了吗？我安安稳稳地住在我的家的最里层，与此同时，敌人却从某个什么地方慢慢地、悄悄地往里钻穿洞壁，向我逼近。我不敢说他的嗅觉比我更灵，很可能他对我就像我对他一样，知道得很少。但有些不顾死活的盗贼，不管三七二十一把地乱掘乱挖一通，由于我的地洞的范围广大，他们说不定在什么地方碰上我的许多途径中的一条，也未始不可能。当然，我在自己的家里，自有谙熟所有途径和方向的长处，盗贼会很容易地成为我的牺牲品和美餐。但我正在变老，有许多同类比我更强，而且我的敌人多得不可胜数，我逃避了一个敌人，又落入另一个敌人之手，这种事情不是不可能的。唉，有什么事情不可能发生呢！但无论如何，我非有一个比较容易到达的、不费什么力气就可以出去的、完全敞开的出口做保障不可，这样就不至于在我没命地挖掘时（不管土层多薄），突然——天呀，保佑我！——感到后腿被追踪者的牙齿咬住了。而且威胁我的不仅有外面的敌人，地底下也有这样的敌人。我虽没见过,但传说中讲到它们,我是坚信不疑的。那是地底下的生物,传说中也说不清它们是什么样的。甚至做了它们的牺牲,还几乎没见过它们。它们来的时候,就在你站立的地底下——它们生活的世界——当你刚刚听到它们的爪子发出抓东西的响声的时候,你就没救了。遇到这种场合,与其说你在自己的家中,毋宁说你在它们的家中。在这种情况下,那条通往出口的通道也救不了我,可以说,那根本就不是救我的东西,而是毁我的东西。但它是一种希望,没有它我就活不下去。除了这条大道以外,还有几条很狭窄的,但相当安全的小道,它们使我与外界保持联系,向我提供自由呼吸的空气。这些路本来是鼹鼠筑成的,我因势利导,把它们引进了我的地洞里,我通过这些途径可以嗅得很远,使我得到保护。也有各种各样的小动物经由这些途径来到我跟前,成了我的食物。这样,我根本用不着离开地洞,就可以进行一些小小的狩猎活动,以维持一种简朴的生活;这是十分宝贵的。

我的地洞的最大优点是宁静。当然,这是没

有准的。说不定什么时候突然中断，一切告终，也未可预料。不过就目前来说总算是宁静的。我可以在我的通道上蹑着脚走好几个钟头，有时听到个把小动物的声音，不一会儿这小动物也就在我的牙齿间安静下来了；或者泥土掉落的沙沙声，它告诉我什么地方需要修缮了；除此以外便是寂静。树林中的空气透进来，既暖和又清凉。有时我惬意地伸展身子，在通道上打起滚来。当秋天到来的时候，有这样一个住所可以安身，这对于一个渐近老年的人，算是美好的了。通道上每隔一百米的地方，辟一个圆形的小广场，在那里我舒舒服服地蜷曲着身子，一边休息，一边使自己暖和暖和。在那里我可以甜甜蜜蜜地睡上一觉，这是和平宁静的睡眠，是满足安全感的睡眠，是实现了建立安心之所的愿望的睡眠。不知是由于过去的习惯，还是这座家屋确实存在着足够的危险，唤起我的警觉，我常常有规律地从酣睡中惊醒，肃然谛听着那日夜支配着这里的宁静，然后宽慰地微微一笑，旋即又舒展四肢，沉入更为香甜的梦乡。那些无家可归的可怜虫们啊，他们在马路上、在树林中流浪，至多只能匍匐在堆积的树叶底下，或者与同类结伙,暴露在天地间的一切灾厄之中!我则躺在这各方面都安全的广场上——这样的广场在我的地洞里有五十几处之多——在瞌睡和熟睡之中来消磨那任我选定的时间。

缜密地考虑到极端危险的情况——不是直接的追踪,而是包围——在洞穴的近中心处修建了一个中央广场。在一切其他场合,都是极端紧张的脑力劳动多,体力劳动少,这个城郭则是我的艰巨的体力劳动的成果,比地洞里的所有别的部分都艰巨。有好几次,我由于身体疲乏不堪,濒于绝望,想弃绝一切,仰卧着翻过来,滚过去,诅咒这地洞,并艰难地爬出洞外,任穴口洞开着。之所以这样做,因为我不想再回去了,直到几小时或几天后我后悔了,回去一看,见地洞完好无损,我恨不得引吭高歌,并以发自内心的喜悦重新开始劳动。这个城郭的工程之所以增加了不必要(说不必要,是因为地洞从那种无效劳动中并未得到真正的益处)的困难,是由于照计划安排所确定的这个场地恰恰土质很松,而且充满砂粒,因此必须把这地方的土层夯实,才能建造起美丽的大穹顶和圆形广场。从事这样一种劳动,我只能靠额头。

所以,我不分白天黑夜,成千成万次地用前额去磕碰硬土,如果碰出了血,我就高兴,因为这是墙壁坚固的证明,而且谁都会承认,我的城郭就是用这样一种办法建成的。

我利用这个城郭来贮藏我的食物:凡是洞内抓获而目前还不需要的一切,和外面猎获的全部,我统统把它们堆放在这里。场地之大,半年的食物都放不满。于是我把东西一件一件铺了开来,在其间漫步,同时玩赏着它们,悦目于其量之多,醉心于其味之杂。任何时候,只要我想看一看储藏品,都能一目了然,而且我还可以随时进行重新排列,根据不同季节,做出必要的预计和狩猎计划。有这样一些时候:由于洞里食物富足,我对饮食漠不关心,因而对这些出没的小动物根本不去理会,当然从别的理由考虑,这也许是欠慎重的。由于经常从事防御准备工作,我原想充分利用地洞来进行防御的主张有了小幅度的改变和发展,于是我常常觉得以城郭为防御基地是危险的。地洞的复杂性确实也向我提供了采用多种防御办法的可能性。而我觉得将存粮稍加分散,利用某些小广场来分批贮藏,似乎更为周到些。于是我决定约每隔两个广场设一个预备储粮站，或者每隔三个设一正储粮站，每隔一个设一副储粮站，如此等等。再则，为了迷惑敌人，我划出几条道路不堆贮藏品，或者，各按它们通向主要出口的位置，挑选少数广场错杂其间。自然，每一项这样的新计划都要求艰巨的搬运工作，我必须做出新的安排，然后就是来回搬东西。当然啰，我不用着急，可以慢慢地干，把珍贵的东西衔在嘴里搬运，高兴在什么地方歇一歇，就在什么地方歇一歇。遇到可口的东西就吃它几口，这是满不错的。糟糕的是，我每每从梦中惊醒，就仿佛觉得目前的这种粮食分贮法是完全失算的，它会招致严重的危险，非立即加以纠正不可，睡意和疲劳也在所不顾。于是我急忙就走，快步如飞，连考虑一下的工夫都没有。为了实施这一新的、全新的计划，我不顾一切，凡是碰到嘴边的东西，就只管逮住，用牙齿咬着，拖呀，背呀，喘息着，呻吟着，踉踉跄跄地前进。只要对目前这种我感到过于危险的状况有任何些微的改变，我就心满意足了。直到睡意渐渐地消除，脑子完全清醒过来，我几乎不理解何以有这一番极度的紧张活动，对于被自己扰乱了的家里的和平长长地舒了一口气，重新回到我的卧所，由于新造成的劳累而立即睡着了。醒来时，作为这几乎像梦一般出现的夜间劳动的无可辩驳的证据，是牙缝间还挂着的一只耗子。此后又有一些时候，我觉得还是把所有的食粮集中于一个场地为上策。贮藏在小广场上对我会有什么好处呢？那里到底放得下多少东西呢？无论你拿什么放到那里去，都会堵塞道路，一旦有防务活动，奔跑起来，说不定反而成为我的障碍。再说，不把所有的储藏品集中在一起，因而不能对自己的财产一目了然，势必损伤自己的自尊心，这种想法固属可笑，却是难免。分成这么多摊，不会散失很多吗？我总不能老在纵横交错的通道上四处奔跑，以便看看是否一切仍然原封未动。分散贮藏的基本想法是对的，但必须有个前提：拥有好几个像我的城郭这样的场地。好几个城郭！一点不假！但是谁能够把它们建筑起来呢？在我的地洞建造的总计划中，现在也没有增添的余地了。我承认，这一点正是我的地洞的缺陷，就好比任何东西如果只有一种样品时，都有缺陷一样。而且我也承认，在建设整个地洞期间，我对于拥有几个城郭的要求在自己的意识中是模糊不清的，如果说我有过这一良好愿望，那就清清楚楚了。我没有按照那种要求去做，对于这项巨大的工程，我感到自己太弱了，甚至，我就是想象一下这项工程的必要性也感到自己太弱了。我以同样模糊的感觉聊以自慰，这在平常是难以做到的，但在这一场合我却做到了，这是一种例外，也可能是一种神的恩赐，因为保留我的前额以代替铁锤正是天意所使然。现在我只拥有一个城郭，但觉得一个不够用的那种模糊感觉，已经消失了。不管如何，我只得满足于一个。想用许多小广场来代替它是代替不了的。所以，当这种想法在我心中热起来的时候，我就又动手把各个小广场上的所有东西重新搬回城郭里。于是所有的场地和通道又空出来了，看见城郭里的肉类成堆，连最边远的便道都闻得到许多种肉类混杂的味道，我老远就能把它们一一辨别出来，而每一种味道都使我喜欢。有一阵子我对这一派气象真感到宽慰。这以后出现了一段和平时期。我利用这些太平时日，把我的卧所从外围慢慢地、一步一步地往里移，因而沉浸于越来越重的气味之中，以致再也忍耐不住了。于是一天夜里我冲进城郭，从肉堆里挑出我所爱吃的上等品，扎扎实实地、如醉如狂地大嚼了一番，把肚子塞得饱饱的。这是幸福的时期，也是危险的时期；只要有人了解个中奥秘，充分利用这个时机，无须冒什么风险，就可轻而易举地将我毁灭，这与缺少第二、第三个城郭的弊害不无关系。我之所以受诱惑，正是由于食物集中堆在一起造成的。我正准备通过各种途径来抵御这种诱惑，保护自己，把粮食分散储藏在各个小广场上，也就是这类措施之一。可惜的是，它也像其他类似的策略一样，由于感到缺乏而引起了更大的欲望，这欲望压住了理智，听凭欲望的驱使，任意改变防御计划。

这以后，在对地洞进行了一些必要的修缮之后，我经常离开地洞——虽然只是很短的时间——去外面溜达，以便让自己冷静冷静，同时检查一下地洞是否坚固。要是长时间离开地洞，我会感到受惩罚似的难以忍受，但短时间出去走动走动，我以为也是很有必要的。每当我走近出口时，我总有一种庄严感。住在家里时，我是避免到那里去的，甚至连通向它的任何一条最小的岔道儿我都是不迈步的；再说到那一带去转悠也并不容易，因为我已经在那里建筑了一套完善的、小规模的迷津暗道；我的地洞就是从那里起始的，但当时我还不能指望能够如愿以偿地按照我的计划去完成，我开始半游戏似的从这个小犄角干起来，在迷津的建筑中，我第一次充分领略到劳动的愉快；这项迷津建筑在我当时看来是一切建筑之冠，但以今天的眼光看，说它气派太小，与整个地洞建筑不相称，该是比较公允的，虽然在理论上它也许堪称宝贵——“这是去我家的入口。”我当时讥讽地对那些看不见的敌人们说，并仿佛看到了他们全部窒息在入口迷津里的景象——可是事实上，一种墙壁非常单薄的草率工事，对于认真进攻或者孤注一掷的亡命之徒是很难进行抵抗的。但我因此就应该把这一部分重建吗？我犹豫不决，大概要永远维持这样的现状了吧。且不说重建需要我付出巨大的劳动，而且也是一件人们能够想象的最危险的事情。在我刚开始挖掘地洞的时候，我是能够比较安心地在那里劳作的，那时风险并不比别的地方大多少。但在今天已经是不可能的事了，因为今天那样做就未免轻举妄动了，那就等于要把社会的注意力引向整个地洞上来。我感到高兴的是，眼下这一处女工程也具有一定的敏感性，比方说吧，一旦发生大规模的进攻，什么样的入口构造才能救我呢？在使进攻者迷惑、错愕、困扰这一点上，这个入口是可以应急的。但如果遇到真正大规模的进攻，那我就必须设法使用整个地洞的一切手段和身心的全部力量来对付，——这是理所当然的啰。所以这个口子就让它维持原样不动好了。尽管地洞有着这样多的天然强加于它的缺陷，但毕竟是我亲手所创；虽然事后才认识到这些缺点，却认识得这样精确，那就让它保留着吧。但这并不是说，这个缺点没有经常地或者也许是始终使我感到不安。平日散步时，我都要避开地洞的这一部分，之所以如此，主要是因为我一看见它就感到不舒服，既然这个缺点已经在我的意识中发出噪音，我就不愿意让它老是在我的目光中浮现。那上面入口处的缺点是无法匡正了，但只要能够回避，我就尽可能不去看它。我只管朝着出口的方向走。虽然我与入口处之间隔着通道和广场，我依然感到我已经陷入一种巨大危险的氛围之中。有时候我好像觉得我的皮变薄了，不久就仿佛我只能以赤裸裸、光溜溜的肉身站立在那里,这时候,我的敌人以吼叫来欢迎我。说实在的,这样一种感觉足以致使出口本身失去对我的家屋的保护作用,但使我格外苦恼的,仍是入口的构造。有时我做梦,梦中我已经把它重建了,一夜之间以巨人般的力量,神不知鬼不觉地,迅速而彻底地把它改造了,这下谁也攻不破了。我做梦的这一觉睡得比任何时候都香甜,醒来时我的胡子上还滚动着欢乐和宽慰的泪珠。

所以,如果我要外出的话,还得克服这条迷津给我肉体上造成的苦痛。而我有时一度迷失在自己的创造物中,因而显得这工程似乎还须不断奋斗下去,以便向我这个早就对它下了坚定不移的判断的人证明它的存在权利,这时候我又气恼又感动。接着我就来到青苔盖底下,在我留在家里这段时间,它与树林中毗连的地皮长在一起、互相衔接了,现在,只要我用头一顶,就可以到外边的天地去。这个小小的动作我已经很久没敢使用了,若不是今天又得克服入口的迷津,我一定会从这里折回,逛回家去。为什么呢?你的家闭关自守,固若金汤。你的生活安宁、温暖,良肴佳馔不断,你是无数通道、广场的主人,独一无二的主人。

这一切你不希望牺牲,但有一部分你打算放弃,虽然你有信心把它们重新夺回来,但你有胆量下一个危险的、非常危险的赌注吗?对此有没有合适的理由呢?没有,在这类问题上不会有合适的理由。但接着我小心翼翼地掀起门盖,到了外面,又轻轻把它盖上,并赶紧跑离这个正在暴露的地点。

然而,我的本意并不是要在野外生活,虽然我不再憋在通道里行走了;而是要在大森林中狩猎,我感到身上有一种在地洞里没有任何地盘包括城郭——哪怕它再扩展十倍——让它施展的新的力量。外面的伙食也更好吃,狩猎固然比较困难,很少成功,但其收获从任何方面讲都是价值更高的。这一切我并不否认,并且懂得如何领略并享受它们。至少也得和别的动物一样,说不定比它们还强得多,因为我狩猎时,不像流浪汉那样轻率和绝望,而是目的明确,从容不迫。我也并不是非过野外生活不可,我知道,我的时间有限,不允许我永远狩猎下去,等到有人向我发出召唤,而我也愿意,并对这里的生活感到厌倦时,我将不能抵御人家的邀请。这样的话,我就能够充分领略这里的时光,无忧无虑地度日。其实却不尽然,许多本来可以做到的事情并没有做到,地洞的事情忙得我团团转。我很快跑离洞口,不一会儿又赶回来。我在寻找一个合适的藏身之所,并守望着我的家门——这一回是从外面——一连几天几夜。让人家去说我傻好了,我可是有一种说不出的快乐,并从中得到安慰。于是我仿佛不是站在我的家门前,而是站在我自己的前面,觉得自己既能一边熟睡,一边机警地守护着自己,这未尝不是一种幸福。我有一定的长处,不仅能在睡眠时的那种只身无助和妄自轻信的状态中看得见夜间的精灵们,而且同时能以完全清醒时的力量和沉着的判断力与它们在实际中相遇。我发觉很怪,情况并不像我通常所认为(并且只要下洞回到家里也许还会那么认为)的那样糟。从这一方面看是如此,从别的方面看也不例外,但尤其是从这一方面看来,这次外出确是必不可少的。

的确,我把入口处选在斜坡上是经过慎重考虑的。那里的交通情况——根据一周来的观察所得——确是熙来攘往,十分频繁。然而凡是能够居住的地方,恐怕都是这样的。再说,选在一个往来频繁的地方,由于频繁,大家跟着川流,这说不定比十分冷僻的地方更保险;在冷僻的地方反而会有精明的入侵者慢慢找了来。这里有着许多敌人,有着更多的敌人的帮凶,他们之间也互相争斗,在紧张追逐中从地洞旁边跑了过去。在这全部过程中,我没有看见任何人在靠近入口的地方搜寻过,这对己对敌都是一种幸运,因为要不然,我会为了我的地洞着想不顾一切地朝他的喉咙扑过去。诚然,也出现过一些兽类,我不敢接近它们,只要远远预感到它们在,我便立即警觉,拔腿就跑。关于它们对地洞的态度,我本来实在是很难确定的。但当我不久回到家来,发现它们中没有一个在场,入口处也完好无损,于是我总算满意地放心了。也有一些幸福的时期,我很想对自己这样说:世界对我的敌意也许停止或者平息了吧,或者地洞的威力把我从迄今为止的毁灭性战斗中拯救出来了吧。地洞所起的保护作用也许比我以往所想象的,或者当我身临其境之际所能想到的还要大。有时甚至产生这样幼稚的想法:压根儿就不回地洞,而就在这里的洞口附近住下,专门观察洞口以打发日子,并不断想象着:假如我置身洞中,它能够多么坚固地保护着我的安全;在这样的想象之中获得我的幸福。但幼稚的梦想很快就惊破了。我在这里所观察的到底是一种什么样的安全呢？我在地洞中所遇到的危险到底能不能根据我在外边得到的经验来判断呢？要是我不在地洞中，我的敌人到底能不能根据气味准确地嗅出我来呢？他们对于我肯定有几分嗅得出来，但完全嗅出那是不可能的。要是能完全嗅出，岂不经常成为正常危险的前提了吗？因此，我在这里所进行的试验只有一半或十分之一能够使我放心，而放松警惕又导致极度的危险。不，我所观察的与其说是我的睡眠（如我以为的那样），毋宁说是在坏家伙醒着的时候，我自己却在睡觉。也许他就混在那些疏忽大意地走过入口处的人们之中，无非像我那样，只想证实门户仍安然无恙，静候袭击，就走了过去。因为他们知道主人不在家里，或者也许他们清楚得很，主人就埋伏在附近灌木丛中，天真地守候着家门。而我呢，户外的生活已经厌倦了，遂离开我的观察哨，仿佛觉得无须再在这里学什么了，现在和将来都不必了。我愉快地向这里的一切告别，走下地洞，永远不回到外面去了，外界的事情听其自然吧，不再作无用的观察来阻止它们了。可是,这段时间,我一任自己看了入口上面所发生的一切,现在又用了极为惹人注意的办法下了地洞,而不知道在我的背后以及在按原来样子关好的入口的顶盖后面的整个周围将发生什么,感到十分不安。起初,我曾在几个风雨大作的夜晚,试着把猎获物快速地掷进去。这一行动看起来是成功的,但是否真的成功,得等我自己进去以后方能知道,但那时对我来说已搞不清楚了,或者即便清楚,也已太晚。于是放弃了这项试验,不进里面去。我挖了一个——当然是在距离真正的入口处足够远的地方——试验性的坑,其大小和我的身体相仿,也用一个青苔盖封口。我爬进坑里,把背后掩蔽好,认真等待着,计算出一天中长短不一的各个不同时刻,然后掀开青苔,爬了出来,记下我的各种观察,取得了种种好坏不一的经验,却找不到一种下地洞的一般法则或安全可靠的方法。因此,我至今还没有从真正的入口处下去过,而不久又不得不下去,这真使我焦躁不已。我并非完全没有到远方去回复往日那种惨淡生活的念头,那种生活虽无安全可言,却是诸种危险无区别的连续,因而个别具体的危险就不明显,不必为之恐惧,这正是我的较为安全的穴居生活与其他地方的生活对照之下,不断启示给我的道理。诚然,这样一种念头是由于毫无意义的自由自在生活过得太久而产生的,也许是完全愚蠢的;现在地洞还属于我,只要再迈出一步,我就安全了。我摒除了一切犹豫,在大白天径直向洞门跑去,这次可一定得把门完全打开了吧。然而我却没能做到。我跑过头了!我特意倒进荆棘丛中,以惩罚自己,惩罚一种连我自己都不知道的罪过。但到头来我还是不得不承认,我的想法是对的,即不把我所有最宝贵的东西公开舍弃——哪怕只是短暂的,交给周围所有那些地上的、树上的和空中的飞禽走兽,则我要下去是不可能的。危险并不是想象的东西,而是非常实际的事情。那种兴致勃勃地跟着我来的,并非真正的敌人,倒很可能是某种身份清白而又不知好歹的渺小家伙,某种令人讨厌的小生物,它好奇地尾随着我,从而不知不觉地当了我的敌人的向导。或者不是那么一回事,说不定是——而这并不比别的情况好,在某些场合甚至是最糟的——说不定是跟我同一种类型的人,是地洞营造的行家,或者某个森林隐士,或者和平的热爱者,但也可能是个想不劳而获的粗野的无赖。假如现在他真的来了,带着肮脏的贪欲发现了入口,动手去掀苔藓,而且居然掀开了,挤身进去,拟巢而居,甚而至于弄到这种地步:有一瞬间他屁股正好对着我的脸儿,假如这一切真的发生,我就会像疯了一般,不顾一切地从后面向他扑去,把他咬个稀巴烂,咬成一块块,撕得粉碎,喝干他的血,并立即把他的尸骸拖到别的猎获物当中。但最最要紧的是,我好不容易又重新回到了我的洞穴,这回甚至对迷津起了赞赏之意,可我首先得把我头顶上的苔盖盖好,然后安下心来休息,恐怕我全部的,或部分的余生都要在这里度过了。然而事实上谁也没有来,我依然单独一人度日。我始终一心扑在各种困难的事情上,恐惧倒减轻了不少。我不再回避走近入口处了,在那里绕着圈子走动成了我最喜欢的活动内容,以致仿佛我自己成了敌人,窥视着顺利突入的良机。假如我有某个值得信赖的人,可以把观察哨的任务交给他,那我就可以放心地下去了。我会跟这个我所信赖的人约定,在我下去的时候,在下去以后的长时期内,严密观察形势,一旦发现危险迹象就敲打苔藓盖子,没有情况就不敲,这样我头顶上面的心腹之患便为之一扫而光,连一点残余都留不下,唯一留下的便是那个我所信赖的人了。——难道他不要求报酬吗?最起码的,他连地洞也不想看一看吗?自动让什么人进我的地洞可是我的最大忌讳啊。地洞我是为自己,而不是为访问者而挖掘的,我想,我是不会让他进去的,哪怕他以让我能够进得地洞里面为交换条件,我也不会让他进去的。但我之所以压根儿不让他进去的原因是:让他独自下去吧,这绝无考虑之余地;我跟他同时下去呢,则他在我背后放哨给我带来的益处便成泡影了。那么信赖如何维持呢?在面对面的时候,我信赖他,假如我见不到他,假如苔盖把我们隔开,我还能同样信赖他吗?信赖一个人,在同时监视着他,或至少能够监视他的情况下是比较容易做到的,甚至远隔两地,多半也是可能的。但是从地洞的内部,亦即从另一个世界去完全信赖一个外面的什么人,我以为这是不可能的。甚至连这样一种疑问都是没有必要的,只要这样想一想就够了:在我下去期间或下去以后,人生道路上的无数偶然事件,都能阻碍所信赖的人履行他的义务，而他的任何一个最小的障碍都会给我造成不可估量的后果。总而言之，我无须抱怨找不到堪与信赖的人，而只能孑然一身。这样，我肯定丧失不了什么利益，而且还可能使我避免损失。但堪信赖的，只有我自己和我的地洞了。这一点我早点想到就好了，对于我现在为之忙碌的事情也是早该虑及的，至少，在地洞的建筑开始阶段就应该实现一部分的。第一条通道应该这样设计才行：它需有两个彼此间隔适当距离的入口，这样，我经过各种不可避免的周折通过这个入口下去后，马上经由第一条通道跑到第二个入口，稍稍掀开一点为此目的而建造起来的苔盖，从那里以几天几夜的工夫试着观察情况。这看来是唯一正确的方法了吧。固然，两个入口使危险增加一倍，但这一忧虑此刻是不必要的，仅仅作为观察哨设想的那个入口做得很狭窄就行了。于是我一头扎进技术研究中去，重温起一个完美无缺、万无一失的地洞建筑的旧梦，稍稍聊以宽慰。我悠然自得地闭上眼睛，眼前便浮现出那各种可能的图像，我可以在那里悄悄地、神不知鬼不觉地进进出出。

当我这样躺着，想象着以上各种情景时，对那些建筑方案给予很高的评价，但仅仅是从技术角度，而不是从实际效用角度出发的。这种不受阻拦的溜进溜出是什么意思呢？它意味着你心神不定，缺乏自信，意味着卑污的欲念，邪恶的个性，这个性面对地洞时还要坏得多。地洞仍然存在，只要向它完全敞开心扉，便可注入和平。现在我显然还在它的外面，正在寻找一种回去的可能性；为此，很想掌握必要的技术设施，但也许并不见得那么重要。如果把地洞仅仅看作一个想尽可能安全地爬进去的洞穴，那么像眼下这样神经质似的恐惧，岂不意味着大大贬低了地洞的价值了吗？的确，它也是一个安全的洞穴，或者应该是那样的洞穴，而当我设想我是处于危险之中时，我就要咬紧牙关，用尽意志的全部力量来证明这地洞不是别的，而仅仅是为拯救我的生命而存在的一个窟窿，它必须尽可能完美地完成这个明确地赋予它的任务，而别的一切任务我都给豁免了。可是现在的情况是这样：地洞在实际上——而处于巨大困境之中的人们是顾不上观察实际的，甚至在岌岌可危之际，也必须经过努力方能投以一瞥——虽然是相当安全的，但绝对是不够的，难道在其中什么时候停止过忧虑了吗？那是另一种的、更为骄傲、内容更为丰富的、深深压抑着的忧虑，可是它对于身心的消耗并不亚于生活在外面的时候所产生的忧虑。就算这个地洞仅仅为了我的生活保障而建造，就算我为此没有受别人的骗，然而付出的巨大的劳动与得到的事实上的保障相比，至少就我所能感觉到的和从中所能得到的利益而言，对我来说，是一件得不偿失的事情。承认这一点是极为痛苦的，但是面对前面的入口不得不这样做，这个入口现在把我——他的建造者和所有者——关在外面，不，让我在外面挣扎。但是地洞确实也不仅是一个救命之窟。当我站在周围堆积着高高的肉类贮藏品的城郭之中时，纵览从这里伸展出去的十条通道，每一条都根据中央广场的地势或低或高，或直或曲，或宽或窄；条条宁静而空阒，它们各自以不同的方式把我引向同样宁静而空阒的各个广场——于是我心目中关于安全的观念淡忘了，因为我清清楚楚知道，这里是我的城堡，是我用手抓，用嘴啃，用脚踩，用头碰的办法战胜了坚硬的地面得来的，它无论如何也不能归任何人所有，它是我的城堡啊，我最终也要在这里安然地接受我的敌人的致命的一击,因为我的血渗透在我自己的这块土地里,它是不会丧失的。在和平中半睡着,在愉悦中半醒着;经常在这些通道上度过的这种美好时辰的意味,除此以外,怕是没有地方再有了;这些通道是为了我舒畅地伸展身子,孩子般地打滚,蒙蒙眬眬地躺着,甜甜蜜蜜地睡着,经过精心设计而建造的。那些小广场的每一个我都了如指掌,尽管彼此相像,但是我闭上眼睛也能根据墙壁的形状把它们辨别得一清二楚,它们和平地环抱着我,那种温暖,任何鸟儿在它的窝巢里都得不到。一切的一切宁静而空阒。

但是,既然是这样,那我又为什么踌躇呢?为什么我害怕入侵者甚于害怕永远不能返回我的洞穴的可能性呢?好了,现在这后一点谢天谢地成为不可能了,地洞对我意味着什么,搞清这个问题,压根儿是不必要的;我和地洞这样相依为命,不管我遇到多大恐惧,我都能泰然自若地留在这里,无须设法说服自己,打消一切顾虑,把入口打开。我只要清闲地等着就完全够了。因为没有任何力量能够把我们永远分开,无论如何,到最后我是肯定要下去的。但当然,到那时还需有多长时间呢？在这段时间里，在这里的上面，在那边的下面，将有多少事情发生呢？而我的责任在于：缩短这段时间，并立即着手从事必要的事情。

好了，我已累得想都不能想了，我耷拉着脑袋，步履踉跄，半醒半睡，与其说在走路，毋宁说在摸索，这样才渐渐接近入口处，缓缓掀开苔盖，慢慢往下挪动身子，因为神思恍惚，让入口无故敞开了很久，及至想了起来，又上去把它关好。但为什么又爬到上面去呢？我只要把苔盖拉上就行了，好吧，我又下去，这回到底把苔盖给合上了。只有在这种状况下，只有在这种例外状况下，才能下洞穴。——于是乎我躺在猎获物的堆垛之上，仰面是苔藓，周遭是血水和肉汁，总算开始睡上渴望的一觉了。没有东西打扰我，没有谁跟踪我。苔藓上面看来是平静的，至少直到现在是平静的，即使不平静，我想现在也不能对它进行监视了；我已换了地点，从上面的世界来到了我的地洞，我立即感觉到了它的作用。这是一个新的世界，具有新的力量；在上面的那种疲惫不堪，在这里却没有。我是旅行回来的，累得几乎晕倒，我省视旧日的住处，着手积压着的修缮工作，匆匆巡视一下所有的场地,但首先是赶紧冲向城郭;这一切把我的劳累变成了不安与焦急。刚走进地洞那一瞬间,我仿佛死死地酣睡了一大觉。第一步工作是非常吃力的,任务十分繁重:猎获物须通过狭窄而墙壁单薄的迷津搬运。我竭尽全力向前推进,走是能走的,但我感到太缓慢。为了加快速度,我从肉垛上拉回了一部分肉块,然后从肉垛的上面跨过去,从它的中间穿过去,于是我的面前只剩下一部分了,把它们搬到前面去,就容易一些了。但是在一条堆满着肉类的狭窄通路上,尽管只有我一个人,也不总是很容易通过的,以致有时我简直要被窒息在自己的贮藏品中,只有边走边吃边喝,才不致被肉块压伤。但运输完成了,我没有花太长时间就结束了这一工作,迷津被克服了。我站在一条正规的通道上喘了口气,通过一条联结支线,把猎获物搬到一条专为这类项目特设的中心大道,它以很大的坡度向下直通城郭。这下再没有工作可做了,这全部东西都由它自行往下滚动或流动。于是终于到了我的城郭了,我终于可以休息了。一切都没有改变,似乎并没有发生什么大不了的不幸,至于我一眼便发现的那些细小的破损不久即可修复。再有就是在此之前在各通道上的徜徉了,但这并不费力,等于跟朋友聊天,我过去常是这样做的,或者——我并不算老,但许多记忆已完全模糊了——是我听人这样说的。在我看到了城郭以后,我就开始有意慢慢地走第二条通道,我有的是时间——在地洞里面我总是有的是时间——因为我在那边所做的一切都是重要的好事,并使我得到一定的满足。我从第二条通道出发,半路上中断了视察,转向了第三条通道,并循着它折回城郭。这样,第二条通道显然还得重新再去,我就是这样又劳又玩,自得其乐,独自发笑。工作很多,头绪纷繁,但永不脱离工作,不断增加着工作量。你们通道、广场和城郭啊,我为了你们而来,尤其是为了城郭的问题我连生命都在所不惜,可是长期以来,我却愚蠢得为生命而战栗,犹犹豫豫不敢回到你们当中。现在,我置身于你们当中了,危险又算得了什么呢!你们是属于我的,我是属于你们的,我们结合成一体了,有什么奈何得了我们呢。即使上面那些家伙已经迫近并准备好用嘴巴拱穿苔盖也不在乎了。而洞穴又以他的沉默和空阒来迎接我,证实着我所说的话。——但是,一种懒洋洋的情绪向我袭来，在一个我最喜爱的广场上，我微微蜷曲着身子躺了下去，我还远没有把一切都视察完毕呢，但我要继续视察下去，直到最后，我不想在这里睡觉，只是经不起在这里躺一躺卧一卧的引诱，想试试看，在这里睡觉是否始终还像过去那样安稳。成了！可我一躺下就不想起来了，我就在这里进入了深沉的梦乡。

我大概睡了很久很久，直到最后实在睡足了，我才自然而然地开始醒过来，最后睡意一定是十分淡薄了，因为一种几乎无法听到的“曲曲曲”的微弱响声把我唤醒了。我立刻明白，这是一种我过去对它太不注意、过分宽容的小东西，趁我不在，在什么地方钻通了一条新路，与我的一条旧路相交，风一吹就发出“曲曲”之声。好一个埋头苦干的家伙啊，而它的勤奋又多么叫人讨厌啊，我非得把耳朵贴在通道的墙上听一听，在墙根试着挖一挖，把骚扰的地点找出来不可，然后才能消除响声。此外，新挖的洞孔如果符合地洞的某项建筑要求，就作为新的通气孔，这对我也是需要的。但那些小东西我要比以前加倍严密注意，一个也不饶恕。

由于我对这类检查工作训练有素,说干就可以干起来,也无须多长时间即可完成,虽然手头有别的工作要做,但这是当务之急,我的每条通路都应保持宁静才是。这一种响声说起来并没有什么了不得;虽然我刚回来时这响声就早已有之,但我一点儿都没有听见;直到重新在家里完全安顿下来之后,也就是说只有当你用主人的耳朵去听的时候,才能听得到。而这种响声并非常有,中间有很长时间的间隔,那显然是气流受到阻碍时发出的。我开始检查,却找不到下手的地方,虽然挖了几个洞,但那是漫无目标的乱挖一气,当然不会有任何结果;挖的工程固然巨大,但白白花费的填堵和平整的工夫则更为巨大。我压根儿就没有接近过发出响声的地点,每隔一定的间歇,一会儿传来微弱的“曲——曲”的声音,一会儿又传来“呼——呼”的声音。这个,目前暂且不去管它,响声固然恼人,但我所认定的原因是无可怀疑的,所以声音几乎没有怎么提高。相反,倒有可能——迄今为止我显然从来没有等待过这么久——那小东西在继续钻小孔的过程中,这样一种响声会自行消失的。往往有这样的情况:一种偶然的机会使你毫不费力地找到骚扰的踪迹，而有目的有计划去寻找却长久找不着。我这样安慰着自己，很想再到各条通道上去徜徉，看看那回来后还没有去看过的许多广场，其间也到城郭去转转。但不行啊，我得继续寻找才是。大好大好的时光被这伙小东西所耗费，它本来是可以利用在更好的场合的。在检查纰漏方面，通常吸引我的是技术上的问题，例如我的耳朵具有辨别任何细微差异的能力，能够绘形绘色地使我想象出产生响声的原因，而这原因是否符合实际，这回我很想搞个水落石出。只要这方面没有得出可靠的结论，我就没有足够的理由在这里感到安全，即使从墙上掉下的一粒沙子，不弄清它的去向我也不能放心。何况是这样的响声，它在这一方面绝不是无关紧要的事情。但重要也好，不重要也好，无论我怎样寻找，也没有发现任何东西，或者反过来说，发现的东西太多了。事情一定是恰恰发生在我那最喜爱的广场上！我一边这样想着，一边远远地离开那儿，几乎走到通往下一个广场的中间。这整个事儿简直是一种笑话，仿佛我想要证明，并非正好是我最心爱的广场才有这种骚扰，别的地方也有种种骚扰,于是我微微笑了起来,倾耳谛听着,但不久我就敛起笑容,因为果不其然,这里也有同样的"曲曲"声。这么说来什么也没有——有时我这样想——除了我以外,谁也听不见的,我的经过训练的耳朵显然是敏锐的,现在分明听得越来越清楚了,虽然事实上到处都有完全相同的"曲曲"声,跟我通过比较所证实的一模一样。只要站在通道之中,而不必耳朵贴墙,便可听得出来,那声音并不更大。那场合,我非得用心,不,全神贯注才能时不时听到一丝儿声息,不过,与其说是听到的倒不如说是猜到的呢。但正是这处处有之的相同响声叫我最为挠头,因为这跟我最初的推断不能吻合。假如我对响声的原因的推测是正确的,即是说响声确是从某一个场所——这场所是非找出不可的——以最大音量向周围发放,那么它必定是越来越小。但如果我的解释是不准确的,那么别的解释是什么呢?也有可能存在着两个发音的中心,直到现在我都是从距离中心很远的地方进行监听的,而当我一步步接近这个中心时,它的响声固然逐渐加强,而另一个中心的响声则渐次减弱,故传到耳朵里的两个中心的音量的总和就老是一个样了。当我洗耳谛听的时候,我几乎以为听出了那与我新的推测相符的声音差别来,尽管那声音非常模糊不清。无论如何,我必须把检查区域在检查过的基础上大加扩展。于是我循着通道直达城郭,从那里开始监听。——奇怪,这里也有同样的响声。哦,这是某些微不足道的动物们趁我不在家的时候,放肆地掘洞所产生的声音。不管怎样,它们是不会有反对我的企图的,它们无非是致力于自己的工作罢了。只要中途不发生障碍,它们是要朝着既定的方向搞下去的。这一切我全明白,虽然并不理解它们何以要这样做,弄得我焦躁不安,扰乱了我的对于工作非常必要的理智;它们竟敢趋近我的城郭。但经我观察,迄未发现城郭周围的墙壁有被掘穿的情况。是由于城郭地处深奥范围广大呢,还是由于因广大而引起的强劲的气流把掘洞的家伙们吓住了呢?或者城郭的存在这一事实的本身使这些感觉迟钝的家伙闻之也不能不有所慑服呢?无论如何我不想去鉴别究竟是哪种原因使这些挖掘者踌躇不前。动物受了强烈的气味的吸引,成群结队而来。这里本是我的可靠的狩猎场。但那时它们是从上面某个地方挖穿顶壁，进入通道的，虽然战战兢兢，却经不起强烈的引诱，终于从通道上跑了下来。现在呢，他们却在通道里钻洞。假如我至少完成了青年时期和壮年早期那些最重要的计划，或者说我有过实行那些计划的力量就好了，因为我并不缺乏意志。我最心爱的计划之一，是把城郭跟它周围的泥土隔开，就是说，城郭四壁留下约与我的身高相等的厚度，然后沿着城墙的外围，在那道可惜无法与泥土分开的墙基外面，挖一层腔室，其大小与城墙的体积相同。我总是不无理由地把它设想为我所能有的最上等的寓所。在这个圆形体的上面，我悬吊呀，攀缘呀，下滑呀以及翻滚呀，最后又站在地上。所有这一切游戏都是在城郭的本体上面做的，没有真正到它的室内去。现在能避开城郭就避开，能不进去看就不看，把看的快乐留在以后，不必因此而为之怅然，那是为了把它牢牢掌握在手里，不过假如仅仅拥有一条通往那里的普通的公开通道那是不大可能做到的；但好在可以为它放哨，这就补偿了看不见它的内部这一缺憾。要是让我在城郭和腔室之间选择一个我的终身寓所的话，我一定要选择后者，宁可不断地上上下下巡逻,以守备城郭。这样一来墙壁里就不会有响声了,不会有东西向城郭大胆挖掘了;于是那里的和平有了保证,而我成了和平的守护者;我用不着怀着反感情绪去倾听小动物们的挖掘,而是带着我现在完全消失了的如痴如醉的情怀,沉浸在城郭的一片宁静的气氛之中。

但是这一切美妙的情景眼下毕竟还不是现实,我还得干,而我目前所干的也是和城郭直接相关的,我真要为之高兴,因为它鼓舞着我。事情越来越明显,这件起初看起来微不足道的工作,显然需要我全力以赴了。我现在所做的是全神贯注地细听城郭周围的墙壁,不论高处还是低处,也不论墙上还是地面,入口还是内里,我无处不听,而我所听见的到处是同样的声音。长久倾听这断断续续的声音,得付出多少时间,经历多少紧张的场面。只要你愿意自己欺骗自己,也可以从这当中得到一点小小的安慰,即城郭这地方与通道不同,由于它范围大,只要你耳朵一离开地面,便什么都听不到了。仅仅为了休息,为了保持冷静,我往往做这样的试验:聚精会神地听着,结果什么都听不见,这使我欣幸。可是,这到底是怎么一回事呢?

用我最初那些说法来解释这种现象完全讲不通，但我所能设想的别的解释又不得不加以排斥。我所听到的，也许就是那种小畜生自己干活时的声音。但这是同所有的经验相矛盾的。凡是我从未听到过的，虽然它一直都存在，但我总不能突然一下就听到了。我在洞穴中对于骚扰的敏感性也许与年俱增，但听觉绝不会变得更敏锐。听不见它们的声音，这正是那些小畜生的本质特征。不然，我过去怎么容忍得了呢？哪怕冒着饿死的危险，我也恨不得把它们彻底铲除掉。但是我渐渐产生了这样的想法：这也许是一种我现在还不认识的动物，这不是不可能的。虽然我已经观察了很长时间，在下面生活我是够小心谨慎的，但世界是千变万化的，那种突如其来的意外遭遇从来就没有少过。然而那不会是个别的动物，必定是大群大群的吧，它们乘我不备突然侵入我的范围。这一大群听得见的小动物，其地位固然在那种小玩意之上，但超出很有限，因为它们干活的声音本身就很微弱。所以有可能是一些不熟悉的动物，它们成群结队地外出漫游，仅仅从这里经过一下，惊动了我，但它们的队伍不久便会过去。所以我只要等待便可以了。多余的工作是不会有的。可是，既然都是陌生的动物，为什么我见不到它们呢？我挖了好些陷阱，想逮它一只，但我什么也没有发现。我想，可能那是小而又小的动物，比我所认识的那种还要小得多，只是它们发出的响声却大得多。于是去检查挖出来的泥土，把土块抛入空中，让它们砸得粉碎，还是看不见噪音的制造者。我渐渐明白了，这样小规模地偶然挖几下，是不可能取得任何效果的，这种搞法，只不过在洞穴里的墙壁上挖了一些洞，手忙脚乱地这里挖一下，那里掘一通，连堵洞的工夫都没有，许多场地泥土成堆，阻碍道路，挡住视线。当然，这一切对我的妨碍并没有什么了不得，我现在既不能出外徜徉，也不能去各地巡视，也不能休息。我常常干着干着就在某个洞窟里睡着了，一只前脚的爪子扎进了上面的土层里，那是在半醒半睡的状态下想从那里抓下一把泥土来。我权且改变一下办法吧，今后就朝着响声的方向挖一个正规的大洞，摆脱任何理论，不找到响声的真正根源就不停止挖掘。一旦找到根源，只要我力所能及，我就要把它消除；倘若力不从心，我至少也掌握了确实的情况。这种确实的情况不是给我带来安宁,就是给我带来绝望。但安宁也罢,绝望也罢,二者必居其一;总有一种结果是无可怀疑的,而且是合乎情理的。这个决心一下,我的精神为之一爽。我迄今所做的一切,弊在操之过急;回到家来,心情激动,还没有摆脱上面世界所笼罩的那种不安全感,还没有与地洞里的和平气氛相融合,脱离洞穴中的和平生活那么久,神经变得十分过敏,只要遇到一点特殊现象,我就会惊慌失措。到底有什么呢?一种轻轻的“曲曲”声罢了,间隔好久才听得见,微不足道也,但我愿意承认它能使我成为习惯,不,那是习惯不了的。但目前不要与之针锋相对,我且观察一段时间再说,那便是:经常花几个钟头凝神谛听一番,耐心地把结果记录下来,但不能像我以前那样,听的时候耳朵挨着墙壁轻轻移动,而且差不多一听到有点什么动静就急忙挖掘起来,那样做原本并非想发现点什么,而是内心不安的一种必然举动罢了。今后不那样干了,这是我所希望的。但还是下不了决心——这是我闭上眼睛不得不承认的,虽然同时为此对自己光火——因为不安在我的心中颤动,仍像在此之前几个钟头一样,要不是理智抑制着我，很可能我会不论什么地方，不管在那里是否听到了什么，迟钝地、执拗地去挖掘，仅仅为了挖掘而挖掘，几乎就像那些小畜生那样，它们不是毫无意义地掘地，就是仅仅为了啃泥而挖土。合乎理智的新计划又吸引我，又不吸引我。计划本身是无懈可击的，至少在我是提不出异议的，据我理解，照它做去，肯定会达到目的。尽管这么说，我还是不相信这个计划，因为不相信，所以，我对于实行计划的结果可能带来的可怕性并不担心，对于结果的可怕性我也是不相信的；是的，我觉得，从最初发现响声以来就想到这样一个彻底的挖掘计划就好了，只是由于我信不过它，一直都没有付诸实施。尽管如此，今后我自然是要着手挖掘的。因为对我来说舍此没有别的办法，不过我不打算马上就开始，我将把这项工作稍稍往后挪一挪。如果理智应该重新受到尊重，那么它就应该得到完全的尊重，今后我不再一头扎进这一工作中去。无论如何我要事先弥补一下由于我的乱掘乱挖给地洞造成的损失；这需要花费不少时间，但这是必要的。新的开挖计划如果真的要达到某种目标，时间上它将会拉得很长；要是它达不到任何目标,它就会变得无休无止。不管如何,这项工作意味着更长久地远离地洞,环境不像上面世界那么恶劣,只要我愿意,我可以随时中断工作,回家来看看。要是不这样做,则城郭的风将向我吹拂,在我工作的时候围绕着我,但这仍然意味着远离地洞,把自己交给一种不可预料的命运。因此我想把地洞整顿好了再走,为了地洞的安宁而战的我,总不该让人说:是我自己把它搞乱,而又不立即把它恢复。于是我开始把泥土加以集中,送回到一个个洞孔中去。这是我的拿手活计啰,几乎还没有意识到,这种活计就已经干过无数次了,特别是最后这道夯实抹平工序——确实不是自夸,那是实情——我可以做得比谁都好。可这一回我却感到难了,我的注意力太不集中,干活时一再让耳朵贴着墙壁倾听,而刚刚提起来的土希哩沙啦地又掉回到土堆里去,我都不闻不问。最后这些完善性的工作,要求注意力更要集中,我却几乎干不了。留下一堆堆难看的疙瘩,碍眼的裂缝,更不用说,旧的墙壁的动摇是不能以这样草率的修修补补使其恢复原状的。这仅仅是一种权宜之计,我以此自慰。等我回来,恢复了和平,再作全面彻底的修缮,那时一切都将进行得很快,君不见,童话里就是一切都进行得很快的,这种慰藉也是属于童话世界的。最好当然是,现在马上把工作圆满地完成,这比老是把它中断,在通道上漫游,寻找新的声音来源要有益得多;寻找新的声音来源其实是轻而易举之事,随便找个地方,停下来听一听,仅此而已,我的毫无益处的发现还要多呢。有时候好像觉得响声没有了,很长时间寂然无声,这样的"曲曲"声往往是会听漏了的,因为自己的脉搏在耳朵里跳动得太厉害了,于是两种间隔时间正好相重,遂合而为一,顷刻间你就以为那"曲曲"声似乎永远消失了。这一来就不用再监听下去了,我高兴得跳了起来,整个生活为之改观,仿佛泉源突然打开了,从中流泻出来的是地洞的宁静。我没有急着去检验这一发现,而去找一个我能与之推心置腹的人倾谈一番,于是就直奔城郭而去,我一生为之奋斗的新生活终于苏醒了!我这才想起已经很久没有吃东西了,便从半埋在土里的粮食贮藏品中随便抽出些东西,狼吞虎咽起来。同时我利用这点吃饭时间,赶回那不敢全然置信的发现的地点,想再证实一下这件事的可靠性如何。我的这一举动不过是顺便为之,原想一带而过,谁料侧耳一听,立刻表明,我大错特错了:那老远的地方明白无误地响着"曲曲"声。我恨不得把吃的东西统统吐出来,踩进地里去,回头继续工作吧。但到哪里去呢?全无头绪。有的地方像是需要,而这样的地方有的是,就着手干点什么吧,但动作机械得很,就好像看见监工来了,不得不做做样子。但这样的活没干多久,又出现新的情况。响声好像加强了,当然强不了多少,但这里的问题往往就发生在最细微的差别上,响声确实有了些许的加强,强到耳朵可以清晰地听得出来。而这种声音的渐强像是由于距离渐近之故,因为渐近,就听得更加清楚,仿佛可以目睹它走进来的脚步似的。我跳离墙壁,想居高临下看一看这一发现将引起的种种可能的后果。我产生一种感觉,好像我的地洞本来就不是为了防御进攻而建造的。防御的意图虽然是有的,但抛却一切生活经验,则进攻的危险以及由此产生的防御的设施对一个人来说仿佛都成为遥远的事情——或者,虽不遥远(这怎么可能),但在轻重缓急上,次于和平生活的设施,这类设施在地洞里是处处给予优先地位的。许多防御设施本来是可以在不干扰总体计划的情况下建立起来的,却是由于一种不可理喻的原因被耽误了。这些年头我享尽幸福,幸福使我麻痹,虽有过不安,但幸福之中的不安是无关宏旨的。

现在要做的第一件事不外乎是,把地洞的建设放在防御及根据防御所设想的一切可能性上进行详细而周密的考察,制订出防御及所属的建设计划,然后像青年人那样,朝气蓬勃地立即开始工作。这是必不可少的工作,当然——顺便说一句,搞得太晚了点,但那是不可或缺的工作啊。然而,那种试探性的随地大挖其洞的做法,绝对不能搞了,那样做,原来的唯一目的是让自己的全部精力毫无防御意义地用于寻找险情上,干着一种杞人忧天的傻事,危险迟迟不来,而时时担心着它来。突然,我不理解以前的计划了,以前那样理路分明的计划,变得完全不可思议了。我又把工作撂下,也不去监听,此刻我不想去发现声音的加强了,我的发现已经够可观了。我把一切都撇开,只要把内心的抗辩平息下去,我就太平了。我又沿着我的条条通路到了更遥远的地方,从野外回来后我还没有到那里去看过,我的前爪还一点也没有碰到过,那里的宁静等待着我,我一到便被它完全笼罩了。我不想在那里耽着,匆匆穿了过去。我压根儿就不明白,我究竟在寻找什么,也许仅仅是为了拖延时间吧,我越走越迷路,以致来到迷津暗道。我很想在苔盖附近谛听一番,那遥远的事情——眼下是这样遥远——吸引着我的兴趣。我挤到上面去听了听,万籁俱静。这里多叫人称心如意呀,外边谁也不注意我的地洞,每个人都有跟我无关的工作,这正是我为之努力的结果。现在,这苔盖旁边几个钟头之久也听不到响声,这在我的地洞边缘也许是独一无二的场所了。——这同地洞里的情况形成鲜明的对照,于是:昔日的危险之地反成了和平之乡,而城郭呢,却被卷进了吵闹的世界及其危险之中。尤为糟糕的是,这里其实也没有和平,这里的情况什么也没有改变,宁静也罢,吵闹也罢,危险一如既往潜伏在苔藓之上。不过我对于危险已变得感觉迟钝了,那是由于我的墙壁的"曲曲"声使我用心过甚之故吧。我是为此用心了吗?那响声越来越强,步步逼近。但我绕来盘去通过了迷津,来到入口通道的高处,躺在苔藓底下，这一来就几乎把家交给那“曲曲”声了，只要在这上面稍稍休息一会儿，我就心满意足了。让给了“曲曲”声？难道我对那响声的原因有了某种新的明确看法了吗？那响声不就是那些小玩意挖洞时产生的吗？难道这不就是我的明确的见解吗？这种见解我到现在似乎还没有放弃呢。假如这声音不是直接从它们的洞中发出的，那也是跟那些洞有某种间接关系的。即便跟它们毫无联系，那就说明从一开始什么蛛丝马迹也没有找着，只好等着，直到把原因找到，或者它自行暴露为止。眼下这会儿人们自然也可以虚构各种说法来戏谑，比如，说：远处某地方水漏进来了，而我所听到的“嘟嘟”声或“曲曲”声，原来就是漏水声。但这方面我是毫无经验可言的，姑且不谈了吧——地下水我是一开始就发现的，马上把它排引开了，此后这沙土地里就没有再发现水——之所以姑且不谈，因为那到底是“曲曲”声，不能当作水的声音。但是多多勉励自己平静是会有好处的，虽然想象力不会静止，而事实上我也那么认为——自己加以否认也是徒然——那声音就出自一种动物，不是许多动物，也不是小动物，而是一头大动物。也有一些反对的理由。那就是响声随处可闻,强弱始终相同,而且不分昼夜,有规律地传来。的确,最初我满以为那是许多小动物。但我在发掘时本来是会找到它们的,结果却什么也没有找到。剩下的唯一解释就是有一头大动物的存在了,同时也有似乎与这种解释相矛盾的说法,它所涉及的东西倒不是证明上述动物不可能存在,而是它们越出了一切可以想象的界线,变成耸人听闻的了。因此,我反对这一种说法。我排除了这种自欺欺人的东西。很久以来我就玩味着这样的想法:之所以老远也听得到那声音,就是因为那动物在迅猛地工作;它以人们在外面路上散步的速度,在迅速地钻掘前进,大地为之震颤,即使钻掘已经过去,那余震和工作本身的响声也在远处汇成一片,我仅仅听到这行将消逝的余音,觉得到处听起来都是相同的。再者,那动物不是朝着我这个方向前进的,因此声音没有变化。多半它已有一项计划,其意向我不得而知,我只认为,该动物——我决不想断言它知道我的情况——正在我的周围绕圈子,自从我对它进行观察以来,它在我的地洞周围已经绕了好几圈了。——声音的种类,“曲曲”声或“嘘嘘”声引起我许多想法。我若以自己的方法来刨地或掘土时,听起来却完全不同。我对“曲曲”声只能作这样的解释:动物的主要工具不是它的爪子(爪子大概仅作辅助用),而是它的嘴和鼻,且不说这两样东西有着巨大的力气,只看它们的锐利也是显而易见的。它钻地时兴许用鼻子朝地里猛力一撞,一大块土就掘起来了,这期间我什么也没有听见,是间歇吧,但接着又是一撞,并吸一口气。这吸气的动作就使地面发出噪音,这不光是它使了气力,而且还由于它的匆忙,它的劳动热情;这噪音在我听起来,就成了轻微的“曲曲”声了。它那不倦劳动的能力显然不是我所能理解的;也许那片刻的间歇就把短暂的休息包括在内了吧,可真正像样的休息似乎它还不曾有过。它夜以继日地挖掘着,始终气力十足,精神饱满,一心要赶紧完成它的计划,又拥有实现这一计划的一切能力。好家伙,这样一个敌人我想都没有想到过。但是,这头巨兽的特点且不提了吧,现在发生的那不过是我本来一直都在提心吊胆、随时准备对付的一件事:有人接近了!蹊跷的是,为什么这么长的时间里我能够一切平安无事，而且幸福度日呢？是谁控制着敌人的行动路线，使它们避开我的驻地，让它们拐了个大弯走了过去的呢？为什么这样长期地保护着我，而现在又让我受着这样的威胁呢？比起这一危险来，我一直所思虑着的那些小的危险又算得了什么！作为地洞的主人，我能有足够的力量来对付任何来犯者吗？我作为这样一个既宏大又脆弱的建筑物的主人，面对任何比较认真的进攻，我深知自己恰恰是没有防御能力的。主人的幸福感使我骄纵；地洞的脆弱性使我敏感。只要地洞受到伤害，我就会有切肤之痛，如同我自己受到伤害一样。而正是这一点我应该事先就预见到的，不应只为我个人的防御着想——就是在这方面我过去做得多么草率和无效——而应从地洞的防御着想。尤其需要事先筹划的是，当有人来进攻的时候，能把地洞的一个一个部分——尽可能把许多这样的部分——在极短时间里做到用土堵死，使它们与受威胁较轻的部分分割开来，通过大量泥土的堵塞和由此达到的卓有成效的分割，使得进攻者万万料想不到在这后面才是真正的地洞。还有，用泥土堵塞，不仅掩蔽了地洞，而且还能埋葬来犯者。诸如这样一些事情,我没有采取过任何步骤,这方面一丝一毫的工作也没做过,我以前轻狂得像个小孩,我以孩子般的游戏度过了我的成年岁月,甚至在设想危险的时候,也当作儿戏,对于真正的危险,我也没有认真地想过。我把事情耽误了,虽然这期间不断有情况向我发出警告。

堪与目前这样的情况相比的事情当然没有发生过,但在地洞初创时期,类似的事情却频频有之。所不同的主要就在那是初创时期……那时我还是个正式的小学徒,从事第一条通道工作,迷津的设计才有了一个初步的轮廓,我已挖出了一个小广场,但在大小的设计和墙壁的筑造方面却完全失败了;总之,一切就是这样开始的,那只能当作一种尝试,当作一种一不满意便立即报废而不足为惜的事情。有过这么一件事:在一次劳动间歇——平生劳动间歇的时间花费得太多了——时,我躺在我的许多土堆之间休息,忽然远处传来一种响声。像我这样的小伙子,听到这声音与其说害怕,毋宁说新奇。我撂下活儿,竖起耳朵来听,我总是就地谛听,并不需要跑到苔藓底下的高处,躺在那里去听,却什么也听不到。我在这里至少是听到了的,我能准确地鉴别出,那是挖掘的声音,同我这里的情形相仿,听起来比较微弱一些,但离这里有多远,我估计不出来。我也紧张过,不过通常是冷静、平和的。我想过:也许我进了别人的地洞了吧,它的主人现在正朝着我挖过来呢。假如我的这一想法属实,则我立即离开,到别的地方去营建,因为我从未有过占领欲或进攻心。不过,自然啰,我还年少,还没有一个地洞为家,我还能够做到冷静与平和。后来事态的发展过程中也没有引起我真正激动过,只是要说清楚这过程的事情并不容易。如果那边的挖掘者听到了我在挖掘,真的向我这边推进,或者它中途又改变方向(像现在已发生的那样),那也无法确定,它是否真的在这样做,因为,这可以是由于我的劳动间歇使它失去了目标,也可以是由于它自己改变了意图。但说不定是我自己完全搞错了,此君根本就没有以我为直接目标;不过那声音倒确实加强了一会儿,仿佛那挖掘者越来越接近我。那时我还是个小伙子,倘看见它突然从地里冒出来,也许是不会感到不快的。但这类事情什么也没有发生,挖掘声从某一点开始转弱了,听起来越来越轻微,挖掘者像是渐渐改换了最初的方向，及至突然中断，好像它现在下决心来了个一百八十度的大转向，背着我的方向往远处推移。在我重新开始劳动以前，还静静地听了很久。这一次警告是够明显的吧，但我很快就把它忘了，它对我的建设计划几乎没有产生过影响。

从那时到今天这一段正是我的壮年时期；但这期间不是看来什么也没有发生吗？劳动时我仍一直安排长时间的间歇，贴着墙壁谛听，发现那个挖掘者新近改变了主意，来了个向后转。它正旅行回来，它以为，这期间它给了我足够的时间做好迎接它的准备。然而从我这方面说，整理工作一切都不如当时，偌大的地洞毫无防御设施，而今我已不再是小学徒，而是老建筑师了，我身上还留存的那点力量已无法支持我做出对敌行动的决断了。但不管我多么老，我似乎还希望活得比现在更老，老到在我的青苔底下的卧榻上一卧不起。因为在青苔底下其实我是忍耐不住的，只要一起来，就去狩猎，好像我在这里并不是休息，而是充满新的忧虑，于是又跑回下面的家里去。——那么这以前情况是怎样的呢？“曲曲”声减弱了吗？

没有，它变强了。我随便找了十个地方听了听，发觉我明显搞错了，“曲曲”声依然如故，丝毫未变。对面的情况仍是老样子，人家在那儿安闲自在，时间任由支配；而这里却每一瞬间都在振荡着监听者。于是，我又沿着漫长的道路回城郭去，我感到周围的一切都很激动，都凝望着我，但旋即又把视线移开，以免扰乱我。但又竭力想从我的表情上看出保卫家园的决心。我摇了摇头，我还没有那个决心呢。我去城郭也并不是为了在那里实施什么计划。我经过一个原来打算建立研究室的地方，我又把它检查了一遍，那可真是个好场所啊，那洞穴朝着有许多小气孔的方向，有了这些气孔，我的工作似乎会轻松许多。看来根本用不着挖得那么远，不必挖到响声的策源地，只需把耳朵贴在出气孔上监听就行。但考虑来考虑去，始终没有足够的勇气来鼓励我从事这一挖掘工作，这个地洞能给我带来安全保障吗？我的心情已经是这样：安全保障根本就不想要了。到城郭里挑它一块上等的去皮的鲜红的肉，拿着它一起钻进一个土堆里，那里无论如何该是宁静的吧，如果说这地洞里还存在着真正的宁静的话。我舔了舔肉，咬了一口咀嚼着,不时想着远处那头正在行进的陌生动物。只要我还有可能,我何乐而不尽情享受一番自己的贮藏品?此举大概是我的计划中唯一切实可行的一项了吧。此外,我很想破那头动物的计划的谜。它是在漫游的途中呢,还是在营造它自己的地洞呢?如果它是在漫游,那么和它取得谅解也许是可能的。如果真的在朝我这边挖掘,就把我的贮藏品分一些给它。这样它准会离开这儿,继续往前走的吧。在土堆中我自然可以梦见各种各样的事情,包括梦见和它取得谅解这件事,虽然我心中有数,诸如此类的事情是不可能见之于现实的,而且就在我们相遇的那一刹那,甚至就在我们仅仅感到彼此距离已很接近的那一瞬间,会立即互相——分不出谁先谁后——以一种新的异样的饥饿向对方扑过去,尽管双方肚子本来都是填得满满的。这种情况任何时候都是没有例外的,因为一个人即使在漫游途中,难道会由于一见地洞就改变他的旅行和未来的计划吗?但说不定那头动物在掘它自己的洞穴呢,要是这样,那么要取得谅解连做梦也不能了。纵使这头动物是这样特殊,它能够容忍其洞穴与别人为邻,则我的地洞也不能与之相容,至少一种咫尺相闻的近邻它是忍受不住的。现在,那动物好像明显地去得很远了,只要它哪怕继续往回走几步,那响声也会消失得无影无踪的吧,那样一来,昔日的美好生活都会恢复如初,因而此事就成为一种虽然不祥,却颇为有益的经验,它将激发我进行各方面的改善。只要我获得安宁,没有危险直接威胁着我,我一定还能做出各种像样的事情,庶几那头动物就是鉴于它自己在能力上具有巨大的潜力,才放弃了朝我这边来扩展它的洞穴的打算,转向别的方面去谋取补偿。这种事当然不是通过交涉所能达到的,而只有通过那动物自己的智力,或由我这方面施加压力。这两方面起决定作用的是,动物是否知道我,并且知道我的什么。这些事我思考得越多,就越觉得动物听到我工作的声音一说之不可能。尽管我难以想象,但它也许风闻到关于我的某种消息,那倒未始不可。但它不可能听到了我的声音,这是毋庸置疑的。在我对它的事一无所知的情况下,它就不可能听得到我,因为我在这里是保持寂静的,没有人做到比我重返地洞时更寂静的了。后来,当我进行了一些探究性挖掘时,它听到了我也说不定,虽然我的挖掘方法是很少发出声音的;不过假如它听到了我,我也一定会有所觉察的,那它至少得经常停下工来谛听,——但是一切始终毫无改变。

叶廷芳 译

卡夫卡生平简历

一八八三年	七月三日,出生于布拉格一商人家庭。
一九〇一年	中学毕业后入布拉格大学攻读德国文学,后迫于父亲的意志转修法学。
一九〇六年	获法学博士学位。
一九〇八年	开始在一家半官方的工伤事故保险公司供职;同年发表题为《观察》的七篇速写。
一九一二年	发表短篇名作《判决》。
一九一三年	发表短篇小说《司炉》(长篇小说《失踪的人》第一章)。
一九一五年	出版中短篇小说集《变形记》。
一九一九年	出版中短篇小说集《在流放地》。
一九二〇年	出版短篇小说集《乡村医生》。
一九二二年	因肺病严重而离职,辗转疗养。
一九二四年	出版短篇小说集《饥饿艺术家》;六

月三日,病情恶化,死于维也纳近郊的基尔林疗养院。

主要作品表

《变形记》

《在流放地》

《乡村医生》

《饥饿艺术家》

《失踪的人》

《审判》

《城堡》

《蜂鸟文丛》

第一辑（按作者生年排序）

苹果树	〔英〕约翰·高尔斯华绥
一个陌生女人的来信	〔奥地利〕斯蒂芬·茨威格
奥兰多	〔英〕弗吉尼亚·吴尔夫
熊	〔美〕威廉·福克纳
乞力马扎罗山上的雪	〔美〕欧内斯特·海明威
文字生涯	〔法〕让－保尔·萨特
局外人	〔法〕阿尔贝·加缪
我的包着红头巾的小白杨	〔吉尔吉斯斯坦〕钦吉斯·艾特玛托夫
饲养	〔日〕大江健三郎
夜半撞车	〔法〕帕特里克·莫迪亚诺

第二辑（按作者生年排序）

野兽的烙印	〔英〕约瑟夫·鲁德亚德·吉卜林
地粮	〔法〕安德烈·纪德
米佳的爱情	〔俄〕伊万·布宁
都柏林人	〔爱尔兰〕詹姆斯·乔伊斯
乡村医生	〔奥地利〕弗兰茨·卡夫卡
蜜月	〔英〕凯瑟琳·曼斯菲尔德
印象与风景	〔西班牙〕费德里科·加西亚·洛尔迦
被束缚的人	〔奥地利〕伊尔泽·艾兴格尔
孩子，你别哭	〔肯尼亚〕恩古吉·瓦·提安哥
他和他的人	〔南非〕J.M. 库切